We read the world

出品人	许知远　于威　张帆
主编	吴琦
编辑	刘婧
英文编辑	Allen Young
法文编辑	彭倩媛
设计	李政坷
特约编辑	阿乙
	罗丹妮
	Eric Abrahamsen
	Filip Noubel
	Isolda Morillo
	索马里
	柏琳
	刘盟赟
封面摄影作品	陈维
致谢	香格纳画廊

《奥斯特瓦尔德》

Ostwald by Thomas Flahaut

© Éditions de L'Olivier, 2017

Simplified Chinese edition arranged through Dakai - L'agence

《安德森悖论》

Le Paradoxe d'Anderson by Pascal Manoukian

© Éditions du Seuil, 2018

《生活在一起》

Vivre Ensemble by Émilie Frèche

© Éditions Stock, 2018

《花语》

Le Langage des Fleurs by Hubert Haddad

© Zulma, 2011

《衔尾蛇》

Ouroboros by Hubert Haddad

© Zulma, 2011

《第三大洲》

Le Troisième Continent

© Ivan Jablonka © Éditions du Seuil

当代法国文学特辑得到了法国驻华大使馆的支持

Publié avec le soutien de l'Ambassade de France en Chine.

巴黎与疆界

我尽可能在一个地方待得久一点。也更喜欢故地重游。有时这几乎成了一种道德负担，觉得其他捷径都是错误的。当然也可能是智力上的懒惰，因为不再信任那种立即做出的判断，于是寄希望在不断延宕的时间和重复的目光中，获得暂时的解脱。

巴黎之行，便是在这样的原则指导下度过的。在同一间酒店里住上许多天，把自己想象成落魄文人，通过狭窄的楼梯爬上阁楼，空间局促而行李散落一地，在屋里恨不得只能踮脚而行。甚至躲在房间里独自叫起中餐外卖，很快就学会了潦倒的伎俩。由于每天要和不同的出版社见面，便为这种欺骗性的表演找到了更为正当的借口。白天换上时髦一点的装扮，想好怎样介绍自己，在这个法语至上的国度，非常冒险地使用英文来洽谈合作。

是在和朋友聊起各自的旅行习惯之后，我才后知后觉地意识到，我这个不太主动谋求旅行却总有机会在路上的人，也有自己的习惯。我厌恶旅行那种显而易见的外在性，因此总是试图在有限的时间里接近本地人，观察他们的步速、着装、打发时间的方式和使用超市、便利店的情况，观察橱窗，尤其是书店里的陈设，即便在走路时，也在留意他们看我或者不看我时的神情。沉默的观察，比言辞更值得信任，可以随时攫取他们在此地生活的感觉，近乎一种神经质。它有时越界，就会接近于扮演。比如我习惯性的迷路，并且故意为之，不断打乱原有的计划，漫无目的地走得更远一点。这个重新陌生化的过程，既让我发现了更多、更意外的材料，反过来也克服了外来者的仓皇。

大部分时间我都待在左岸，扮演一个正经的知识分子，或者知识分子爱好者。每天以欧德翁（Odéon）地铁站为原点，出发去寻找聚集在蒙巴纳斯（Montparnasse）地区的各大出版社，或者和编辑们约在他们办公室周围的咖啡馆。多数地方步行十分钟可至，让习惯了以小时计算出门时间的北京来客颇为不适，只好人为地制造新鲜感，不断变换路线，在不同的路口转弯，或者换乘几站地铁，让通往巴黎地下世界的漫长阶梯，抵消过早出门的等待。回程的时候总绕不开卢森堡公园。冬天还未过去，晴天显得难得，公园里已经人满为患。我明明没有多余的疲惫或者快乐需要在公共空间展现，却也被他们的生活逻辑吸引，跑到这里假装休息，晒一晒太阳。于是它也成了几乎每天重游的故地。

遭遇这些在书中常见的地名，没有想象中那么激动人心。很多小说里的人物就在这里生活，任何事情都要穿过卢森堡公园去做不可，而写书的人就散落在周围的咖啡馆，写不出来就和人物们坐在同一个公园。和《午夜巴黎》里的魔术效果完全相反，和萨特、加缪、海明威、毕加索那些杰出的灵魂在时空中交汇，只会让今天碰巧也在此处的我，感受到某种平等。前者绘声绘色地召回一个属于 20 世纪作家和知识分子的神话，后者是明白神话已经过去。

对本地生活的观察和模拟，好像让人变得更容易体会一般性的情绪，而很难在偶像的黄昏中再次获得方向感。而这种旅行方法，如果可以算作一种方法的话，绕了一个很大的弯，最终回到了一种本质化的认识：不管在哪里，不管什么身份，生命的基本状况其实没什么区别。

这个结论一方面令人大跌眼镜，另一方面它的确让我从旅行者争分夺秒探索新世界的负担中解脱出来。因为总是比预定时间提前到，不同的约会之间又有充足的转场时间，我花了很多时间在巴黎街头看书。我也的确想当然地以为，这是巴黎人生活中一个基本的场景。在酒店的房间，在国家图书馆令人恐高的台阶，在很多条马路边上的座椅，我把随身带的小说《另一个国家》(Another Country) 看完了。

尽管那段时间我的确沉迷于詹姆斯·鲍德温（James Arthur Baldwin），但并没有打算在巴黎追忆他。这类寻找往昔的故事，既牵强又让人难为情。但当我得知他就是在花神咖啡馆开始写《向苍天呼吁》(Go Tell It on the Mountain)，在精英咖啡馆（Le Select）完成大部分《乔瓦尼的房间》(Giovanni's Room)，还经常流连于利普啤酒馆（Brasserie Lipp）、图尔农咖啡馆（Café Tournon）和这一带那些三流的旅馆和夜店的时候，我的计划又被打破了。

我开始在巴黎街头寻找鲍德温那一类死死拽住悬崖边缘、用愤怒中和着温柔的眼神，尤其当年轻的黑人男性迎面走来的时候，我会更加神经过敏，试图在他们身上也逼问出一份证据。但这种努力在步履从容、热闹非凡的左岸很快就失败了，而且有些过时。今日世界的发展，已经将最残酷的社会隔离和排斥整体地推向了郊区，在圣图安等新的黑人聚居地，鲍德温式的尖锐痛感，才会如昨日重现。很多人警告我不要在那里多做停留，连汽车经过都会闭紧车窗绕道而行。

巴黎具有世界性，在一趟寻找当代法国文学的旅途中，援引鲍德温这样一位客居此地的美国作家，尽管不合时宜，但也如实地描述了这一特点，并且不至于过分谄媚。很难用几个作家来代表当代法国文学的全貌，尤其我们知道站在法语的立场上，法国文坛常年保持着群星闪耀的习惯，更难去解释它的标准，因为矛盾会和共识一样多。事实上，任何外部的选择到最后都只关乎如何更准确地代表自己，就像我正在展示的，一个人如何规范自己的旅行。

事实上我也专门阅读了冷静无比、和所有左翼明星对着干的法国知识分子雷蒙·阿隆（Raymond Aron），还有那位清楚地看到并且嘲讽人文艺术的终结、又不得不深陷其中孤独求败的"作家中的作家"米歇尔·维勒贝克（Michel Houellebecq）。他们都写出了非常法国的作品。但越是在那种趋向于无穷的总体性的努力中，我们越会发现一些小到不可还原的东西。终究是脆弱、边缘、真实和幻灭，距离我们更近。

人和自己真正在乎的事物之间，最终会形成一种互相牵制的关系。一方面我们痛恨自己的举棋不定，一方面又夸张了自己独立自主的能力。当我终于鼓起勇气走进精英咖啡馆，做作地坐在那间绿房子里，继续自己的扮演式旅行时，对面霓虹闪烁的电影院正在公映由鲍德温小说改编的电影。电影不太好，好莱坞处理这种困难之爱已经过分熟练了，文字里的感情还是更慎重一些。正巧这本《假如比尔街可以作证》（*If Beale Street Could Talk*）就在身边，被我带上了另一趟旅行。

碰到这种所有巧合都连接成一个环形的时刻，我的情绪渐渐从惊诧变成了平静，得知我们其实没有选择，或者说，人是被选择的，竟是如此释然的事情。

接受《巴黎评论》(*The Paris Review*)的访谈时，鲍德温说，并不是他非去巴黎不可，而是不得不离开美国。巴黎让他免于身心继续遭受摧残的危险，暂时把他从美式的疯狂中拯救出来。但法国人并没有多么赏识他，和处处阻挠他成为一个作家的美国人不同的是，他们只是不那么在乎他而已。这和许多人今天在北京的经历几乎一样。

当我回忆那一段虚拟的巴黎生活，留下的"故事"其实很少，几乎只有一个。在循环往复从地铁站走向塞纳河的途中，在到达巴尔扎克曾经描述过的古监狱之前，在日耳曼大街旁一个流浪者铺位的台阶上，一直端正地摆着一双锃亮的高跟鞋。我每次都能看到它像一个战利品甚至图腾一样占据那里，却一直没有见过它的主人。我几次想要拍张照片记下这个故事，大街上应该没有人会来指责我的猎奇，但这一幕背后汹涌的戏剧性，以及这种戏剧性之内澎湃着的现实感，让我连拍一张照片的勇气都没有。而真正的记忆不需要托付给照片。

如果巴黎曾经被这个世界上的人们当作许多完美理想的化身，那么它也应该同时代表它们的反面。人与人之间的信任，永远献给文学和艺术的掌声，火热的呼喊和变革，恒久的爱与正义,希腊人许下的所有人"共同生活的决定",也是在这里,悉数破碎了。

让我再次借用鲍德温笔下人物的眼睛,"在巴黎灰色、阴沉的天空之下,在许多绝望的、喝得烂醉的早晨,我们一起跌跌撞撞地,向家里走去"。

撰文:吴琦

话题

- 003 奥斯特瓦尔德 — 托马·弗拉奥
- 037 安德森悖论 — 帕斯卡·马努基扬
- 063 生活在一起 — 艾米莉·弗莱什
- 079 花语
- 093 衔尾蛇 — 于贝尔·阿达德
- 103 第三大洲 — 伊凡·雅布隆卡

随笔

- 123 从新拉纳克到新和谐 — 欧宁
- 177 燃火的稻草：国际写作计划笔记 — 克里斯托弗·梅里尔

影像

- 194 俱乐部 — 陈维

访谈

- 219 德国作家所批判的现实，我们能理解吗？ — 云也退

澳大利亚文学专栏

- 253 这是我们的遗产吗，哦，主啊，以及从共用电话线上传来的回声，是你的声音吗？
- 261 约瑟夫是个雷龙控，玛丽怀念冰河时代 — 马修·胡顿

诗歌

- 273 我用一枚钉子，一根羽毛缝补破碎的天空 — 郑小琼

评论

295 乌托邦的幽灵还在徘徊 沈律君

311 玫瑰的牺牲——评鲁毅《梁金山》 彭剑斌

329 全球书情 郑羽双

○ 话题

003　奥斯特瓦尔德

　　　　　　　　　　　　托马·弗拉奥

037　安德森悖论

　　　　　　　　　　　　帕斯卡·马努基扬

063　生活在一起

　　　　　　　　　　　　艾米莉·弗莱什

079　花语

　　　　　　　　　　　　于贝尔·阿达德

093　衔尾蛇

　　　　　　　　　　　　于贝尔·阿达德

103　第三大洲

　　　　　　　　　　　　伊凡·雅布隆卡

电视和所有人都在叨叨不休。我们,听着他们叨叨,看着他们叨叨。整个国家应该都跟我们一样。双目空空,嘴巴合不上,麻痹的念头,在大恐慌来临前弥散的恐惧气氛中僵化。

奥斯特瓦尔德

撰文　托马·弗拉奥（Thomas Flahaut）
译者　潘文柱

话题 ○ 奥斯特瓦尔德

妈妈给我电话时，我正在火车上。她要去马赛出差几天，她想告知我菲利克斯回来了。

我让他睡你的床。

火车穿行过黑色的田野和光秃秃的葡萄园，在掠地而过的暮光中，是一片暗沉的乡野。火车即将抵达米卢斯，而我在等待一个时刻，在铁道博物馆的库房附近，我可以在铁路的一边看到墓地，在另一边看到废弃的火车车厢。我保持着注意。在斯特拉斯堡到贝尔福这一路，我从来不会错过这个地方。死人们的墓园，一些墓碑零星挂在一片山丘上，对面是废弃车厢的墓园，锈蚀斑驳的车厢，像撒开的米卡多游戏棒一样，废弃在那儿。妈妈估计以为我的沉默是一种愤怒。菲利克斯只是待一阵子，她告诉我。这对我来说不是问题，我答道。的确，我没有撒谎，周末不在自己的房间睡觉对我来说挺无所谓的。火车在米卢斯停住了。讲电话的时候，我的目光迟钝了，我错过了墓地，说到底,这比起在沙发上睡一晚,更让我不好受。

到家时,妈妈的公寓整个地泡在淡蓝的微光之中,光亮来自沃邦河岸上一路排开的照明灯。在走廊尽头,我房间的门是半开的。菲利克斯的运动包挡着门脚,一些衣服搭在包的外边。可是,他人不在。我从走廊的大衣橱中拿了一床被子。我将被子铺在沙发上,躺下睡了。

* * *

弹簧的叽叽声。沙发在我身下抖动。一道警报在鸣响,尖锐,刺耳。

警报声穿透闭紧的窗户,在楼梯间回荡。我跳下最后三级阶梯,光着脚踩在地砖上。我起初以为警报来自步行街,或是郊区商场的某家商店。不过,声音其实在建筑的内院中。菲利克斯的高尔夫才是声音的来源。将我闹醒的晃动,也许也将它摇晃了,于是,这高尔夫便独自叫了起来。

警报声和风声一起呼啸之时,院子大门的机器臂也动了起来。在河道路灯的蓝光中,出现了菲利克斯。

哎嘿,诺埃尔,你想要出门呐?

他拥抱我的时候,有一股啤酒的口气。

不过它不会乖乖听话的。我的高尔夫,只有我能开。

菲利克斯将钥匙串拎在眼前,小心翼翼地瞄准。红色车灯眨了眨，Bip。高尔夫安静了，菲利克斯以凯旋的神态看着我。然后他摇晃着走过来，拥抱了我。他的口气有啤酒和金酒味。

* * *

在贝尔福的巨狮石像脚下，从金属楼梯处，可以俯瞰阿森纳的停车场，以及老城连片的灰黑屋顶，还有一片被耕犁过的、湿润的田野。在这片土地上，脚手架和白色网布包裹着的圣克里斯托弗教堂塔楼高高耸立。我口袋中的零钱叮当作响。在贝尔福剩下的这些小碎钱，是给石像鬼的。

在教堂门廊附近，两条脚手架的横杠，在一处拱形壁龛上方支起了一道挡雨板。在这处兴许容纳过雕像的壁龛中，石像鬼缩作一团，鼾声连连。他头上阿尔斯通的帽子被拉低遮起了眼睛，嘴张着，口水流到一堆被子上。我在他的柳条篮里放下了零钱，叮叮当当的一阵响，将他吵醒了。他坐起来，咳嗽，扭曲伸展。他拍打了几下胸膛，成功地从钙化了的肺中，提升起一大坨灰色的黏液，吐到壁龛的铺石地面上，然后才用嘶哑的嗓音，挤出一句谢谢伙计。

你有烟吗请问？

我给了他一根烟。他将过滤嘴叼在发紫的厚厚的嘴唇之间，然后示意我靠近。我将身体侧过去，一边将壁龛中腐油的空气压低,这空气在经年累月中,已经凝结了坏水、臭屁和烟火。我将火机伸到他的面前,在他蓬松发黄的胡子前定住。我将他嘴里的烟点着。

阳光洒满了圣克里斯托弗广场,顺着栗树流淌下来,将栗树细长、枝丫横生、病态的阴影投射到石面广场上。对于二月来说,天已经很热了。我穿着羊毛衫,透不过气。石像鬼,他表现得更加聪明。他将裤子提了上去。从裹着大腿的碎布条间,亮出了光滑发白的腿脚。一只肥鸽子,在壁瓮的壁面中,从一个洞外将头伸入。第二只不那么肥的鸽子,在第一只鸽子身后推攘,用脖颈缠绕第一只鸽子的脖颈。石像鬼抬起灰褐色的手,用一根手指指向它们。

已经是春天了。爱情的季节,老伙计。我也该找个女朋友了。

鸽子们后撤了。它们在狭窄的开口处紧挨着,看着我们。女石像鬼,她会长什么样呢?她也会有石像鬼一样的紫色厚嘴唇吗,有一样的褐色皮肤,就像双胞胎。她会和他一起,在同一堆被子上流口水,她会在他的呼噜声中蜷缩着打呼噜,她将用他斑斑点点的身体来裹着自己同样斑斑点点的身体。

你也是,该找一个女朋友。

问题不在于找。

而是要温柔地请求。要客气地请求。

他那沾有血渍和眼屎的眼圈，一下子眯成一条缝。他掉了牙的嘴露出一个热烈的笑容。从一个黑黝黝的深坑似的口腔，飞出一缕烟。

穿过广场，朝栗树跑马酒吧走的时候，我想到他帽子上的logo，阿尔斯通。石像鬼也许在那儿工作过。工厂关闭，他落到了这个洞穴中。他那时应该是一个挺不一样的男子。他还有着牙齿。他靠双手干活，他蹲在一个机车头的车顶上，流畅、坚定地将烧焊面罩拉下。过去，从机车工坊对面的街上，我经常看到从磨砂玻璃的遮阳板反射出来的闪耀亮光。在日落时分，直至整个夜晚，金光照满了整个铁皮房高大的中殿。我父母说不定还认识这位后来成了石像鬼的男人。甚至，也许是他们之中的一位对石像鬼宣告了辞退的消息。我尝试将这个念头从我的头脑中清除。我反复对自己说，石像鬼比这教堂更古老。毫无疑问，是圣克里斯托弗为他起的名。他就是缺失的雕像，这壁龛就是为他而建。教堂，甚至整座城市都是围绕他而建。他早已经在那儿了，在一片有桦树和橡树的原始森林的中央，在玫红色的砂岩还埋藏在地下之时。

* * *

在栗树赌马酒吧门前，有几个家伙站定着不动，他们的脸贴在茶色玻璃上。我也透过他们肩膀的缝隙,往里面看去。所有眼睛都盯着挂在墙上的电视屏幕,屏幕四周的一圈是啤酒品牌的logo,被盘结成尖锐色彩的霓虹灯管。我昨夜经历的摇晃是一次地震。新闻主播评述的卡通短片证实了。一个玫瑰色的点在地下颤动。从这个点出发,是玫瑰色的波,地面上一个灰色的方块因此晃动起来,方块旁有一个指示的箭头,还有标注。

费斯内姆核电站

随后,画面换成了列队而行的公交车、军用卡车、戴面罩的消防员,还有十来个穿黄色套装的男子。在他们毫无差别的外形之下,在他们的滑稽步伐中,循环播放一条信息。红色横条的底,用白色的字母写着。

费斯内姆核电站昨夜发生严重事故

酒吧的男招待将遥控对准电视,换了频道。这是英勇的姿态。马匹继续绕着马场奔跑,就像世界被创造以来的每一天。

这下好了。

一道深沉的嗓音,随之而来的是酒糟和蘑菇的臭味。石像鬼的口气。他从自己的壁龛中出来了,来看这一场闹剧。在他安宁的隐士生活中,确实要有比核事故更甚的事情才能让他惊讶或者忧虑。大家很早就知道,核电站到处泄漏,核电站过热,反应器毫无理由地停转。每一次选举,人们都说要关闭核电站,然后无事发生。事故和告示重新轮番上演。整个地区都学会了生活在一次事故的威胁之下,我们也总是说这核电站是个旧漏勺,拿它来开些不痛不痒的玩笑。不过,今天,习惯的力量,三重彩再加五重彩的鼓舞躁动,都无法将摇撼了跑马酒吧店内气氛的灾难念头驱逐。一道电流穿过所有人的身体和头脑。

* * *

在报纸的网站上,所有报道重复一样的信息,贫乏零碎,一样的告示,一样的讲话。这些文章包藏不住的,是自己通篇只有不确定的事实。一切都不可知。一切都不可见。事件发生在地下,或者在一个封闭和高温的核反应器中。我们对发生的事情一无所知。在《世界报》的 LIVE 页面上轮番滚动的句子中,藏着一些词语,是我以为专属于遥远国家的,是乌克兰、日本,或者是在虚构中才有的。地震。核融合反应器。铯 -137。铀 235。锆。堆芯熔化。连锁反应。所有词语组成一团云。恐慌以自我为食,盈满膨胀。

*＊＊

妈妈给我发了一条信息。她想要和我们说话。菲利克斯，他还在睡。他在打鼾，嘴巴大张。我等着他感受到我的在场而醒来，床垫在我的体重下往下陷了一点。他缓缓地滑向我。他一睁眼我就该跟他说明白，甚至在他第一口烟，第一杯咖啡，喉咙发出的第一个词之前，就该让他知道，在几公里之外，有一个核电站正在燃烧。要给妈妈打电话。该面对她的着急。

你在这儿干吗？

菲利克斯有气无力地说道。在十三个小时的漫长夜晚之后，他做出睁眼的努力，额头上的皱纹因此而深陷。

菲利克斯坐在厨房的地砖上，只穿一条睡觉的平角裤，他读着放在腿上的电脑屏幕，大为惊诧。我该下定决心给妈妈回电话。我的信息才发出，她就出现在我的手机屏幕上，是一张她以前度假的照片，脸有一半在大草帽的阴影中。"接听"的图标在照片下方闪烁。照片中她在笑，表情估计跟她此刻的表情正相反，她也许躲进了一个休息室，或酒店的大堂，或者在朝向大海的一个阳台上焦急地抽烟。

这里的所有人都非常担心。

我挺想告诉她，在贝尔福，情况不是这样。我撒个小谎，可她不会放心。她要求我们去找她。

话题 ○ 奥斯特瓦尔德

马上。

不出我所料,我有点烦了。菲利克斯注意到了我的气恼,示意我冷静。

我在市中心的一家酒店,圣夏尔车站旁边的一家贝斯特韦斯特酒店。

不至于要去到马赛吧?

我知道你们在这里才会放心,我给你们预订了一间房,我等你们。

菲利克斯放在炉火上的咖啡开始沸腾。

妈,我们还什么都不知道。

你们可以坐高铁。

费斯内姆,很远的,肯定没有任何危险。

妈,我们这儿离贝尔福很远,没有危险的。

下午五点,应该还有车。

在我旁边,咖啡壶在抖,在叫。

我想星期一回斯特拉斯堡。

现在都放假了,不是吗?

我还有工作。

还有,拿上一些碘片,我放在客厅的大汤碗里了。

拿咖啡壶的时候,我的手指碰到了滚烫的金属,壶被打翻在玻璃陶瓷的面板上,面板沾到水,就开始叫。

妈的。

车票有点贵,你们到了我就给你们报销,这不是问题。

你先让我说话呀。

我舔着自己被烫了的手指,喊了出来,对着话筒重复。

他妈的,你倒是让我先说话。

对话戛然而止。一道模糊不清的背景声,是人头攒动的街道,或是拍打在堤坝上的波浪。

别骂骂咧咧了,诺埃尔。让菲利克斯接电话。

他跪在浅色地砖上,用海绵将从灶台滴下的咖啡汲走。我将手机递给他。

哎,妈。

他看着我,启动了扬声器。

妈?

一道反复的、迅疾的哔噗声。一道空白的音调。在屏幕上方,在相同的节奏下,闪烁着"无信号"。

* * *

我们沿着萨福赫斯河慢慢地走。我的手机在口袋中震个不停,是妈妈接连发来的短信。信号饱和了。整个地区应该都在打电话。妈妈远在马赛,她打不了电话,只有在手机键盘上敲敲打打。菲利克斯不会忽略这些信息。他大声地读了出来。

话题 ○ 奥斯特瓦尔德

妈给我们发了高铁的时刻表。

妈建议我们坐十七点的车。这是白天最后一趟,下一趟要到明天早上七点。

妈看了价格,她给我汇了买票的钱。

妈把钱汇到我的账上了。

妈让我确定一下汇款是否已经到账。

菲利克斯成功说服了我。我们到马赛和妈妈会合。不会超过一星期,冬季假期的时间。

只要她可以放心。

菲利克斯已经安排了行程。现在赶十七点的高铁已经太晚了。我们明天出发,坐公交车到高铁站。要是公交车停了,我们就开高尔夫。假如高尔夫不能穿过城市以及贝尔福和高铁站之间的几公里路,我们就租两辆公交车站点旁边停放的灰色大自行车。因为,极有可能,高尔夫不是太有用。有大半天了,从先祖城区传来了塞在路上的车辆的噪声。一群雄蜂的声音。司机、乘客、路人,在城区中堵塞的车辆之间穿行。发生了一起事故。特别傻的连环撞。一辆加长型小汽车的车头,撞进一辆客货两用车的屁股。两位男司机,在他们的车前争吵。他们绷紧肌肉,高声吼叫。一位妇女试着让他们平静下来。她的儿子趁机爬到加长车的车顶。小孩踮起脚尖,看着列队的汽车横贯商业中心,一直延伸到高速公路。在俯瞰全城的狮子眼下,车龙必定还在延续。其中一个男人脸色喷红，他一下子连爬带跳，上到客货两用车的引擎盖上，女人抓住他的一只鞋子，拉扯他下来。他的叫喊被后面小货车的喇叭声淹没，轰鸣的引擎往外喷出浓浓黑烟。好比庞贝城的维苏威，假如费斯内姆是一座火山，那么，我们所有人便在这样的疯狂中，被滚烫的岩浆所凝固。

* * *

以发电站为中心，上了色彩的圆圈像波浪一样向四周荡开，穿过覆盖了孚日山脉圆顶峰群的黑色森林，颜色稍浅的田野，还有城区。一位记者解释颜色的意思。红色：已经疏散。橙色：在巴黎当官的人正在考虑。黄色：覆盖了贝尔福地域的颜色，理论上说，完全不需要担心。不过，按时服用碘片还是有必要的。电视和所有人都在叨叨不休。我们，听着他们叨叨，看着他们叨叨。整个国家应该都跟我们一样。双目空空，嘴巴合不上，麻痹的念头，在大恐慌来临前弥散的恐惧气氛中僵化。沉默无语地盯着发光的电视，看它给事件的迷雾再添上颜色。焦急地看着，我们居住的地方是否被包含在或红或橙或黄的圆圈中，再或者，假如我们远离红色，则吐一口气，十分放松。在黄色之后，便是森林的绿色。假如真有危险，危险也是不可见的，这至少是一个安慰。

妈妈收到过碘片,三板,也许是一人一板。所有药片都过期了,估计放在这儿很久了,在高踞客厅橱柜的陶瓷大汤碗中,被护照、证件照、明信片和宝丽来相片压在最底下。我就着一口啤酒将碘片吞下,还吃了几颗花生压了压后味。菲利克斯睡着了。电脑还未关,在他的肚皮上,随着呼吸上上下下。

在电视的灰白光亮中,宝丽来相片的颜色似乎更加晦暗了。被启用的紧急装置,在阿尔萨斯的南部,孔泰北方,德国巴登—符腾堡州的一部分,还有在瑞士的巴塞尔城市州和巴塞尔乡村州。堆起的第一张照片,爸爸和妈妈,在他们结婚的日子,在一棵柳树下相拥接吻。爸爸穿着炮兵的军服,有士官的肩章。妈妈穿一件膨大的白色裙子。他还在服军役。她还是大学生。

以发电站为圆心,三十公里半径内的地区准备疏散。

妈妈应该有八九岁。她穿着节日游行的军服,在一片泥泞的足球场中央,挥舞一根旋转球的球棒,球飞起在青色的空气中,在昏暗和低矮的工人住房的剪影上定住。

原因?在孚日南部的一次地震。

妈妈躺在一片沙滩上,袒露着乳房,是我从来不曾见过的小小的乳房。在照片背面,黑色鹅毛笔的潦草笔迹,是爸爸的圆体书法,优雅而精准,写着"Costa Brava(布拉瓦海岸）1984"。

震级6.9级。比1936年摧毁了巴塞尔城的地震更强烈。

爸爸在一条长椅上，给坐在旁边的一只猴子递了一把爆米花。这是在阿尔萨斯省的一片森林，猴子山，那里生活着上百只灰色无尾猕猴。

铯-137。铀235。锆。堆芯熔化。连锁反应。

菲利克斯在一辆紫色的三轮自行车上。我赖在他旁边，哭闹着抱着车轮不愿他走。

我请求法国人民不要恐慌。

爸爸穿着战服，和核弹军团的其他士兵们站在一枚导弹前。

云是不会在疏散地区的边界线上停住的，部长先生。

他跟我说过，在切尔诺贝利之后，他和他的士兵们负责在贝尔福区域做检测。他们被禁止泄露考察得出的不一样的数据。他什么也没对妈妈说，不过，他要求她只食用1986年4月之前的罐头食品。

部长先生，假如您认为三十公里半径范围内的疏散已经足够，您就错了。疏散方圆一百公里，都根本不足够。

* * *

我坐在窗户的边缘，一只脚悬空。先祖城里始终塞满了车,一条发光的金属蛇,在懒懒地爬行。

警报的哨声升起,我惊得跳起。

这声音来自另一种现实,和我成长的现实不一样。在这另一种现实中,有炸弹和冲锋枪的响声,有逃难。警报声笼罩整座城市,传遍每一条街道每一个广场,在萨福赫斯河上跑,涌入每一户人家,在楼道间四处窜。在建筑的外墙,窗户一扇扇地亮了起来。菲利克斯起床,坐到我身旁来,他还是睡眼惺忪。他伸了伸腰,打了个哈欠。

是马戏团到了吗?

楼下,喇叭大作。车辆都驶到人行道上,车流中让出了一条通道,军用吉普车的车队穿行而过。男人和女人的声音从扬声器传出,说话的人和吉普车一样多,都重复同一条信息。疏散贝尔福地区的命令已经落下。

* * *

经年累月,石像鬼在他喝酒、睡觉、喝酒、吃东西、喝酒、干活和喝酒的砂岩石板上,留下了一道肮脏油腻的污渍。石像鬼被人从壁龛中拉了出来,拔了起来,钓了上来,我们也是一样。一位士兵要求我们去和其他居民汇合,穿过圣克里斯托弗广场,然后是整个旧城。队伍往前,一直行走到有军用卡车等待着我们的军营。

下楼。

他气冲冲,伸手过来抓我的手臂,拉扯我,他凶猛地定睛眼神,传达出他的焦躁不安,和他在疏散整栋大楼、只给我们五分钟收拾一点物品时,是一样的。

你们都快点。

他在门背后反复地吼。他的脸尖而长,小黑眼睛扫视着走廊,我觉得,他有一张老鼠的脸。他陪我们下楼到街上,走在我们后面。所有这些穿军装的家伙,还有女兵们,年龄都和我们相仿,他们也许以为,我们在窥伺他们不在意的第二次机会,跑到严禁进入的地区。也许,他们都有这想法。他们。

我找回了菲利克斯,还有长长的逃难者队伍。在我们数米前,老鼠脸挪动自己瘦高的背影,盖住他的灰白头发的贝雷帽,在头顶上摇摇晃晃。一位警察碎步快走,穿过广场。人们都看着他。他朝监狱的方向走。服刑的囚犯们,被拿着黑色防暴盾的警察们包围起来,列队行走。他们从监狱的灰色高墙中走出,初升的太阳照耀出一道橙色的光芒。在装甲门和将他们运到其他监狱的有铁栏窗户的大巴车之间,还有几米的距离,他们中的一些人向我们叫唤。他们的话,菲利克斯也好,我也好,或者任何人,都不能明白。他们在远处叫喊的语言,估计只有他们自己懂。

话题 ○ 奥斯特瓦尔德

* * *

卡车的引擎在众人的沉默中噼啪响。有时候，纵队停下时，会听到有人说话的声音，落下一些命令。很快，车队重新启动，缓慢前行，在其他被抛弃的车辆之间蜿蜒行驶。这是我的想象。我不知道我们在哪里。在卡其篷布后连贯而过的，是一道熟稔在心的风景，只是，我看不到任何东西。

在篷布车顶下，我们都闭口不言。乘客们对面而坐。像是围坐一张大桌却互相陌生的家庭，每个人努力不撞上另一个人的目光，避免引发一道微笑或一个问题。在卡车狭小的空间里，沉默是每个人都尽量维持的最后的舒适。

你们知道这是要去哪里吗？

乘客中最慌张的，是一位佝偻的老妇人。当她冒险提出这个问题时，大家仅限于给她一个尴尬的噘嘴。

你们知道吗？

她恐惧的眼神寻找其他人的目光。不过，其他人在躲避，盯着格子盖板看，好像要数清楚在我们的脚之间、黑色橡胶的花边上，孔洞的数量。我将头往后靠。外面的阳光将篷布照成橙黄色。

您别担心，夫人。

菲利克斯回答了她。

您别担心,夫人,我们不会走太远。

我们要去哪儿,菲利克斯也一无所知。没有人知道。老鼠脸,他应该知道。在菲利克斯的招呼下,他吐出了一个词。

集中营。

在一道桥,一栋建筑,或者一道防音墙的阴影下,篷布重新变回卡其色。老鼠脸说了一个"集中营",就闭嘴了。我不知道,他是否明白集中营这个词的恐怖。

为什么您不跟我们多说一些?

无权透露,先生。

在他的两片薄唇之间,先生(monsieur)一词的 s 音嘶鸣了起来。菲利克斯贴在老妇人的耳旁低声说了几句。在卡车的半明半暗之中,一线光照亮了她皱褶脸颊上现出的微笑。老鼠脸朝他们投去一道怀疑的目光。他们继续有说有笑,评论士兵,或者麻木不仁的乘客们,互相嘟嘟囔囔,一来一往。

菲利克斯将手滑进口袋,掏出一个火机和一根烟。他点着了烟。烟草的气味让卡车深处的一个男子醒了过来。

车里禁止抽烟。

哦,你就别管了,小傻子。

老太太嘶哑的嗓音,菲利克斯咯咯地笑。

您看,这是写明的,这儿,贴在这儿。禁止吸烟。

话题 ○ 奥斯特瓦尔德

菲利克斯深吸了一口,看着他。

总不是这玩意搞死我们的吧,我想。

老鼠脸从他嘴里把烟扯走,扔到格子盖板上。用半筒皮靴的厚鞋底碾了碾。

* * *

卡车停下了,在一道魔术贴被撕开的声音中,日光照入卡车里。一位士兵抵着挡板,扫视我们。

你过来。

老鼠脸听令执行。他在老太太鄙夷的目光下,躬着高高的身体,一直走出外面。

菲利克斯和我是最早从车上下来的。

整个队列停在一座高架桥上,在两座光秃的山丘之间,这桥跨越了一个有茶色水流运河穿行而过的商业区域。风在卡车之间呼啸,传送着士兵们的声音。随之传送的,还有铃铛的声音,一群奶牛发出的哞哞叫,后者在远方出现,穿行在卡车之间。焦躁的士兵们试着将它们赶到一起,催促忙于咀嚼公路安全栏下野草的一头贪食奶牛重新动起来。然后,他们又追向另一头在悬崖边上逆车流朝北疾走的奶牛。我们逃难,牲畜在后。牛倌在引导。他一只手驾驶着四轮越野摩托车,站立起来,用目光审视这一切。在他面前数米远的地方，老鼠脸瞄准了一头发疯的家畜，它直立了起来，在兽群中蹦跳。牛倌赶来，拿一根长棍使劲地打在奶牛的口鼻上。它冷静了下来，摇摇头，赶跑看不见的苍蝇。牛倌将手放在它白色的臀部，抚摸着皮肤上大片的棕色色块。突然，他伸直手，转过身，用棍子打在老鼠脸的鼻子上。人群四下笑开。牛群也都发出默契的哞叫。菲利克斯高举双手，拍手叫好。

* * *

营地是一个偏僻的玻璃体育馆，位于一片森林和一个湖之间。我知道这个地方，虽然名字我已经记不起了。好久以前，我和爸爸来过这里。当时森林还没有因为要容纳这体育馆而千疮百孔。当时应该是在秋天，水已经干涸，露出湖底。我记得，柔软的褐绿色水藻长在溢洪道的水泥上，湖泊的水缓缓地流向一个史前沼泽地一片沉静的青绿之中。

我走进去。橡胶的气味。温室的热浪。

一位士兵坐在一台打字机后面。他递给我一张卡片，我读完，眼睛就挪不开了。这张卡上面写着，我要始终将它带在身上。在内政部的抬头下，是我的姓名和我的长期住址，也就是妈妈在贝尔福的住址，90000，沃邦河岸 3 号。

黑色的字母，在蓝色的墨线上。这是我的难民卡。我将之对折，塞进口袋。不要丢掉，也不要看到。

* * *

菲利克斯将他的背包扔在地上，然后倒在我旁边的军营床上。给他分配的床就在几排之外，可是他不想要。

我不想让你一个人孤零零的，诺埃尔。

在我的左边，是一个十五岁左右的男孩。此后的好几天，或者更长时间，我们都将毗邻睡觉。他从运动包中拿出一支除臭剂喷雾，对我说了一句羞涩的你好，随即尽情地给自己喷洒。水雾在他四周悬浮。从这有气味的迷雾中，一只男子的手向我伸过来。

我是大卫。

我，诺埃尔。

他是男孩的父亲。他的手掌有力，他的微笑坦然。我比较菲利克斯和大卫的脸庞，还有他们的态度，试着猜测这位年轻爸爸的年纪。菲利克斯，一脸胡茬，黑眼圈，软绵绵地和大卫握手，他看上去老许多。

日常生活开始逐步成形。有些人已经抵达好些时刻了。他们似乎已经互相了解。他们聊天，睡觉，看书，玩牌，互相结识，重逢，拥抱，焦虑，啃指甲。菲利克斯和大卫在聊天。大卫只有一个儿子,才三十岁,已经离婚了。我听着,不说话。我躺下。我在等待。森林不远,就在玻璃壁板的几米之外,只留下足够的距离,让阳光得以穿过,烘热这间体育馆。一幅画面印刻在我的头脑中,有如一道预感,强劲,清晰。很快,这些树,这些小灌木,所有的植物,荨麻、荆棘、苔藓,都长在玻璃上,覆盖过一切。森林会前进,体育馆将成为一个混乱的绿色坟丘。再不会有任何光亮穿过玻璃的壁板。

* * *

本是学年假期的时光在流逝,看不见的逃难,消失的警报声,听不见的灾难传言。这段时间,我们是在一个湖底度过的,与世隔绝,只剩下我们的假设、我们的恐惧,还有哑巴的军人们,他们,出于莫名的原因,生活在这片森林对面的布罗尼亚的村庄。他们的影子在池塘边,在散步的道路上,还在放有集装箱的停车场上游荡,而集装箱中关着的正是监狱的囚犯们。夜晚,士兵们在体育馆的一个阴暗角落处站哨。知道他们在那儿,包围着我们,给这些毫无差别、接连而过的日子的软绵绵的无聊,增添了一点威胁。

阿尔萨斯省有一大部分地区的人群都被疏散了。有消

话题 ○ 奥斯特瓦尔德

息称,在塞莱斯塔北部,居民们的生活几乎是正常的。可是,那些和我们一样,不幸身处地图上一个被粉笔圈起的地区的人,就要在紧急援助中心睡觉、生活。所有的集中营都和我们的相去无几,像苍蝇一样麇集在一条假想的线上,据说,跨过这条线,即使不可见,微小的危险也是存在的。我们应该相信,我们在安全的地方。这是还能运行的收音机和半导体告知的,哪怕手机的信号始终空白,彻底无望。这些古老的玩意,也许是从地窖或者阁楼翻出来的,是那些比我们更明智的人带来的,他们也许是老练的露营者,在不自知当中,为这次在体育馆的逃难生活做了准备。大卫便是这些人之一。他的收音机一整天放在枕头上,将我们吸附在四周。它聚集起了一个在其附近生活、吃饭、思考和说话的群体。我们转动小小的锈蚀旋钮,摆动被胶布固定的天线,朝往一个可以收到任何声音的方向,好在哪个偶然的方向上,接收到在老式收音机的一点频道的声响,像哗哗的落水声。天线的方向从来不是固定的,变化莫测。

* * *

青少年们在篮筐下度日。他们看上去不是太欢喜,哪怕学期被取消了。现在,在此等待了一个星期之后,我们明白了,我们回不了家了。不会这么早。从半导体中传出指挥官们、省长们、部长们清脆的讲话,不会欺骗我们。手机上奇迹般接收到的信息,也让我们明白。在这个国家,通行已经不可能了。不过,大家都不说话。也许,我们彼此禁止谈论此事。

我们给妈妈发了短信。我们也收到了她的部分短信,删减过的,结尾是填满省略号的括号,在这些省略号中,我们想象最可怕的消息。最经常地,我们只能读到妈妈只言片语的爱意,而错过其他正是我们等待的信息,我们真正的焦虑的对象。当她收到菲利克斯的第一条短信,读到布罗尼亚湖时,她就想开车来找我们,可她在一处关卡被拦了下来,我们不知道在哪里,总之她被迫原路返回。她想要坐火车来,可是火车没有了。于是她返回马赛,也许,回到在圣夏尔的贝斯特韦斯特酒店。她的企业阿尔斯通,估计无限期地租下了酒店的一些房间,假如他们不是在麻烦出现的第一时间跑掉,将员工丢弃在那儿,抛弃在一块风吹日晒的悬崖峭壁上的话,就像他们在其他处境、其他城市曾经做过的一样,而在这些城市,如果没有了工厂,也就相当于一片荒岛了。

爸爸那边还没有任何消息。不过,奥斯特瓦尔德离核电站很远。奥斯特瓦尔德,就跟斯特拉斯堡一样,应该不会被疏散。菲利克斯也都一无所知,他说话时耸了耸肩膀。

爸爸晓得怎么一个人搞定。

话题 ○ 奥斯特瓦尔德

* * *

夜里，高高挂在金属杆上的灯发出寒光，照亮了体育馆的四周。呼噜声此起彼伏，填满了整个场馆。等到一位士兵的影子消失无踪，我才起身。空气是沉重的，这么多身体在此沉睡，这么多张嘴张开着，在粗糙的床单、刺人的毛织毯子上，都是汗蒙蒙的身体。我想到，这股气味和这些声响，也许是我们在好梦或噩梦中所分享的一切了，到了白天，我们就抵抗恐惧，演绎日常生活的喜剧。

在圆灯煞白的灯光下，灰色沙滩中央的湖像一个巨大的开口。在水面的漆黑空洞之上，映出了高挂的圆灯，像在不见星星的夜空中挂起的月亮。我将脚趾伸进湖中，水是冰凉的。

在对岸，森林的边缘处，出现了两个身影。我认出了大卫的儿子，还有这几天黏在他身边的女孩。她的红棕色头发在夜色之中。男孩脱下衣服，扔到一旁，跳入水中。

水凉吗？

女孩在岸上逗留了一会儿。她看着男孩。

只是一点点。

她脱下 T 恤，放在小卵石上。解开短裤的扣子，裤子顺着腿滑下。然后是她的小内裤。她用脚将内裤从脚腕处解了下来。她裸着身。她也进入水中。缓慢地。被黑暗吞下的一个白色剪影。他们的身体离河岸十来米远。他们处在湖面上拓开去的波浪中心,将圆灯的倒影打成碎片,后者有一阵子化作了一群鲲鱼,在清冷的水中闪耀,微微颤抖。

* * *

沼泽地的边缘。营地的自然边境。

上一次我和菲利克斯在森林中走,是和爸爸一起的,在一个怪异的打猎日的下午。当时菲利克斯正在赌气,走在我们身后二十米的样子,唉声叹气。现在,他走在前头,决定我们要走的路。

他在一个树桩上坐着,将鞋子脱了,将牛仔裤沿着小腿撸起来,然后踏进被某种水芹覆盖的水中。在这块小片绿叶的毯子上,他的脚步会留下一道暗色的轨道,他一走过,这轨道立即消隐,就好像这沼泽是活的。在苔藓地的绿和水的绿之间,几乎不见分界。在两棵桦树之间波浪起伏的荨麻灌木丛的绿又有所不同。这些绿掩盖了一条陈旧的木桥。我在走出几步之后,用脚尖稍微掀开一丛草才发现它,黑色的木头在地衣下仍然可见,不过,已经彻底被地衣腐蚀了。在我的脚下,木桥下沉,发出一声汲水的声响。

这就是你的路了。

菲利克斯走到我身边,在桥上跳了跳,测试其硬度。

自从来到这里,菲利克斯和我经常一起散步。他反复念叨着一个想法,找到逃离集中营的路线。有些人已经这么做了。第一天晚上,体育馆整整齐齐的床铺都是占满的。这一天,清晨醒来,在晨光之中,我们就清楚地看到,这些床一天一天地空了起来。有逃难者离开了。他们没有被抓。我们其实没有收到禁止离开的命令,不过,指挥官让我们明白,我们应该留下来。菲利克斯想逃跑,却不想被人看到,也不想像离家出走的孩子一样被遣返回来。至于为什么逃,他给不出答案。不过,去哪里,他是知道的。他想去马赛,和妈妈汇合。远离营地。

什么时候?

我不知道。

我宁可等等。

别做梦了,诺埃尔。他们会让我们在这里腐烂臭掉。

* * *

你明白了吗?

菲利克斯还在坚持,不过,我对法国塔罗牌一无所知。

这样子,诺埃尔。

我随意地摆牌。

不是,这不是守卫,这张,是一只狗。

菲利克斯纠正我的做法，他的目光从他的牌到我的牌，从我的牌回到他的牌，他替我想该怎么出牌。

不是，这时候你应该拿一个大的王牌，我跟你说了呀。

他一脸大哥的臭样。

妈的，他还是不明白。

菲利克斯上一秒才说完纸牌的意义和价值，下一秒，这些信息就在王牌的厄比纳尔图像，在黑边圈起的黄色、蓝色，还有绿色中消散了。

你确定你读过书吗，诺埃尔？

18. 年轻的农民用连枷打麦子。

21. 一个小丑在一群士兵中央跳舞。

15. 一个摄影师，躲在摄影机的暗箱后，为一位装扮成牧羊女、摆出思考姿态的年轻女子留下永恒的一刻。

3. 三位穿传统服装的女人。她们的白色领饰像圣人的光晕一样闪耀。

2. 一对恋人，在化装舞会的狂热中静止相拥。

大卫一边吃着今晚的小牛肉烩饭，一边说着他在通用电气的工作，就在爸妈曾经供职，如今已被废弃的阿尔斯通工厂边上。

说到底，这份工作，我怀疑自己不会继续做下去。

话题 ○ 奥斯特瓦尔德

你觉得你会回贝尔福吗?

我的话还没说完,菲利克斯已经叹了一口气。

估计不是所有人都愿意重拾在那里中断的小日子吧,诺埃尔。

他把自己的牌放在军营床的卡其布上,露出一道浅浅的笑。牌局重新开始,菲利克斯已经不帮着我看了。我还坐着,一脸痴呆。我手里的这些方块硬卡片,毫无意义。

哎,你要出牌吗?

菲利克斯盯着我。我承受着他的目光,大卫则尴尬地低下了头。

别生闷气了,诺埃尔。

我希望他闭嘴。可是,菲利克斯永远不会闭嘴。

我道歉,好吧。你就不能原谅我吗?

不。你烦死我了。

我噌地一下站了起来,在菲利克斯面前挥舞这些纸牌,往他的脸上扔去。

冷静点,诺埃尔,可以了。

你滚蛋吧你。我知道你不想回贝尔福。你在那儿无所事事,在贝尔福也好,在哪里都一样,吃、睡、赖着别人生活。我不是。我还没有彻底绝望。

我品尝着自己吐出的每一个词。我越说越兴奋,我想要自己的话更恶毒伤人。

我不是可怜虫,我跟你不一样。

菲利克斯抓起他的牌,机械地洗了再洗。

行呀,诺埃尔。

他嚼着舌头,闭着嘴,像是有一块口香糖,被放在下唇上卷动,这是他伤心或焦虑时经常做的,就跟爸爸一样。

我不想消沉,你知道吧。

大卫强迫挤出一个微笑,打出几张牌。其中一张,上面画的是一位母亲抱着膝盖上的婴儿,她宽大的裙摆像一张床。我不想继续假装玩牌了。

谁来替我?

大卫叫了一声他的儿子,他正和棕发小女友手牵着手,在老鼠脸关注的目光下,绕着手球球门散步。大卫将所有纸牌都捡起来,洗牌,叠牌,放在军营床上,他的动作流畅而坚定,不需要目光的协助,就好像纸牌堆自己反转,在他的两只手中自然地流动。

不,爸,我不想玩。

大卫坚持。

我挺想玩的。

年轻女孩坐在我的位置上。大卫的儿子也贴着她坐下,伸直脖子看她手上的牌。她拒绝他的建议,她不需要。纸牌纷纷落在营地床上。这些纸牌描绘了一种古老生活的场景,其怪异就好比对数日之前的我们来说,如今在体育馆的生活,现在,这生活变得沉闷而普通。我在两列床之间走,听着收音机的烦躁声音,所有收音机都在先后地重复一样的声音播报的一样的句子,我想象到描绘这种生活的塔罗牌。

3. 洗澡的队伍。

5. 上厕所的队伍。

1. 在戴着医用口罩的士兵们把守的红十字会帐篷前的队伍。

11. 排队等发碘片的队伍。

12. 排队等饭食的队伍。

18. 青少年在村庄里算作公共候车厅的替代物附近打转。

2. 一个农民在树林中秘密出售他存起来的烧酒。

15. 环绕一张军营床聚集的人群,人人皆俯身朝着大卫的半导体。

6. 在守卫队的监视下,囚犯们在集装箱附近的水泥堤岸上行走。

14. 卡车上的老太太,在河滩上的一张帆布躺椅中,等待,从清晨到黄昏。

16. 游泳的人。他们白色的头在黑色的湖面上,圆灯的光亮照出这画面。

7. 菲利克斯在演大人,教我人生道理。

13. 老鼠脸,哑巴一个,一脸硬相,在他的军用旅行箱上休憩,监管着我们的来回行动。

＊＊＊

太阳落下去了，湖面倒映出一片玫红色的天空。光滑的浮桥像一条冰舌悬在湖面上，闪烁发光。空气闻起来像下水道，一股退潮的气味。我还是将衣服脱光，跳入水中。

冰冷的水将我的呼吸阻断了。

我用尽气力，一个劲往前游。我的手在墨绿色的水浪中隐没。很快，我就会回体育馆。菲利克斯会在那儿。我们会彼此愧疚。也许好一阵，我们会无言以对。然后，一切会好起来。我的手臂累了。我的呼吸越加短促。我喝了一点全是水藻细末的水。不过，我还在游。湖岸不远了。

水塘对面的那些蓝色集装箱，只能从油漆的新旧、铁皮生锈的多少才可以看出差别。从昨晚那些小孩子脱衣服下水的卵石湖岸处，可以清晰地看到它们。它们在停车场上呈圆形放置，就好像漫画里安营扎寨的尖兵宿营车，像一堵墙一样排列，为了对抗在外围游荡的印第安人，他们的美洲野马的马蹄掀起了莫哈维沙漠的尘土。不过，在这里，印第安人在圆圈之内，由牛仔们看管。他们的影子在临时营房的缝隙间倏忽而过。他们的声音传到我的耳中，迷迷蒙蒙，跟低声的絮叨一样不可听清。

一声喊叫。

然后，印第安人们的叫喊声越发洪亮，穿过水塘，到达对面有好些老人在躺椅上等待着、享受着最后日光的河滩。他们站起来,慢慢地走近水边。其他逃难者也加入他们。他们观望着对岸。

一个男人突然出现,在往森林去的路上奔跑。

他被两个警察追逐。其中一位,手臂向前,在一声电流声中,往空中射出一条和螺丝起子一般细的铁线,线的一头是钳子,一头连接着他手中的枪。休克枪射出的镖枪打中囚犯的屁股,后者倒地呻吟。射手冲上前压在囚犯身上。另一个警察随即赶到,他缓缓地瞄准这个在他同僚的重量下蜷缩攒动的毛虫。然后射击。囚犯的头倒在地上。他抽搐,像一只小动物,厉声尖叫。

在对面的河岸上,观众们拍手叫好。

他们对抗过银行、干旱、洪水、小麦和牛奶价格的暴跌以及各种病痛,他们起早贪黑,从来不抱怨,却经常流泪。

安德森悖论[1]

撰文　帕斯卡·马努基扬(Pascal Manoukian)

译者　林苑

---

[1] 美国社会学家安德森(C.A.Anderson, 1907—1990) 1961 年在一篇文章提出,下一代即便获得比上一代高的学历,也不意味着他一定能获得比上代高的社会地位。这一理论因此被称为安德森悖论。

献给我的左派工人父亲和他的雷诺岁月；
献给 13 岁即为工人的我的母亲；
献给让我知晓假期为何物的共产主义者无产者：
社会最底层公民，孩子是他们唯一的财富。

八月

阿琳诅咒面前这一排排歪歪扭扭伸向各收银台的小推车。仿佛一支要吞没货柜的毛毛虫大军。编织机的震动残留在她的腿里。这些机器虽然关掉了，却继续折磨着她，幽灵般的疼痛，虽然下了班却好像还在加班，"献给老板们的供品"，用女工们的话说。

有那么一刻，她闭上双眼，想象自己在开往科西嘉岛的轮渡上轻轻摇晃。克里斯托夫，她的丈夫，曾经发誓要带她去那里。他向她保证,说那里的天气热得像可以把沙子烧成玻璃的火炉。灯管被阳光替代。她几乎就要感到大海的气息了,真正的、蓝色的大海,而不是特雷波特[1]那样的海。

耳边响起的鱼类促销广告把她拉回现实。她又挑错队了。金属蛇的另一头,传送带停下了,上头堆得满满当当的,全是廉价商品。收银台前那个人如同一头搁浅的鲸,阿琳认出那似乎是桑德拉,小露西紧紧黏着她,简直像长了吸盘吸在她的大肚子上。很久以前,桑德拉和阿琳曾经在毛力共用过一台机器。

岁月臃肿了她的身影。八成是失业和饱和脂肪酸的功劳。阿琳赶紧在大玻璃窗中寻找自己的样子。对于一个四十几岁的人来说,还不赖。忽略两次怀孕留下的妊娠纹,这样的结果,正如她小时候乔治·马歇[2]说的那样,总体上还是积极的。但是在博韦的瓦兹河和工业废地里,共产主义者早就不见踪影,一同消失的还有工作机会和苗条身形。从那时候起,裤腰带勒得越紧,人就越胖。

收银员玛尔莉诅咒桑德拉和黏在她腰间救生圈上的小

---

[1] 特雷波特(Tréport),上诺曼底地区的港口小镇,位于法国西北部。
[2] 乔治·马歇(Georges Marchais, 1920—1997),法国左派领导人,1972—1994 年间任法共总书记。1979 年,他在《人道报》上的文章中称苏联的成果总体上是积极的。

孩。今天上午,这是第五拨数小黄钢镚导致队伍卡壳的。

排队的人没有嚷嚷。所有人都担心有天轮到自己过不下去。上个月,保安路易被开除了,因为有名员工拿了一包 4.4 欧元的卫生巾没付钱,他没拦下。卖东西的和偷东西的收入就快没差了,得盯紧所有人。

阿琳也忧心忡忡。毛力这周已经因为没有订单停工了三回。可真不是时候,今年,她的大女儿蕾阿要参加中学毕业会考。一切顺利的话,这个夏天她就可以注册上大学,三年后她就能获得学士学位[1]。看着桑德拉挨个数着她的硬币,阿琳想这可真有意思,同一个词,竟然能代表希望,也可以是希望的对立面。毛毛虫前进艰难。眼看她不能按时回家监督蕾阿复习了。

她招手让露西过来。小姑娘有些惊讶,顺着小推车队来到她跟前,手里抓着一只毛发凌乱的粉色小马玩偶。

"这是小老鼠给我带的。"

她少了两颗大门牙。

"我,我想要电视机,"她接着说,"我们家没电视机了。"

阿琳递给她十欧元。

"去,拿去给你妈。"

露西便回去找她的大鲸了。

---

[1] 法语原文 licencié(e) 一词有两个意思,一为获得学士学位,二为被解雇。

收银员叹了口气，但收了钱。桑德拉向阿琳投来绝望的眼神以示感谢，然后就消失在停车场的方向了，其实她也早已从生活中消失不见。

阿琳看了一眼手表。还有时间，她还能经过苗圃待会儿，看看有没有野羊。

他们的房子在小山谷尽头，挨着一条窄窄的马路。那是村子的最后一座房子。过了这房子，土路便代替马路，蜿蜒在白蜡树和犬蔷薇丛间，一直延伸到洗衣池边。马路于是也叫洗衣池路。土路的一侧是一片斜坡草地，向上爬升至橡树林边缘；从春天到夏末，草地上总有黑白花斑的诺曼底胖奶牛在吃草，下腹垂着淡粉色的奶头。土路另一侧，一条缓缓向下流的河流，河滩平坦，一棵枝叶凌乱的百年柳树矗立其上：那是泰山之树。

镇子上有二十来个孩子，女孩比男孩多，有三胞胎都是女娃的。但镇上没有学校，也没有咖啡馆。70年代那会儿，人们还能在杂货铺兼烟草店的露天座席上喝上一杯，星期天，赶上神父过来，也会在弥撒结束之后投几个法郎，如今只剩下农场，加起来也就五个，都是奶牛场。其中一家，奶牛终年不见天日；挤奶，添料，清洁牲口棚：一切都已自动化。另外一家农场呢，牛儿们自个儿在草地上吃草，泥里来泥里去，浑身脏兮兮的，跟主人们倒是有几分相像：他们习惯在高墙耸立、终年闭门的院子中央直接为肥堆做贡献。

艾桑库尔的美有如那些几乎枯死的树，每片叶子都是奇迹，在一个生命几乎已经消失的地方，赤裸裸地展现生命的迹象。

阿琳把身边的一切打点得井井有条，她的杰作，是莫奈式的《午餐》，不是草地上的，而是另一款，在阿让特伊的一所房子前面，离瓦兹河不远的地方，白色小阳伞被遗忘在房前的长椅上，在那个年代，工厂还会吐出滚滚的烟飘往蓬图瓦兹，人们还会在周日去诺让跳舞。一切完美。老式的农场，木筋的砖墙，蓝、白、红丛丛相间的紫阳花，谷仓砂浆墙面的碎纹，灰色碎石小径和百花齐放的花园。一幅大师之作，而大师就是她。多年的精心摆弄才得到的这幅幸福的画面，克里斯托夫、蕾阿和马蒂斯就在其中，那是她的光明之源。没有他们，生活就只是个障眼法，只剩下单调的色块和虚假的欢乐。

蕾阿躺在泰山之树底下，看着母亲把车开进院子里。时光太温柔，不宜复习功课，书翻到安德森悖论那一页，她把它合上了。明天也来得及。

她弟弟抓着一根挂在柳树最低的那根枝丫上的绳索，在河面上荡。

"马蒂斯，你小心点！"

每次他这样荡,母亲总是觉得已经看见他的死期。他对自己的脆弱还浑然不觉。每荡一下都是一次解放,把他从这具过于纤弱而无法与村里其他男孩一起玩耍的身体中解放出来。他大笑,起飞,脚后跟擦过清凉的水面,他忍住肌肉的疼痛,最后用腰再使一下力,终于落在离毕业会考真题集几厘米远的地方,挡住了投在他姐姐眼皮上的阳光。

"你好烦啊,马蒂斯!快去帮妈妈!"

他每次出场都很唐突。

几滴水珠在教科书上滚落:《社会与经济学——高二高三年级用书》。

为什么要把考试安排在夏天?蕾阿在心里想。秋天复习冬天考试容易多了,那会儿身体消停下来了,荷尔蒙沉睡了,不会去招惹所有这些过分活跃的传感器。人们尊重其他物种的生物周期,怎么反倒对最脆弱的物种也就是处于急速生长期的、身体带电的年轻人不管不顾几乎到了视而不见的地步?

马蒂斯和母亲一起进了屋,消失在门后。

蕾阿也想消失,远离红色的砖墙和泰山之树。这就是她抱着书本啃的原因,为了有天尽她所能,去往洗衣池路之外的地方,也许是非洲或亚洲,原来属于这里的工厂的机器都到那些地方去了。机器飞走了,留下静悄悄的厂棚,工人们两手空忙。她梦想着为改变这个世界助力,让矛盾缓和，不再有人受伤。

夜里，她挨个数着世界上的城市，想象这些地方的景致：澳门，悉尼，本地治里，第比利斯，拉戈斯，乌兰巴托，万象。第二天醒来，她却怎么也想不起来到底是哪个城市让她远离了洗衣池路。

以前，她会爬到德国人的树林边缘，攀上爬满常春藤的灰色水泥掩体，点一根烟，望着远方发呆。原野上的路有几分中国长城的意境，斜阳下金黄的麦田神似撒哈拉优雅的沙丘。忽然间，她仿佛看见亚马孙河的白浪在上海的摩天大楼脚下翻滚，其实不过是勃橡的林子止步在博韦的廉租房前。

在这片林子里，一些像她这么大的年轻人曾经阻击过德国人。他们金色的名字刻在纪念碑上。有学生，有农民，有公务员。

她的曾外祖父莱昂就参加了那次阻击。他的手腕处留下了一道刀疤，目光中总透出一丝怀疑。蕾阿记得他留着胡子的样子，还有他西服扣眼上别着的锤子镰刀胸针，奏哀乐的纪念日里他总会穿那身衣服。

晚上，他上楼轻轻哼唱《国际歌》哄她睡觉。咖啡馆里，人们叫他"斯大林"，因为每次一有人说工人的不是，他就会大发雷霆。

蕾阿喜欢他身上的烟草味和他僵硬的动作。他把杯子往吧台上一放，双臂交叉，把西装革履的老板、他们的奴才和大资产阶级骂个落花流水。陌生的词语从他口中咆哮而出，她听在耳朵里，一遍又一遍地在心里默念着这些词，然后在回家路上要求母亲给她解释：革命，无产阶级，阶级斗争，阶级叛徒。"你就不能教她点别的吗？"阿琳对他表示不满。"乱七八糟的玩意，有电视教她，"莱昂一边摆餐具一边嘟囔。他的父亲是个农民，给他起名莱昂，意在致敬布鲁姆[1]，二十岁那年，他娶了同组一名工会会员的女儿，她叫露易丝，跟巴黎公社的米歇尔[2]同名。

莱昂跟蕾阿讲30年代的大萧条，讲他小时候缺维他命营养不良，1936年生平第一次度假去了迪耶普，十五岁那年参与共产党的抵抗运动，丢进掩体的手榴弹和六个没比他大多少的德国年轻人，被活活烧死。"怎么能跟一个七岁的小姑娘讲这些事情！"阿琳冲莱昂发火。"这也不是十五岁的小伙儿该知道的事情，"莱昂反驳道。"你觉得德国人他们疼吗？"蕾阿问。有一天，出于好奇，蕾阿偷了他的打火机，照着他手腕被刺刀刺穿的地方给自己烧了个疤，从那以后，他们俩有了一样的伤疤。

---

[1] 莱昂·布鲁姆（Léon Blum, 1872—1950），法国社会党代表人物，曾任法国总理。
[2] 露易丝·米歇尔（Louise Michel, 1830—1905），革命家，无政府主义者，巴黎公社的重要人物之一。

话题 ○ 安德森悖论

但莱昂最令人津津乐道的战绩，使得他在全村历史上垂名的，是1973年6月的某一天来到克莱尔荣的广播节目《幸运1000法郎》。主持人吕西安·英年时那时候五十五岁，还对得起他的名字。

教堂广场前支了个法国广播电台国际频道的帐篷，十几名选手紧张兮兮地伏在那里答题。莱昂不费吹灰之力，连续答出了博茨瓦纳的首都和麦金利峰的准确海拔高度，最叫人瞠目结舌的是，他竟然连圣艾蒂安兵工厂第一份产品名录发布的日期都答得出来。

他在德国人树林的英勇表现让他免试进了博韦的邮局分拣中心。在那里，除了享受公家机构的福利，他还迅速当选为工会代表，这让他有时间补上中断的学业。他吭哧吭哧地把一本六百五十页的《百科年鉴》背了不少。那本《百科年鉴》还是他从无人认领的包裹里得来的。按照不成文的规定，包裹无人认领超过一年零一天，邮务员便可将其视为己有。

这天，节目破天荒上了直播，整个克莱尔荣都等着长脸。台上，协助莱昂的是毕肖普先生，一位货真价实的书店店主。在他们面前，头排坐着已经连任三届的戴高乐派市长，命中注定要当警察的、新上任的梅诺特[1]警长，还

---

[1] Menotte，法语意为手铐。

有所有的个体户，其中有黑血肠西施寡妇汤泽尔，第二排坐着一溜尚且硬朗的养老院住客和农学院的三十五名学生。坐在最后几条木头长凳上的是若干当地居民，他们靠着和政府团队的关系搞到了入场资格，当然还有莱昂的媳妇露易丝，还有几名社会主义阵营的同志，硬是挤到了资本主义拥趸的队伍里。吕西安·英年时有个助手负责计时，用木槌敲击钟琴也就是一种金属片排钟，以示答题所用时间。

敲钟人停止计时之前，莱昂已经连续答对六题，接下来是吕西安·英年时提问："球盖菇科中的哪种蘑菇通常长在牛粪上，而且有着强烈的致幻作用？"莱昂没有迟疑："裸盖菇。"一举通关，他决定挑战"超级问答"。

"1000法郎的题目来自阿登省巴朗市的托琦女士，请听题：哪位政治人物，十五岁参加运动，几年后丧失了法国国籍并被判处死刑？"吕西安·英年时问道。

这一次，莱昂的队友反应比他快。

"戴高乐，"他在莱昂耳边低声说。

斯大林努力压低声音："绝对不可能！"

"就是他，"毕肖普信誓旦旦，他太了解他的将军了。

"那就让他们的超级问答见鬼去吧！"

敲钟人雷打不动地继续敲击着金属片数秒。

"什么！"书店店主大惊。

"你看着办吧，反正，这种右派电台的宣传，我是不奉陪了。"

主持人偏偏没话找话说:"亲爱的听众们,我还听说莱昂他自己也是在十五岁就勇敢地参加了运动。"

钟琴最后三声响起,标志着答题时间结束。

"那么,"吕西安·英年时接着说,"莱昂,1000法郎的这道题,您的答案是?……"

莱昂双臂交叉在胸前,这可从来不是好兆头。

"我的答案是'他妈的!'"他破口大骂,"以所有工人的名义!这个国家的反动政策弄得工人们每天都没好日子过,这都是拜某位不管工人阶级死活的将军的接班人所赐!"

敲钟人的木槌悬在半空中。

"再加一个'他妈的',送给这儿的代表,"莱昂直勾勾盯着市长和他的团队。

最后排的露易丝确认那是她的工会老犟驴无疑。

莱昂很小心地没说出那位将军的名字,以免被认作有效答案。

"既然我手里还拿着麦克风,那我就代表这个国家所有的阶级兄弟,再加一个大大的'他妈的',送给政府。"

他面前那排戴高乐派如遭暴击,瞠目结舌。

敲钟人重新敲打起来,试图用钟琴声盖过众人的喧哗,有些人乐得见眼前所见,有些人则很不满。

吕西安·英年时绝望了,用眼神四下寻求支援。

市长意识到刚才发生的这一切对于他亲爱的克莱尔荣市意味着多少世纪也洗不去的耻辱，尽管身躯肥胖，他依然成功地做到猛地站起身来，企图从莱昂手中夺下麦克风。太迟了，那东西被莱昂丢到钟琴上去了，正打着滚。

梅诺特警长使出最后一招，试图平息这场动乱，他命令两名警察制服莱昂让他闭嘴。作为反抗，莱昂的同志们齐刷刷扑向市议会成员。露易丝也没闲着，她用双手捂住吕西安·英年时的嘴，戴高乐将军的电台里第一次响起《国际歌》，整个法国都听见了。遗憾的是，历史没能记住这一幕，电台领导接到信息部部长的直接命令，在档案中抹去了这次冲突的一切痕迹。

想着她的曾祖父，蕾阿笑了。她想念他胡子拉碴的吻。

她出生十四年之后，他死了，享年八十五岁，就在当年法国广播电台国际频道搭帐篷的地方，他正要和一位递给他宣传单的"国民阵线"活动分子理论，却因心脏病突发倒下。他最后说的话是"见鬼去吧！"后来，露易丝在他坟前，当着家人的面，说他死得和活着一样，口无遮拦。"你也见鬼去吧，我的爱，"她最后说道，扔了一把土。随后，米歇尔妈妈，"斯大林"莱昂生前总这么喊她，什么也没再说，同年3月5日，轮到她走了，那天是真的斯大林逝世的纪念日。

远处，两只野羊正在优雅地跨越中国长城。

话题 ○ 安德森悖论

蕾阿点了根烟，内裤褪到腿上，往两腿间吐了最后一口烟，开始尿了起来。水泥掩体上有一处彰显"法国·蓝色·玛丽娜"[1]荣光的白色涂鸦，她特意尿在上面，就当向曾祖父致敬。

艾桑库尔周边没有任何村庄幸存。这是第二次占领，没有坦克也没有盖世太保。曾经战斗过的人们缴械了，投降了，高举双臂。在莱昂的时代，飘扬的蓝白红三色旗是对虚无的抵抗，如今却象征着接受虚无。这一次，敌人来自内部。仇恨的口号布满工厂的围墙，阴阴森森，它们让阿拉伯人去死，然而这地方想碰见个阿拉伯人都难。每次学校组织的集体旅行只能让蕾阿越发绝望。她坐在大巴上，看着沿途这个蜷缩起来的法国，"国民阵线"分子像毒贩一样，把他们害人的东西和思想四处传播。村庄里的瘾君子越来越多。党派的活动室成了注射毒液的地方，在围墙和口号的掩护下，被禁止的事情获得了许可：仇恨他者，种族主义，否定主义。最黑暗的东西被涂成了水手蓝，伪装得非常粗糙。不再是法西斯而是爱国者，不再是种族主义而是民族优先，不再反犹而是反对金钱万能。父亲靠挪用泥瓦匠的遗产发了财，女儿用这笔财富来筑墙。村庄一

---

[1] France Bleu Marine，bleu marine 既是水手蓝的意思，Marine 也是法国极右政党"国民阵线"领导人玛丽娜·勒庞。

旦被攻占，便与剩下的世界隔绝，城墙高筑，如中世纪。已经有许多人自愿选择自我封闭。她蕾阿只想跨越一座又一座的桥。

马蒂斯又挂到他的绳子上，他姐姐也重新投入安德森悖论中。荷尔蒙先不管了，得学习，金边或尼亚美之旅始于今日。阿琳下到洗衣池里去种百合球茎，她远远地望着她的杰作。孩子，房子，园子，她觉得好像在观看一场她的生活的主题展览。

那天晚上，在博韦的让娜—阿谢特广场的舞会上，她想象的幸福就是这个样子的。

克里斯托夫牵起她的手，领她进了舞池。1993年的这个6月，瓦兹的天气如地中海畔。她热烈渴望着理想和玫瑰人生。一步，两步，他的手揽住了她的腰。自从她开始留意男孩子，她感到这次环绕她的臂弯，是她期望所及之处最安稳的一双。没有什么能让她偏航，不可能。二十岁的脆弱和怀疑如朽木般漂浮到她少女手袋的椅子脚下，搁浅了。

踩着悬在半空的梯子，就像阿兰·苏雄唱的那样，那一刻，她知道，对他而言，大地上只有一样东西在旋转，那就是她轻飘飘的裙子。他将自己纤瘦的身体紧靠着她的身体，她最后的抵抗归于徒劳。腰腹间的热切把他们牢牢焊在一起。

话题 ○ 安德森悖论

苏雄的歌和他们的吻同时停下。"你叫什么名字？"他问她。"阿琳。"他大笑。"我叫克里斯托夫。"

她知道莱昂得知他的孙女的名字时大发雷霆，他可是给儿子起名让以致敬饶勒斯[1]的人。"为啥叫阿琳？"莱昂问。"因为我们认识的时候正好在播这首歌，爸。""歌？"他只知道一首，《国际歌》。让大着胆子演示："我喊了又喊：阿琳！我呼唤她回来。我哭了又哭，噢！我痛苦无奈。""滑稽！"莱昂耸耸肩膀嗤笑道："竟然从一首夏天的流行歌里给孩子取名字！"他那代人，是经历了所有斗争的一代；他儿子让，是度着假长大的一代，自然而然会去挑一个出现在《嗨，伙伴们》杂志头版的名字。

用不了多久，他们的结婚喜帖会以45转黑胶唱片口袋的样子出现。这个想法让阿琳禁不住微笑。但他们还得再等上一年。两人都刚刚进工厂，阿琳是毛力的流水线女工，克里斯托夫是优尼玻的熔炉工。对她来说这是第一份工，他是第二份，此前几个月的时间里他在给那一片的小超市安装报警系统。两份崭新锃亮的长期合同，有理由让人展望未来、孩子和贷款，拉格朗德莫特[2]的假日指日可待，连

---

[1] 让·饶勒斯（Jean Jaurès, 1859—1914），法国左翼政治家，社会党领导人，《人道报》的创立人。
[2] 上世纪六七十年代兴起的南法海滨度假胜地，靠近蒙彼利埃。

突尼斯的海滩也并非遥不可及。

1993年的那个夏天,没有任何人任何事能破坏他们的幸福,爱德华·巴拉迪尔也不行。这位总理赶在大家去度假之前悄悄对退休年龄打起了主意。阿琳和克里斯托夫刚在职业生涯最后一程的起跑线上做好开跑准备,爱德华就已经把终点线往后挪了。

优尼玻工厂是另一个不该跟莱昂提起的话题。洛朗,克里斯托夫的父亲,农夫一名,他把地卖给了盖厂子的人,就是这个厂子刚刚录用了莱昂未来的女婿。在莱昂看来,这是背叛。"跑得了的厂子跑不了的地!"他交叉双臂,大声嚷嚷。

这茬让他们每个星期天都不好过。面对大发雷霆的莱昂,洛朗和他的妻子让娜牢牢守着他们的阵地,一致抵抗。他们一辈子都是这么过来的。他们对抗过银行、干旱、洪水、小麦和牛奶价格的暴跌以及各种病痛,他们起早贪黑,从来不抱怨,却经常流泪。直到有一天,他们不得不作出决定,卖掉位于马路边上优越地段的十公顷地,以挽救行将被执达员没收的房子,也给自己挽回一些颜面。

但莱昂不依不饶。一切都得靠斗争。生活不是你强我弱就是你死我活:1789,1917,1945,1968。放弃斗争,等于低头认怂。洛朗和让娜说不出话来。"你们他妈的熟悉这片地!你们是在这片地上面流过汗的。她多好啊,肥沃，慷慨！那帮人会把她掏空，让她贫瘠，断了她的生路，给她浇上水泥。她可是一直养着你们呐。那些工厂不像庄稼，庄稼它年年长，厂子它只养肥它的主人。"

然后，在一个复活节的周一，莱昂最后一次交叉起双臂，说出他那句永恒的"见鬼去吧！"，让娜和洛朗就再没见过他了。

阿琳又种下一个球茎，然后把沾满泥的双手伸到池子里去。池子底，水从两块石头中间的缝隙里咕嘟咕嘟冒出一个个小水花。人们用木头和石板在泉眼上盖了个棚子。一直以来，居民们都笃信这里的水能为新生儿除百病，让年轻的姑娘怀上孩子。母亲们把羊毛帽浸湿在池子里，然后用梨木烧成的灰将其烘干，再戴到孩子头上。春天里，当年要结婚的新娘子们会用麦穗沾着这池子里的水，悄悄洒到自己两腿之间，许下三遍要怀孕的心愿。

阿琳还记得她采摘自己的麦穗的时候。

第一次是为蕾阿，那天正好日全食。她和克里斯托夫爬到高处的牧场，躺在草地里。太阳滑到了月亮之下，她的裙子滑向腰间，就在两颗星辰交叠的那一刻，他的身体也融汇到了她的身体里。很快，她知道蕾阿即将到来，灿烂又神秘。

马蒂斯那一次有些勉强，太匆忙，挑的那簇麦穗有点稀薄，大腿上没洒够水。他一出生就很娇弱，没人知道为什么。有时候他好像呼吸不上来，皮肤变得透明，瞳孔失去光亮，身体失去一切力量。于是他就这样，不哭也不喊，突然离开这个世界，好几分钟里，他身体发抖，呼吸暂停，翻着白眼哀求人们把他从这不可名的病的旋涡中救出，只有他自己见识过这恐怖里的谜团和疼痛，每次他从这般恐怖中归来，受惊吓之余，竟没有一丁点记忆，医生也没有办法。

这病随时可能发作，把他从她身边掳走，然后又以龙卷风刮过的速度，把他送回来，有时候一连三天发作，没有缘由，没有先兆，或者销声匿迹好几个月，直到有天突然再次把他吸走。阿琳在她速写本上记下他每次突然发作的情形，坚持了很长时间，希望能找到某种逻辑。但她没有找到，专家也没找到。无法为敌人命名；自然的袭击，无人宣称对此负责，某种"无名的病"，医生们也只能如此总结。"无名"这样的修饰语有多无用，就跟凯旋门下烈士墓的"无名"一样，既安慰不了病人的家属，也无法抚慰烈士亲人的心灵。但是医学也没其他修饰语供选择，加上马蒂斯每次发完病也并无显著后遗症，阿琳也就只好满足于这样的字眼，她守护着他，就像人们守护无名烈士墓的火焰一样，希望它永远不会熄灭。从那以后，她就不再做笔记了，也不再千方百计寻找原因，但她时时刻刻盯着他，发誓她会一直守着他，直到有一天，人们能给她幸福上的

话题 ○ 安德森悖论

这个创口找到一个确切的名字。

她真希望像皮埃尔·波纳尔[1]那样修改作品,让不完美消失。美术馆的保安人员好几次撞见这位画家手里拿着画刷,正在自己作品的某个细节上涂涂改改;这位大师甚至还跑到收藏家家里问能不能再做修改。临终之时,他央求他的侄子去改他画的最后一幅画《开花的扁桃树》,给草地的绿添一丝黄,那幅画油彩都还没干呢。阿琳做梦都想"波纳尔化"她的马蒂斯,抹掉脆弱,添加气息和力量,柔化线条。她曾经去奥赛博物馆观赏那棵扁桃树。找不到什么不完美的地方,除了画家的签名少了一角,侄子不小心拿黄色颜料盖住了。但波纳尔已经没机会再担心这点瑕疵了。终有一天,她也不会再有机会为马蒂斯的脆弱操心。那天下午,离开博物馆之前,她在纪念品店买了个速写本和石墨笔。从那天起,每天傍晚,她都会在草原中央停留。

从村庄上方的路向下俯视,克里斯托夫能看见艾桑库尔每块瓦片的挂钩在阳光下闪耀,像一群沙丁鱼。随着沥青路面的凹凸,几千条鱼集体起伏移动,以完美整体的形态呈现。也可以说像工厂下班的场面,在那个工人们还成群结伴的年代。

---

[1] 皮埃尔·波纳尔(Pierre Bonnard,1867—1947),法国画家、版画家、雕塑家,后印象派和那比派创始成员之一。

"哎！沙丁鱼的名字出自世界上哪个地方？"克里斯托夫有些犹豫。"不行，太容易了。"拐过最后一个弯就能看见泰山之树。他歪着脖子，试图透过荆棘篱上被野猪钻出来的洞寻找马蒂斯的身影。"或者，野猪崽的窝叫什么？"

自从莱昂在"超级问答"上英勇地自取灭亡之后，克里斯托夫就源源不断地出产问题。有一次，他的问题被吕西安·英年时采用了："来自瓦兹省艾桑库尔的布瓦提耶先生的问题。"整个工厂的食堂顿时安静下来。"一种罕见的病，症状是没有指纹，这种病什么名字？"钟琴响起，充满悬念的倒计时开始。车间所有人都在祈祷，工会代表也不例外。"叫皮纹病！这个问题为布瓦提耶先生赢得了一百法郎。"工人们自豪感爆棚。包装车间的达米安提议去辛普利买瓶酒来庆祝，但工头发话了，以内部纪律为由驱散了人群。

克里斯托夫也加入他妻子的杰作里头去了。就差他一个。厨房的窗户前，阿琳在沥干生菜的水，湖蓝色的紧身背心包裹着她浑圆的胸，背心吊带上点缀着一些劣质的小玩意。她应该是在打折的时候给自己添置了些什么。

蕾阿在泰山之树下朝他送来飞吻。她很美，就像多年以前让娜—阿谢特广场舞会上的她的母亲。马蒂斯已经朝车的方向跑过来了。为了这幅画面他伤腰劳背。但疼痛已然消失了。

"爸爸,你要看看我打水漂多厉害吗?"

他亲了亲儿子。

"亲爱的,等一会儿。你先好好练练,我换下衣服就去找你。"

马蒂斯已经转身跑开。

克里斯托夫溜到阿琳身后,吻了她的脖子。

"这是什么,是给我的吗?"

"什么?"

她假装不明白。

他抚摸着她的胸。她无力地躲闪。

"不知道,再说吧。"

他把手伸到她的湖蓝色背心底下。她光滑冰凉的皮肤让他从熔炉的热气中解脱。

"住手!"她的反抗愈加软绵绵。

他继续。

"不要,这样不好,我得去帮蕾阿复习。"

换作以前,这是他们最好的选择。

"复习可以等等嘛。复习啥?"

"经济。什么悖论……我也说不上来。"

"你知道什么叫悖论吗?就是你穿成这个样子还不帮忙灭火。"

她笑了,扭头给了他一个吻。

她喜欢他就爱这样的她,徐娘半老,算是金发但也没那么金,摩登但也只局限于他们那个小地方。有钱的话,她可以是个大美人。没钱,她就是个普通人。"已经不错了。"她经常对自己说。

她依然会在花园的长椅上非常老油条地讲笑话,或者7月14日国庆的时候,在市政府租来的蓝色大棚下,伴着现场演奏的电话乐队的歌曲,一手拿着啤酒,披头散发,像株黄麻一样扭来扭去。让-路易·欧贝尔[1]在她耳边轻唱:"我梦想着另一个世界。""各有各精彩吧,"她平淡回应道,没有嫉妒心,"总不能个个都是夏奇拉。"

克里斯托夫的手往下游走,摸索到她假的 GUESS 牛仔裤上,进行第二次试探。

"亲爱的,现在不行……"

"怎么了嘛!"他依然不放弃,"反正也不会有邻居来打扰。"

一年多了,对面的窗板一直紧闭。事情来得太快,没人预料到。六月里裁员,就在暑假之前。三十个人被无情

---

[1] 电话乐队主唱。

解雇。厂方用一条群发短信通知员工。邻居艾莉兹和她丈夫杰罗姆都在裁员名单上。八个月后,执达员清空了他们的房子,贴上封条。负债过多。在四十五岁的年纪,搬回父母家住。随后,一块布告牌宣布蜡烛拍卖开始。三条灯芯相继点燃,等到第三条灭掉的时候,房子随即易主。如今,生活就是这么化作青烟的。

在此之前,阿琳只得适应投到她画上的阴影,仿佛幸福对面有摊污渍,太阳前面挡着一团云。

不是就是

生活

La vie n'était qu'un rapport de force.

帕斯卡·马努基扬
Pascal Manoukian

你强我弱你死我活。

井然有序的个人世界没能给她任何安慰。恰恰相反，眼前的秩序与巴黎的事件过于脱节，她不禁认为它只是暂时的，暴力终将降临并掠夺一切。

生活在一起

撰文　艾米莉·弗莱什（Émilie Frèche）
译者　范加慧

话题 ○ 生活在一起

你对你兄弟做了什么?[1]
　　　　　——《圣经·创世纪》4:10

此刻我眼前是那只动物,
我们以几乎听不见的声音
谈论到袭击与遇难者时,
它定睛看着我,
说出马太的话:
"它被暴力掠夺。"[2]
　　　　　——菲利普·朗松[3],《碎片》

1　《圣经·创世纪》4:10,耶和华说:"你做了什么事呢? 你弟的血有声音从地里向我哀告。"
2　《圣经·马太福音》11:12,"从施洗者约翰的时候到如今,天国是努力进入的,努力的人就得着了。"
3　菲利普·朗松(Philippe Lançon),《解放报》(*Libération*) 文化记者,《查理周刊》(*Charlie Hebdo*) 专栏作家,2015年1月7日在《查理周刊》恐袭事件中遭受重伤,失去下巴和右前臂,后将接受治疗和面部整形的亲身经历写进非虚构作品《碎片》(*Le Lambeau*)。

四人初次见面那天，黛博拉的儿子还没怎么开口，可能只是笑了一声，或者做了个模仿动作，皮埃尔的儿子已经不耐烦。他发疯似的生气大吼，说他讨厌黛博拉和莱奥，永远不可能喜欢他们，也不想要这样的母亲和兄弟。他抓住磁吸在身后餐柜上的切肉刀，挥舞着扬言要杀了他们——这时他们才认识不到一小时。

之前几秒钟没有任何预示暴力的迹象。黛博拉甚至记得一分钟前萨罗蒙还在放声大笑，突如其来的狂怒在她看来和十岁孩童极不相称，因此她和莱奥彻底惊呆，一个字都说不出，身体动也不动。这场景实在难以置信，母子俩全部的精力都用来试图理解它，惶恐地盯着眼前明晃晃的刀刃，毕竟它随时可能将他们开膛破肚，事实的确如此。但在正常世界里，谁都不会料想在自家厨房被爱人的孩子拿刀捅死，因此黛博拉那天并没有清楚意识到她和儿子躲过了多么可怕的一劫。皮埃尔恐怕也没给她时间思考，他当机立断地抓住儿子的手腕将其制伏，刀随即掉落在地。他的动作看起来轻车熟路，黛博拉感觉如果谁被胡蜂紧贴皮肤，必须有这么敏捷的身手才能在被蜇之前杀死它。是的，一只胡蜂，几乎构不成伤害的小小昆虫。她脑子里把萨罗蒙和胡蜂相提并论，即便刚才那个瞬间他有可能结束他们的性命。后来她常常问自己什么时候开始意识到这一事实。或许是几个月后在她父母家度假期间，这孩子在泳池边再次暴怒，用尽全力将高尔夫球杆甩到他们脸上，差点戳瞎他们。或许是初次见到皮埃尔不久后，在莱奥让她去看的心理医生那里，某次谈话结束时医生告诉她："您的儿子希望您保护他。"（她当时不喜欢这个用词，她没听明白。）也可能是萨罗蒙情绪相对平静期间，这孩子为了讨父亲开心，每次在家中见到黛博拉就用单调又刺耳的小声音打招呼："你—好—啊—黛—博—拉—你—今—天—怎—么—样？"她也说不清。由于痛苦的缘故，所有这些在她脑中混作一团。但是有一点她可以肯定，她早先并不惧怕这孩子可能做出什么事，直到莱奥、皮埃尔、萨罗蒙和她搬到一起生活。

他们搬到一起的时间是11月13日恐怖袭击的几周后。这并非巧合，更不是经过深思熟虑做出的决定，而是这场屠杀直接导致的结果。他们清醒意识到自己的脆弱，仿佛获得死神的缓刑，因此发自内心地希望尽快行动。那晚与死神擦肩而过之后，他们别无选择。皮埃尔和黛博拉当时正在国王喷泉街的露天座喝酒，距离事发地点不过二十米。那家店名叫泊船酒吧，他们以前并不认识，选它完全是出于偶然，因为正好在散步的路上。当然，他们有可能走远一点，到好啤酒小酒馆落座，现在也就不在人世了。没错,他们有可能,从今往后他们不得不怀揣这个念头活下去。晚上九点半左右,他们喝完杯中的酒,黛博拉提议离开。对于那个季节而言,当天气温非常温和,周末才刚开始,两个儿子不在身边,第二天也没有安排,他们可以沿着河道漫步,随便溜达到巴黎的任何地方,这是他们最喜欢的消遣。他们站起身,往麦当劳方向刚走两三步,这时传来最初的几声枪响。所以那个恐怖夜晚在黛博拉记忆中留下的唯一色彩便是麦当劳的灯箱招牌。一开始他们以为听到了鞭炮声,但很快便看见袭击者和四散奔逃的路人。是的,袭击者就在那里,就在他们眼前,站在好啤酒小酒馆和卡萨诺斯特拉披萨店的正中间,像电竞游戏一样举枪射杀目所能及的人。某一瞬间,他们以为自己逃过一劫,接着却看到袭击者继续开枪。简直无法相信居然能开那么多枪。后来他们通过报纸得知,调查人员在事发地点的人行道上找到 100 多个 7.62 毫米弹壳,这个数字并不意外,他们亲眼看到恐怖分子遍地泼洒枪林弹雨,无论是臂、腿、头、脚、手、膝,还是胸腔、心脏、脾脏、肺脏,只听得突突突突突突突,持续不断的枪声如同地狱,那是战争的声音。事实上黛博拉吓得整晚说不出话,唯独对皮埃尔讲了一句:"皮埃尔,天呐,这是战争"。

据他所讲,他把她推到旁边建筑物的门上保护她。她不记得这事，记忆中只有枪声，疾速驶离的黑色西雅特轿车，接着是深海般的死寂，只听到一个女孩在某处低声哭泣。她还记得一辆车门半开的灰色汽车，旁边躺着的男人估计是下车时中弹，现在他倒在血泊中挣扎，可谁也救不了他。街对面的桌椅被掀倒在地，玻璃橱窗被子弹打成筛子。遍地都是玻璃碎片，鲜血宛如小溪在人行道上流淌。其他人倒在地上，很多很多。有些已经身亡，更多则是受伤。

看着眼前的血腥屠杀场面，黛博拉不知道时间过去多少秒。她完全丢失了时间概念，这一刻似乎定格，永远占据她的记忆，其余一切变得支离破碎，如同断续的梦。夜深人静或者在超市购物时，她还能听到"快走！赶紧躲起来！"的喊声，但她无法说出这个声音下达命令的准确时间。她仿佛又看到自己躲在一栋建筑的大厅里，身边都是陌生人，小孩紧紧抱着母亲的腿，哭得停不下来。皮埃尔告诉她，他们躲藏的地点在国王喷泉街2号。或许吧。回去一趟才能确认，但她再也没有勇气踏上那条街一步，尽管那是她前夫德里斯生活的街区。皮埃尔还告诉她，警方担心恐怖分子的同伙在那幢楼藏身，因此疏散了所有人员。据他讲，他们走出楼时，外面的街道如同战场，多辆消防车和救护车停在路边，死者被白布罩住，伤者被抬上担架。他俩像走在废墟里的两位老人，互相搀扶着穿过混乱的街道，来到共和国广场，一切似乎突然安静下来。然而在她的记忆里，这安静其实是内心的巨大恐惧。他们幸运地叫到一辆出租车，回到皮埃尔当时位于圣索沃尔街的住处，整个周末没有出门。亲朋好友打电话询问他们是否安全，他们也只字不提。不，刚刚经历的一切绝不能告诉任何人，毫发无损的人似乎根本没资格讲述。他们不是受害者，而是被神明眷顾的人。他们没有任何损失，至多丢失了爱情萌发时重新苏醒的青春心绪——无忧、渴望、轻松，然而巴黎有多少人正在哀悼逝去的亲人，相比之下这些情感何足挂齿？似乎毫无价值。那一晚，在一个月后即将永久告别的这间卧室里，他们安静地躺在冰凉的床上，紧紧贴合的两副裸体宛如狄洛斯溶洞里发现的那对情人，六千年前消失的文明如今只留下两具骸骨。他们选择眼前仅有的道路：认清且不辜负自己的幸运，活下去，只争朝夕！

但是只争朝夕与一起生活又有何干？皮埃尔真的渴望和黛博拉同居吗？黛博拉是否期待和皮埃尔住在同一屋檐下？如果以前有人问她，答案多半是否定的。她爱这个男人的方方面面，他的声音、皮肤、想法、做爱方式，还有他看着莱奥的温柔目光。可是他儿子的暴力倾向已经令她担忧，正如他前妻的样貌也是她心头挥之不去的阴影。是的，她害怕他的前妻，怕她带来厄运，每当听到她的名字,或者当她喋喋不休的说话声从皮埃尔的手机里传出来时,黛博拉的心底都有一个小小的声音对她说:"你别管!"当然,还得考虑莱奥的父亲德里斯……黛博拉才和他分开一年,有必要让他这么快看到亲生儿子和另一个男人同住吗?事实上她很满意目前的状态,有时与孩子独处,有时与情人独处。就算建议她重组家庭也是白费口舌,她完全不相信这种模式,更谈不上憧憬。她认为那只是个陷阱,一个低级笑话,她是不可能尝试的。话虽如此,恐怖袭击发生三天后,反而是她自己在网上找到了新公寓。

11月16日星期一,皮埃尔清早出发前往司法宫出席庭审,黛博拉随即离开圣索沃尔街。坐在驶向左岸的优步汽车里,她脑中只有一个念头:赶紧回家。和前夫分开后,她带着儿子住在圣米歇尔大道的一套两居室公寓里。在她的想象中,家是混乱世界里的救赎港湾,能带给她此刻需要的安全感。然而当她上楼进门,看见屋内宁静有序,物品各归其位,鲜花、蜡烛、书籍、整齐铺在沙发上的格子毛毯,似乎周末并没有发生特别的事,她的心反而凉了一截。井然有序的个人世界没能给她任何安慰。恰恰相反,眼前的秩序与巴黎的事件过于脱节,她不禁认为它只是暂时的,暴力终将降临并掠夺一切。

她把手提包放在门口,没脱外套就径直走到电脑前坐下,打开电子邮箱。除了广告之外,还有两封来自制片人的邮件,但她已经知道内容,所以没花时间点开。那天早上她一醒来就看到弗雷德·威图的短信:前阵子他们卖出一部关于欧洲年轻女孩被极端组织洗脑的纪录片,鉴于最新发生的事件,买下放映权的电视台决定将播放档期提前,希望周末之前能拿到影片拷贝。威图有些担心,他想知道黛博拉能不能赶在新的截止日期前完成剪辑,早先缺失的声音有没有找到。不,她根本还没去找,按理说这才是当务之急。但脑海中有个急切的声音敦促她打开苹果浏览器页面,开始搜寻遇难者名单。一个个名字瞬间出现在电脑屏幕上:丝黛芬妮·阿尔贝蒂尼,朱斯蒂娜·杜邦,诺埃米·贡扎雷,穆罕默德·艾敏·伊布诺莫巴拉克,皮埃尔·英诺桑提,雷诺·勒古恩,夏洛特·莫德,艾米莉·莫德,法妮·米诺,塞西尔·密斯,马努·佩雷·帕雷德斯……这只是开始,完整名单还很长,法院检察长宣布遇难者共计130人。黛博拉迫切想看到这130人的脸庞,了解他们的生活,知道他们是谁、做过什么、和谁一起生活、喜欢什么,她关心一切能使他们鲜活起来的东西,包括社交网站上不起眼的照片、朋友圈下方的评论。她什么都想看,因为这些人不该用姓氏概括,更不能用无法展示现实的空洞数字"130"一语带过。她仔细翻看陌生人的脸书、照片墙、推特主页，点开一个又一个链接，查看一张又一张图片，沉浸在他们的生活中，如同坠入无底深海。她发掘他们的欢乐、痛苦、笑话、怒气，总之看到他们的世界……他们的温柔。不知不觉已过去几小时。说来奇怪，尽管不认识任何一位遇难者，她却感觉和当中每个人都有联系。这些人与她相像。她完全有可能和他们遇见、往来，甚至爱上彼此，她觉得自己对陌生人突如其来的同理心至少说明一件事：巴黎是她的城市，如果她只能用一个词回答"你来自哪里"，答案就是它，巴黎。

天色最终黯淡下来。黛博拉暂且告别遇难者，起身离开电脑。她肚子空空、双眼发烫，小心翼翼走向面朝米歇尔大道的窗户，脸贴在玻璃上压扁了鼻子，注视楼下往来的路人。这些人是怎么做到步伐节奏与上一周没有区别的？是不是为了掩藏内心的惊慌、伤感和不安？她看到路人身上令人惊奇的力量，但与此同时，从五楼俯视又显得那么渺小脆弱……她开始玩个游戏，用指尖随机瞄准并跟随某个路人，在他走出窗户框之前碾碎。她心想，事情说到底就是这么愚蠢，射杀者没有逻辑可言，因为瞄准镜里看到的目标只不过是一个点，换句话说什么也不是。她回想起小时候家人常说的一句话，生死有命。她的祖父在阿尔及尔被流弹击中不幸身亡，母亲的部分家人被集中营夺走性命，后来父母总把这句话挂在嘴边。黛博拉还是小女孩的时候，每次听到就恼火地朝天上翻个白眼：父母怎么就不明白呢，战争已经结束，再也没有人必须依赖好运才能活命。现在她反而想打电话问他们，怎样才会有好运？能不能像追求爱人一样将它吸引到身边，一辈子留住它，并且传递给子女？黛博拉问自己。她没有答案。她只知道世界早就进入新纪元，距离父母向她讲述战争的恐怖已过去十五年，然而距离她亲身体会到命运无常仅仅过去四十八小时。上周五她亲眼看见人们倒在人行道上，自己同样随时随地可能死亡。想到这里，无尽的恐惧填满内心，她独自在客厅啜泣起来。这是恐怖袭击过后的第一次。

两三分钟后，她逐渐平静下来，感到全身放松。她惊讶地觉察到某种奇怪的愉悦，面对恐怖主义这个隐形的敌人，她卸下防备，放弃抵抗，似乎接受了无法斗争、甚至无法自保的事实，沉浸在一种新的宿命感当中，或者说找到了内心的安宁：如果我遭遇不测，那好，就这样吧。她逐渐感觉周围世界不再构成巨大威胁，回到电脑前坐下，漫无目的地查看白天陆续收到的大量房源信息。早在一年前她就已经找到自己和儿子需要的住所，但出于好奇依然继续查看各路网站发来的房源推荐。她乐于了解行情，阅读房屋介绍，对着照片上的卧室、客厅和厨房幻想。她觉得这比旅行更好，可以窥探自己住在别处的生活。或许生活不过是一场放映会，每次在房产网站上神游，她依然全情投入。当然，"房产漫步"不过是游戏，一种放松头脑的方式而已，黛博拉根本没考虑换一套公寓。话虽如此，贝尔赞斯街依然从一堆广告中脱颖而出，成功引起她的注意。

房源信息简明扼要："巴黎北站地铁口，92平米三居室，2600欧元，费用全包，11月23日周一上午10—12点可以看房。"寥寥数语只配有一张奥斯曼建筑正面照。至于卧室、客厅和浴室，一张照片都没有。黛博拉无从判断房屋的布局、空间、光线以及地面和墙漆的状态。或许信息缺失恰恰激发了她的好奇心，下个周一10点整，她准时来到贝尔赞斯街12号，这里很快将成为她的新住址。

皮埃尔对此另有解释。他认为黛博拉之所以会去看房，是因为她潜意识里知道那套公寓可能适合他们。他每周至少要乘火车去一趟加来，确实只能住在巴黎北站所在街区。皮埃尔从小在加来市中心的老城区长大，他出身犹太家庭，父亲家族来自波兰，母亲家族来自阿尔萨斯，那里自大革命以来十分依赖花边饰物制造业。他在父亲的鼓励下走上求学之路，成为家族中第一个开启新生活的人。十八岁那年，他来到巴黎"读法律"（这是外省人的惯常说法），从那之后再也没有回老家待过三天以上，唯独有两次例外：

2004年母亲去世，2014年父亲去世。皮埃尔从不怀疑自己对父亲的爱（至少不太怀疑），父亲自知时日无多、畏惧死亡的那段时期，他只能艰难地独自面对老人的衰弱。所幸遇到从医的老同学，这才得以帮助老人减轻痛苦。朋友名叫格里高利·威兰，不但聪明而且古道热肠。天主救护[1]在加来丛林[2]积极开展活动，格里高利一边在市里接诊病人，一边负责该组织设在当地的分站。2015年春天，大批新难民陆续抵达加来，格里高利问皮埃尔是否愿意与法国难民及无国籍者保护局[3]交涉，帮助维护那些申请避难者的权益。这件事涉及的法律领域并非皮埃尔所学专项，但他不想拒绝。从此他每周都要去加来。

贝尔赞斯街还有一个地理优势，从北站出发分别前往莱奥和萨罗蒙就读的学校，地铁路程恰好一样远。公寓共有三间卧室，两个孩子都能有属于自己的房间，这是重组

---

1 天主救护（Secours Catholique）是1946年成立的非营利性组织，国际明爱（Caritas Internationalis）在法国的分支机构，致力于解决贫困、消除排外、推动社会正义。
2 加来丛林（Jungle de Calais）是指法国加来附近的难民和非法移民营地，居住者多期望非法进入英国。欧洲难民与移民危机导致营地人口大量增加，法国当局开始驱逐，营地因此获得全球关注。
3 法国难民及无国籍者保护局（OFPRA）是法国内政部下辖公共机构，负责受理难民或无国籍者的申请材料，裁定申请人能否享有1951年日内瓦公约、1954年纽约公约规定的庇护权。

话题 ○ 生活在一起

家庭的成功要素。房租相对两人的工资水平而言也合情合理，皮埃尔说得没错，黛博拉肯定立刻注意到了，新公寓完美符合他们的需求。可当他晚上过来时她却只字不提，即使被发现也不肯承认。皮埃尔走到身后拥抱她，恰好看见电脑上的房源讯息，惊讶地问："你想搬家？现在？"黛博拉往天上白了一眼："胡说八道！"

他凑到屏幕旁看完介绍文字，提醒她没有照片的房源都不可信。黛博拉笑了，这话她赞成。他轻柔地吻她的脖颈和喉，手逐渐落到胸部，她的双唇反过来找他，接着两人长时间做爱。很长时间。广告被黛博拉抛到脑后。

第二天她也没有再看一眼。11月的第三周，她整整一个礼拜不去理会，既没有向任何人提起，也不想拨打中介电话。然而周一到来时，她没有像往常那样去游泳，而是不由自主地搭乘地铁来到巴黎北站，20分钟后与房产经纪人见面握手。

经纪人是个面色浅白的年轻男子，身穿同为浅色的西装，轻得好像要飘起来。他对这套公寓不熟，掏出满满当当的钥匙串挨个尝试，一圈下来才终于碰上正确的那把。黛博拉先进屋，径直走到中间迅速环视一圈，身体随之转动360度。通常人们看房时会想，真漂亮、挺大的、很白净、足够高，她想的却是：这就是我家。她立即打电话给皮埃尔，能听出来对方周围一片安静,她像准备试镜似的清了清嗓子,接着一口气说道:"我在贝尔赞斯街12号,假如可以的话,我希望你过来。"他回答:"你别动,我马上到。"

短短几个字,语调低沉,她听完有种异样的感觉。皮埃尔的反应好像接到求救电话似的,仿佛他愿意倾尽所能救她于危难之中。她随即明白了原因,皮埃尔说他在律师事务所的会议大厅,那里刚才举办了遇难者纪念仪式。单位有两名同事在巴塔克兰(Bataclan Theatre)袭击事件中不幸失去亲人。皮埃尔目睹他人痛失至亲的悲伤泪水,难免设想自己处于相同情况,加之无法安慰他人的苦痛也令他感到无力和沮丧。黛博拉不由地认为,如果不是因为这样的情景,皮埃尔也不会想要立即赶过来。换一种情况,她打电话就只能得到这样的回答:黛博,对不起,我得去赶火车/出席庭审/跟别人吃饭,总之现在赶不过去。如果真是那样,故事走向就会大不相同,实际上或许根本就不会有故事。我所说的故事,指的是自从亚伯被他兄弟该隐杀害以来[1],人类世代都在重演的遭遇。皮埃尔和黛博拉即将带着两个儿子在贝尔赞斯街开始他们的尝试,这件事便是一起生活。因为无论洒过多少泪水、流过多少鲜血,

---

1 据《圣经·创世纪》记载,该隐与亚伯是亚当和夏娃所生下的两个儿子。该隐是农民,他的弟弟亚伯是牧羊人。该隐杀害亚伯,犯下历史上第一次杀人事件。

人类只要活着就永远无法舍弃爱与被爱。

"很好,我们要了。"皮埃尔告诉房产经纪人:"我下午早点联系您递材料。"

当医生走进最后一间病房时,他下意识地把头转向那个被一盆美丽菖兰装点的角落,小女孩仍然躺在床上,头发在赤裸的脖子和肩膀上翘了起来。她正凝视着床头柜上的花,美丽白皙的面庞却像是睡着了一样。

花语

撰文　于贝尔·阿达德(Hubert Haddad)
译者　吴燕南

话题 ○ 花语

我们时常看到一个男人,双足分别踏在河的两岸,逆流而行。

亨利·米肖(Henri Michaux)

汽车在医院门廊前放慢了速度。保安匆匆升起闸杆,在车通过时和他打了声招呼。雨在挡风玻璃上留下长长的抓痕。除了一群猫在这庞然大物驶近时一哄而散以外,院落里冷冷清清。两侧的房屋不断倒退着,像排成队的囚犯鱼贯而行。威廉·格拉夫喜欢拂晓时刻,微光中万物轻颤,轮廓逐渐清晰,不再连成恍惚的一片。在这片肃穆的区域里,一场暴雨让花园里春天的芬芳更加浓烈:那儿有几丛开花的灌木,几块方正的草坪,几片精神病人照料的花圃。太阳快要出来了,他把车停在一棵树下,又抓紧时间抽了支烟。暴雨已经停了,但树枝上残留的水珠还是滴落下来,打湿了他的脸。他磨蹭了一会儿,终于抬腿向化验室走去,走进那栋不对称的大楼里,看守还在打着盹儿。

走到他的科室要经过一个小院子,经年累月踩踏后的青石砖地面中央有一个大大的圆形凹陷,仿佛转了整个世纪的老水车在这里留下了痕迹。格拉夫三大步跨过院子。最后那通往他办公室的走廊里回荡着呻吟声,喃喃低语声,还有从五脏六腑深处传来的一声声长叹,仿佛是沼泽中的生物发出的沉闷声响。他习惯性地套上那件硬邦邦的医用大褂,把零碎东西装在口袋里:钥匙啦,香烟啦,笔啦。离查房的时间还有半个小时,他站在敞开的窗前出神,时而注视着院子凹陷的踏痕,时而被飞来飞去的麻雀吸引住,半小时在他思绪的交替中渐渐流逝。微风渐冷,百舌鸟的叫声穿破了寂静。格拉夫回忆起从当初到现在的这么些年,就这样看着这堵渐渐发黑的墙度过了整整二十年。从实习医生到现在的事业有成,他走了多么艰难的一条路啊!他又回忆起当初流离失所的慌乱。那时的他悲伤得仿佛失去了至亲,他的外国文凭在这个国家不比他祖国的货币更值钱。幸好他深谙怎样运作关系,最后终于拿到了这里的国籍,获得了觊觎已久的职位,开始工作。格拉夫在记忆的最深处挖掘,但只有艾德维吉的脸浮现出来,所有往事都在她的深邃双眼中烟消云散。现在,他缺的只是青春了。曾经令他垂涎不已的体面人身份,如今他已经习惯到厌倦了。威廉·格拉夫,著名外科医生,热爱他的妻子和职业。

医生回过神来，有人在院子里走动，毫无疑问是他的学生。八声钟响从厚厚的墙外传来，他准备好了。就像神父不会让唱诗班的孩子代替自己去领圣餐那样，他也不会让下属替代他完成每天枯燥的查房任务。他锁上办公室的门，走进阴暗的走廊，只有他自己的脚步声在回响。他的下属医护人员很快就跟上了他。走迷宫般弯弯绕绕了一段路后，一群人再次穿过青石砖院子，清洁工正在那里挥动着扫帚和水桶。跟在医生身后的一群学生在高高的拱廊下窃窃私语，时不时爆发出一阵笑声。医院渐渐恢复了每日的活力。人们卸下大堆待洗的衣物和巨大的消毒铝锅，乙醚和氨水的刺鼻气味覆盖了花园的香气。阳光穿过倾斜的大玻璃窗，在廊柱间投下穹顶的影子。长廊连着长廊，仿佛无穷无尽。道路正中的花圃上，一些忙碌的身影在铲土、除草，姿势笨拙缓慢，仿佛是一群连接着工具的机器人。时不时有人站起身来，神情茫然，目光追随着空中飞舞的鸽子。

医生向下属们指明了查房的方向。人们纷纷涌向通往破旧的公共房间的长廊。第一个病房中，卧床已久的病人有的坐在金属床上，有的在床上缩成一团，向这群穿着白大褂的人们投去焦虑又顺从的目光。格拉夫站在两张床中间，分别询问着左右两边病人的情况，用同等的严格纠正着诊断结果，向即将上岗的年轻医生们传授经验。他向病人们展示着一种为痛苦与死亡的每日表演所必需的、有距离感的仁慈，再卑微不起眼的病人也能得到他平等的关怀。一些病房里住着归他治疗的病人，但他路过别的病房时也没忘记关注一下其他病人，反而是跟在他身后的下属们心不在焉。那些因为高烧而神志不清的病人，神色惶恐地转过头，注视着这行每日决定他们命运的队列。

回办公室的路上，威廉·格拉夫带着他的一群人穿过一间由其他医生负责的病房。一张床上，一个女孩子像是睡在角落里。他先是瞥见了床头柜上那盆艳丽的莒兰，目光又不经意扫过她的脸庞。她双唇微张，似乎感觉不到任何呼吸的存在。病号服太大了一些，袒露着胸脯，头侧向一边的肩膀，扭曲的脖子有一种孩子气的诱惑。离开病房时，医生示意护士来为女孩盖上被子。

问诊结束了，格拉夫先和几个实习生聊了一会儿，再走进手术室。早上有三场手术，第一场就是急诊。最后一场手术结束后，医生向两边伸展胳膊，让护士们脱下他沾了血污的手套和外套。鲜血淋漓的四小时过去了，但他刚刚拯救了一个生命，另外两场手术也做得不能更好了。走向更衣室的路上，他的满足感突然间就被一种疲惫取代了。他觉得大脑一片空白，于是换上衣服，想去花园里抽两支烟。格拉夫恍惚地感觉到，他的工作量超出负荷了。疲倦近年来已经损害了他的身体，他的心一直在狂跳。他听信自己作为医生的直觉，决定给自己放个小假。春天的气息

话题 ○ 花语

温柔又清澈，去诺曼底海边的度假屋里歇上一个星期吧，然后一切都能回归正轨。这样一来，他终于能陪妻子和孩子们一回了。他决定周五晚上下班了就出发。格拉夫深吸一口弥漫着植物芬芳的空气，振作精神，沿着在郁金香和重瓣玫瑰之间装点着小花篮的花坛散步。从今往后，他要给自己更多的闲暇，艾德维吉的指责并非没有道理。否则，他的孩子们怎么能把这个时刻焦虑不安、只在星期天训斥他们而其他时候就消失不见的男人当作爸爸呢？以他的名声，找到一个舒服度日的清闲职位不成问题。格拉夫向砖石和水泥墙投去感激的目光。他还有十年就退休了，却觉得自己救死扶伤的天命才刚刚开始。医生困惑地坐上自己的车，跟着一辆救护车开出了医院。今天下午他要去两个郊区的私人诊所问诊。车里一路上放着舒伯特的四重奏，让他想起了自己的童年。这无比寻常的一天的夜晚降临，格拉夫回到自己在林荫大道上的家，他久久地亲吻了妻子，也忍不住去叫醒已经睡下的孩子们。

第二天上班，医生和往常一样向守门的保安打了声招呼。行政楼的钟指向八点一刻：这是他职业生涯中的第一次迟到。他的下属们已经在石砖院子里等他了。他套上白大褂，开始例行的查房。一些病人唉声叹气地回答实习医生的问题，添油加醋地强调着他们的痛苦。另一些濒临死亡的病人却徒然地装出健康的样子。格拉夫在一个心肌供血严重不足的孩子面前停下来,那是他今天的手术对象。这孩子和他儿子的年龄相仿,但举止看上去要年幼一半。孩子被一群人吓得快要哭出来,幸好一个女人伸出手来,去抚摸他的脸蛋。格拉夫向护士笑了笑,继续查房。

病房一间连着一间。有一些房间面积巨大,密密麻麻摆了三十张床;上面挤满了贫穷的病号,有眼神茫然的非洲人,有即将漂泊到生命尽头的流浪汉,还有干了半个世纪卑微活计的木讷老人。当医生走进最后一间病房时,他下意识地把头转向那个被一盆美丽莒兰装点的角落,小女孩仍然躺在床上,头发在赤裸的脖子和肩膀上翘了起来。她正凝视着床头柜上的花,美丽白皙的面庞却像是睡着了一样。

医生结束了和实习生的例行谈话,又在办公室打了几个电话。他像往常一样下楼走向手术室,隐隐觉得心情沉重。他不喜欢给孩子做手术,但他又是孩子们最好的选择,更何况这孩子让他想到了自己的儿子。如果病人打了麻药之后再也醒不过来,就像离河岸还有三米远却溺水了那样,他会承担起事故的所有责任,会度过无比艰难的一周。

幸而手术做得好极了,孩子毫无疑问会痊愈的。格拉夫离开手术室,几乎对这次成功感到意外。尽管如此,他还是想着,手术中的偶然就像彩票上的错误号码那样不能完全避免。去私人诊所做了一个小手术后,他又急忙赶回医院，去控制一个严重烧伤病人的心率衰竭。这一天让他精疲力竭，下班的时间到了，医生长长地松了一口气。

艾德维吉在等他一起给孩子过生日。在他快乐目光的注视下，他们的女儿吹灭了插在刚出炉的蛋糕上的九支蜡烛，而小儿子则把自己的盘子伸向爸爸。过了一会儿，妻子叮叮咚咚地为他弹了一段舒伯特的曲子。威廉·格拉夫望着挂在客厅墙上的画，那是一棵怒放的樱桃树。他在扶手椅上昏昏欲睡，任由童年回忆萦绕于心时，想到自己诺曼底的宅子那儿也有这么一棵盛开的樱桃树，在忍受着糟糕的天气，在等着他。

出发度假的那一天，医生一脸轻松地出现在医院里，仿佛大西洋的海浪马上就会洗刷掉他所有关于内脏的血腥记忆。他匆匆完成例行的查房，但也没忽略了任何一个病人。他很满意地看到，昨天刚做完手术的小病人在向他微笑。最后一间病房连着通向他办公室的走廊，他在那里又看见了那个苍白的女孩，她的脑袋转向窗户那边，一束阳光照在床上，把她整个人笼罩在光晕中。床单褪到她的腋窝下，勾勒出纤细的身体。她的肩膀袒露在空荡荡的病号服外面，随着心跳而微微起伏的胸脯轮廓清晰可见。女孩的脸向太阳的方向伸去，精致玲珑的面孔仿佛要融化在光线中，像白雪覆盖下的白雪。

查房结束了，格拉夫和蔼地回答着学生们的问题，然而谁都看得出来他有多心不在焉。今天没有手术，终于有那么一次，他在到点之前就回家了，让他的同事惊诧不已。回家后不久，他就接上妻子与孩子出发了。

暮色把这珍贵时刻的羁旅之感渲染得更浓烈了。天上的星辰遥不可及，就像医生无数次抬头观星时所感受的那样。到了午夜，就只剩格拉夫还醒着，他看着一束螺旋般的光在深不可测的黑暗中旋转着。车沿着海岸线行开了一段后，又驶进公园大道中，在一栋传统的诺曼底茅草屋顶建筑的台阶前停了下来。医生把两个孩子哄睡后，在客厅的壁炉里生起了火给屋子除湿。艾德维吉在沙发上睡着了，他久久地停留在妻子的身边，观察着她微垂脸庞上光与影的微妙游戏。这里唯一的主人是海，他们的时光与大海一同流逝着，宁静又灿烂。海的呼啸声掩盖了其他的声响，他们的耳和眼一同沉浸在水的存在中，就连精神也变成了海浪，成了拍打礁石的巨浪，成了贝壳里不断回响的汹涌波涛。格拉夫和孩子们一起玩了很久，孩子们都不愿离开他了。为了让这短暂的田园牧歌景象更加完美，艾德维吉尽情发挥她体贴的招数，又是烹饪，又是做针线活，还从早到晚唱着质朴的儿歌。他们早上在沙滩上漫步，晚上在炉火前畅谈，时间变成了简单的周而复始。格拉夫喜欢与拂晓相遇，他从未错过黎明。这个早上，他要去金黄的沙丘上走一走，什么也不想，走进无尽空间里，享受在潮汐的蒙蒙水汽中，自己只是天地间一个渺小分子的时刻。灰蒙蒙的远方渐渐明亮起来，阴影处处沾染了颜色，它们马上就要避开绚丽的天空了。这蓝绿交融之处的漫步越来越像一场梦，仿佛这个终于清晰起来的世界里有太多的丰富性，太多的细节，让注意力不知该聚焦于何处。地平线颤抖着，星星仍悬挂在天上，乌鸦和海鸥走动的天野像一幅随意摆放的黑白棋盘，灯塔的光还没熄灭，波浪涌向寂静之处，悬崖的皱褶已悬浮了好几个世纪……格拉夫随着退潮往下走，处处是被海藻覆盖的岩石和被风吹皱的水洼。他时不时转头看向山丘上那座孤零零的宅子。在海滩上远远望去，沙丘另一边的宅子就像孩子稚拙的画，黄笔描出的太阳，黑蓝笔涂色的土地，树木绿得像薄荷，而道路没有透视，失去了纵深。窗户板很快就砰砰地被打开了，一个年轻女人的身影出现在窗前，艾德维吉的头发乱蓬蓬地堆在睡袍上，朝他大幅度地打着手势。他知道自己模糊的身影从远处望去与海鸥所差无几，他简直希望能在落潮上振翅一击来回应她。所有的一切都拥有一种简单而毋庸置疑的美，几乎使他惆怅。下午，当海浪不再泛起白色泡沫时，他在三个水手的帮助下，扬起船帆，两支桅杆高耸，驶向远海。他把舵柱夹在腿下，边吸烟斗边看着孩子们，他们正坐在桥上，试图钓一条不可能上钩的鳗鱼。假期的最后一天，天悬在海面上，格外的蓝。医生再次被紧张感淹没了，他后悔不能多待几天，但他在妻子认真地注视下，向孩子们保证周末一定会回来与他们汇合。

晚上，他在壁炉前又一次想到了医院里灰扑扑的墙，想到了病床和手术的伤口。艾德维吉试着用他故乡的音乐转移他的注意力。客厅里立式钢琴的声音奇妙地在老房子里回荡着。妻子清澈歌声中的变调扰乱了旧时回忆，一首他曾在别处听过的悲歌特别地打动他。艾德维吉还没开口唱，他已经默默在心中哼出了歌词：

我回到美丽的她身旁，她却去了天堂。
她的脸苍白，她正被埋葬，我来看她最后一趟。
没有你，生与死无别，我的爱依然。
没有你，无数夏天度过，但春天不再来，
秋天已经过去，你不会回来，春天不会再来。

归程很短，医生也不觉得伤感。第二天黎明，格拉夫医生步履轻快，离开他公园大道上的家。他沾满尘土的车从大门开进医院的围墙里。保安匆匆打了声招呼，升起了细细的闸杆。行政楼的大钟正指向八点。当格拉夫穿过四方形的青石砖院子时，他在圆形的低洼处停了一会儿。他想起了一个老护士的话，这个庞大机构的这部分曾是一个收容所，某种意义来说是精神病人的监狱。每一天，这些人都在这里转上好几个小时的圈，这些石砖才慢慢凹陷了。他百感交集地叹了口气，跨过这块圆形洼地。昏暗的大厅里，他听到走廊里传出的叽叽喳喳的声音，那是实习医生在和护士逗乐，他们可一点儿不着急去摆上司的架子。但是每日惯例的查房还是要进行的，他的小团队等不及就涌进了走廊和病房的迷宫里。病床一张接一张，承载着无尽的痛苦。

在一个全是老太太的科室里，二十多个瘦骨嶙峋的老人踉踉跄跄地走动，跌跌撞撞的样子仿佛重回他们的年幼时光。疯疯癫癫的老人们围着病床嬉戏，和影子捉迷藏，说起话来结结巴巴，用参差不齐的调子哼着小曲。有些人会突然大叫起来，深凹的双眼一片空洞。一张张面具张开血盆大口，那是来自死亡的笑声和嘶喘。其中一个老人比其他人更瘦，头发更杂乱，不停地摆弄着一个没有头的玩偶，一块皱巴巴的灰色皮肤从睡衣里露出来。

他们终于走到走廊的最后一间病房。格拉夫莫名地有一种预感，于是加快了脚步。角落里，一排床的尽头，正在输液的女孩头发散乱，像是在与噩梦斗争。她的脸庞毫无血色，却很美，好似为上舞台表演特意化了妆。高烧使她透不过气来，她上身赤裸，把床单推到身下。一束阳光在一只胸脯上抹上一片金色。

医生缩短了查房后的面谈时间。他迅速走进手术室，催促别人快点准备。手术中他心不在焉，但动作却很稳定。缝合伤口的针以一种机械般的准确刺穿皮肉。四个小时手术结束了，医生脱掉大褂。他的下唇颤抖着，右手一直抚着喉咙。他把自己关在办公室里，抽了很多烟，却还不明了心神不宁的原因。突然他觉得再也不能控制自己，他冲向走廊，向刚刚检查过的最后一个病房跑去。

医生面前的门敞开着，但他的手搭在门把上一动不动。一道屏风隔开了女孩的床和其他病人的，毫无疑问，他们在快速地撤出一具身体，腾出床位。

格拉夫再次关上门，他想回家。通往车的那条短短的路，他走了很久很久。车子刚启动，一种强烈的身体不适感袭来，但医生没去管它。出门时，他的车差点撞上一辆同时开出大门的救护车。车向公园大道驶去，格拉夫有一种感觉，他再也走不进自己的医院了。车又开了一段，开上一条小路，冥冥之中有一个声音告诉他，他再也见不到自己的妻子和孩子了。终于，他把车停在一条荒凉的小道上，等待那最后时刻的降临，为他多年的流亡生涯画上终点。

二十多年来,他都是从这条荒凉的小路走到办公室,每十步就瞄一眼手表,确保自己永远能提前五分钟到。

衔尾蛇[1]

撰文　于贝尔·阿达德(Hubert Haddad)
译者　吴燕南

---

1 衔尾蛇,是一个古代流传下来的符号,形象为一条蛇(或龙)吞食自己的尾巴,结果形成一个圆环(有时亦会展示成扭纹形,即"∞"),其名字含义为"自我吞食者"。

话题 ○ 衔尾蛇

我侧耳倾听混乱之音
一切都在埃及的暗夜之灾[1]中发了狂

莫里斯·塞弗

米歇尔·赫斯德醒了,他觉得脑袋沉甸甸的,像试戴了一晚上的帽子。他机械地做了咖啡喝下去,无精打采地洗漱。时间到了,他手拿公文包走下楼,融入阴雨绵绵的早晨昏昏欲睡的人群中。八点半,他被潮水般的人群裹挟着,走到吞吐人潮的地铁口。昨夜残留的噩梦让他一直心情黯淡,踩在飘着金合欢落叶的湿柏油路上,他不知如何才能解开愁绪。这一天还是像往常一样拉开序幕,没有任何特别之处。二十多年来,他都是从这条荒凉的小路走到

---

[1] 埃及的暗夜之灾(Les ténèbres),是《出埃及记》中耶和华降在古埃及的十个灾祸之一,摩西在耶和华的帮助下让埃及的黑夜延续了三天三夜。

办公室，每十步就瞄一眼手表，确保自己永远能提前五分钟到。他想了想，觉得秋天是唯一像这缠绵的落叶一样缠绕住他灵魂的季节，在别的时节他可不能在这枯燥的循环往复中感受到什么灵魂的存在。

刚摸到辛普朗地铁站的楼梯栏杆，一辆紧挨着人行道停下的出租车就溅了他一身水。他困得连发火的力气都没有，只是低声抱怨了几句。地铁里冒出的热气使他的困意又浓了几分，"要得流感了"，他吸了一口巴黎地铁独有的、混杂着硫黄、渗水的石头和热得发烫的电缆的气味，自言自语道。他拿着车票，过了自动闸机。人群向各个方向涌散开去，他好几次都得避开别人才能不被卷到别的方向上去。终于到站台了，他只有空扫一眼墙上的海报，深蓝色背景烘托出一对喜剧演员可怜巴巴的快乐面孔。一列红绿相间的小火车从隧道里钻出来，老旧的铁皮哐当哐当地响。米歇尔习惯性地靠车门站着，生怕到站了挤不下去。最后进来的人把腰拼命往前推，身体支撑在别人身上，才不至于掉下去。其他没那么骁勇的人只能眼睁睁看着车门蹭着他们的鼻子关上。那隧道中的无尽摇摆与晃荡开始了，人们在闪烁的灯光下哈欠连天，空洞的视线交织着，一群人在转弯处一起跌跌撞撞，胯抵着胯，同跳一支静止的舞。每一次到站都是一场手肘与手肘的较量，然后门在巨响中合拢。米歇尔·赫斯德艰难地把胳膊从挤成一堆的人群中抽出来，看了看表。他向一位体积庞大的女士道了歉，因为他的姿势妨碍到了她。米歇尔在她充满敌意的注视下，做好换乘的准备。在夏特莱站，他刚被挤出车厢，就被要上车的人又挤了回去，他好不容易挣脱出来，走上通往另一条地铁的长长通道。在渗出一团团水渍的屋顶下，无数的脚步声在回响。千篇一律的广告牌随着他的步伐后退着，他厌倦的目光扫在那些容光焕发的女人和金发孩子的空洞笑脸上。墙上的白瓷砖让他隐约想起肉店冷冰冰的储藏室和医院的地下室。这些姿势，这些想法，这些图像，在这段日复一日的路程中合为一体，被习惯的外壳紧紧裹住，坚不可摧，再没什么能动摇这些枯燥的组合。一个工作人员推着拖把从他面前走过。他机械地走上第二条通道，人群已经稀疏了些。

他拖着同样的步伐走着，当一个倚墙而立的轮廓出现在他视线中时，忧郁立刻填满了他的心。他渐渐走近了，一个女人的身影显现出来，一个棕发的年轻女人。她抽泣着，整个身体沉浸在绝望中，头轻轻摇晃着，肩膀抖动着。他很快就要与她擦肩而过了，这段路程带给他的压抑感更强烈了。他怎么办才好呢？走近她，安慰安慰她，问问她需不需要帮忙？两侧的行人仍然步履匆匆，没有停下来的意思，甚至没有人放慢脚步向这晨间小插曲投去混合着好奇和理解的目光。米歇尔·赫斯德很快就要走到这泪流满面的女人那里了。他放慢了自己的脚步，试着更好地观察这场悲剧。女人的额头抵在瓷砖上，哭泣着，毫不顾忌人群的存在，双眼像是被眼泪洗刷过，几乎是透明的，头发湿漉漉的。米歇尔左右摇摆，实在拿不定主意，最后还是从她身边走过，连脑袋都不敢转过去。

他走下旋转楼梯换乘，走进一列挤满了初中生的车厢，一点幼稚到不行的小事都能让这些孩子哈哈大笑。他一心想着自己的怯懦，想着那张被泪水模糊的美丽面庞，没什么能让他分神。列车再一次驶过那些或以著名战役、或以被遗忘的科学家命名的地铁站。每到一站，车门一开，中学生或无精打采的上班族就一溜烟地飞出去，车门又砰的一声关上。米歇尔什么都不想看到，也什么都不想听到。他昏迷似的陷在他空虚的一天中。

第二天，他的脑袋像前一天一样空荡荡又沉甸甸的，仿佛未完成的梦还黏在身上。他起床，程式化地完成了把昏睡的人变成或多或少有些效率的机器人的一连串动作，头一直疼得要命。他像平时一样拿了公文包，踏上上班的路。地铁站像洗衣房那样又湿又热。他融入人群中，身体难受过了头，反而感到轻松，一直敲击着太阳穴的疼痛让他有些醺醺然。铁轨在一排排灯泡下闪着光。隧道深处火车的车头灯在闪烁，而车轴慢吞吞地嘎吱作响。像过去数不清的多少年中的每一天那样，他走进二等车的一节绿色车厢中。当他下了车,走在通向另一个站台的换乘通道里时,突然感到胸中一阵微微的震荡。他喉咙发紧,几乎喘不过气来。蜷缩在远处墙边的神秘身影,与昨天他在同样的地方擦肩而过的一模一样。还是那个年轻女人在啜泣,一只手扶在额前,还是那张悲剧的脸庞,那种惊惶的神色。如果不是路过的人都和他一样,把担心的面孔朝那女人转过去的话,他几乎就要相信这是一场幻觉了。这独特的重复让他目瞪口呆,他几乎准备折返回去了。但他镇定下来,又迈开步子往前走。有那么一刻,他想到了些糟糕的玩笑,他的同事爱开的那种。他屡屡回头,看到那个泪眼婆娑的女人还在原地,她像是从某座坟墓前出走的哀女墓雕,在这片社畜的地下墓穴里迷了路。这一天就在他最幽暗的困惑中结束了。夜幕降临,他回到家,为了克服失眠喝了好几升药茶。

又一个早晨如期而至。米歇尔·赫斯德从镶嵌着闪光云母的地铁楼梯上飞奔下来,又一次一秒不差地提前了五分钟。他脸色苍白,眼圈青黑,带着期待和焦灼的神色。夏特莱车站,第二个通道转弯处,他一下子就辨认出了那个年轻女人抽搐的肩膀。这一次实在是过分了!他径直向那个虚弱的身影走过去,头上沁出汗珠。在离她二十米远的地方,他终于可以细细看清她精致却脏兮兮的面容,无尽的悲伤穿透她的目光。他要去和她说话了,突然一个念头涌现出来，把他从焦灼中解脱出来：她只是个疯子，是个被精神病院暂时放出来的、每天上演着同一幕古典悲剧的可怜疯女人！米歇尔·赫斯德走远了些，不可自控地笑出来。他边笑自己过分多愁善感，边继续往前走。这份短暂的软弱给他上了一课，这都是因为自己的生活过分规律所致。于是他决定换一条路线，下周开始坐公交车上班。

　　第二天是周四。在同样的过道转弯处发现那个不幸的女人时，米歇尔几乎不再惊讶了，同时又因为没有人把她送回精神病院而生气。她就这样，一连好几天都坐了地铁来到这里，为了在同样的时刻靠着同样的墙，在两幅广告海报之间一动不动地站着，像一个被荒诞装置所控制的木偶。一股怜悯之情袭来。疯狂并不能阻挡痛苦，而这个女人像是被钉在了他自己的身体里。他对自己承诺，会在路上把这件事告诉警察。站台上，当一群手舞足蹈的小学生走近时，他小心翼翼地站得离铁轨远了些。

　　这一周的最后一个工作日到了，在夹杂着合欢叶子的秋雨中，米歇尔·赫斯德又一次匆匆忙忙走向地铁站。路上的车把一汪汪的脏水溅洒到人行道上。一辆出租车在他旁边停下，溅了他一身水。他像一个在沉船时逃离甲板的水手一样，迅速跑下地铁楼梯。地铁里温热的空气使他振作了些，他稍稍调整了步伐。他的双眼半睁半闭，倦意仍浓。火车费力地摩擦着铁轨姗姗而来，迟到了太久，久得让人难以忍受。他注意到了一群中学生被雨淋得亮闪闪的防水外套。第一节车厢里,他被一堆肩和背挤压着,在出口旁边站定,脸融入一片躲闪的目光中。在夏特莱车站,他穿过一阵又一阵人浪,费力地逆人潮而行,朝他的换乘站走去。在第二条通道里,他落在汹涌的人潮后,努力抑制着自己的恐惧。当瞄到倚着墙的身影时,他轻叹了一口气:"可怜的疯女人!"但突然间,他有了一种感觉:这次是他走投无路了,是他,在被这个由象征的风暴所孕育的魔鬼践踏着。他从这个年轻女人的面前走过,低着头,生怕与她目光交汇。

他走到另一条地铁线上,喉咙发干,觉得所有的声音都被一种延缓的节奏所指挥着,交织成音乐般的喧哗,充斥着他的耳膜。他冲进一节绿色的车厢中,一群中学生围着他,用几乎不真实的姿势手舞足蹈,他们尖尖的嗓音在战栗中失了真。他观察着那些脸,看着每一张脸,每一个姿势,琢磨着最不起眼的细节,辨别着最微弱的报纸窸窣声。疯狂的想法穿透了他:刚才的出租车,恼怒的胖女人,和每天立在这段路途上的真人路标。车厢里学生们吵闹得更厉害了。这无法承受的启示让米歇尔惊慌不已,下一站一到他就冲出车门。一瞬间,记忆中的一切都被重新组织起来,仿佛一道闪电划过脑海,瞬间让一切都清晰明了。他在一连串巨浪般涌来的迹象中迷失了,变得无足轻重。

现在，他满心愤懑，疯狂地跑着。终于跑到街上了，堵塞的马路，再熟悉不过的喇叭声和刹车声，然后，如同生命的铅绳被死亡的金戒指封印住，一声汽车的轰隆巨响封印了他的白天，让他坠入无尽黑暗中。

米歇尔·赫斯德血迹斑斑的脸出现在一堆爆炸残屑中，左脸上还粘着一片合欢树叶。他对着第一拨跑到身边的人，气喘吁吁地吐出一句奇怪的话。他的声音那么轻，没有人听得懂他在说什么：

"一个精神病人啊，一个被困在自己故事里的，可怜的，疯女人啊……"

19世纪的历史奠定了一个经典的写作版图。小说家书写"非真实",而学者"非书写"真实。我的建议则是"书写真实"。

第三大洲

撰文　伊凡·雅布隆卡(Ivan Jablonka)

译者　彭倩媛、洪涛

引：

自创办以来，法国独立文学杂志《连载》(*Feuilleton*)一直对某类创意十足的混合体文学情有独钟，即那些敢为开天下之先河，探索、重构、质疑虚实之边界的作品。虽说当今的小说创作和社科研究均有跨界的迹象，这并不意味着职业边界的消亡。伊凡·雅布隆卡（Ivan Jablonka）认为，我们的思考方式必须做出改变，才可以迎来文学新地貌。

如今，写作的世界地图有两个大洲。绿色大洲是受到小说滋养的"文学"。这是自由和想象的沃土，是空中庭园，是万物在虚构写作的乐趣滋养下茁壮生长的果园。在这片神奇的土地上，我们可以探知他人脑海里的想法，不存在的事物也能被看见。

而灰色大洲则是"应用文"，诸如报刊文章、文档（文献）、博客、通知之类，是论述的原野，信息的汪洋。这是干巴巴的"现实"和"真实"之瘠土,史学、社会学、人类学、经济学等等构成的社会科学形成盐湖将其环绕。虽然风光乏善可陈,却让我们得以知晓事件、社会以及大量不容置疑的事实。

世界就这样一分为二。人们在绿色大洲流连忘返;或严肃沉重地穿越灰色大洲。

把在这张地图上无处安放的作家和刊物一一列出,可以填满接下来的整篇文章。阿根廷的鲁道夫·沃尔什(Rodolfo Walsh);美国的杜鲁门·卡波特(Truman Capote)、诺曼·梅勒(Norman Mailer)、汤姆·沃尔夫(Tom Wolfe)、盖伊·特立斯(Gay Taylese)、琼·狄迪恩(Joan Didion)、珍妮特·马尔科姆(Janet Malcolm)、大卫·福斯特·华莱士(David F. Wallace);瑞士的尼古拉·布维耶(Nicolas Bouvier);波兰的雷沙德·卡普钦斯基(Ryszard kapuscińki);意大利的普里莫·莱维(Primo Levi)、吕托·日维里(Nuto Revelli);苏联的瓦尔拉姆·萨拉莫夫(Varlam Chalamov)、亚历山大·索尔仁尼琴(Alexandre Soljenitsyne)、斯维拉娜·阿列克谢耶维奇(Svetlana Alexievitch);西班牙的哈维尔·塞尔加斯(Javier Cercas);法国的约瑟夫·凯塞尔(Joseph kessel)、乔治·佩雷克(George Perec)、安妮·艾诺(Annie Ernaux)、埃马纽埃尔·卡雷尔(Emmanuel Carrère)等等。说到杂志,则有英国的《格兰塔》(*Granta*)，美国的《纽约客》(*The New Yorker*)和《哈泼斯杂志》(*Harper's*)，法国的《二十一世纪》(*XXI*)和《连载》，波兰的 *Duzy Format*（*Gazeta Wyborcza* 每周的增刊）。

这些作家的读者除了能感受到作品在文字和内容上带来的冲击力，还会觉得它们难以归类。如果说这是一种写作类型，那么到底是什么类型？调查、报告文学、生命故事、证言、自传、日记、游记，这类文本至少有一个共同点：无论以什么形式写就，它们的目的都在于让我们读懂世界。但它们的布局并不清晰。如果说它们构成了一个空间，那这里面的地形过于混杂，勘测起来需步步为营。

如果说这些作品有什么值得引以为豪之处，那即是它们义无反顾地超越了既定的文学类型和版块。不足为奇的是，这些书的腰封上出现过的标签没有一个经得起时间的考验："纪实文学""现实掠影""客观写作""非虚构故事""非虚构创作""报告文学""散文写作""新散文""纪录故事"等等，更不用说"旅行文学"或是"集中营文学"这些连其作者都感到牵强附会的学术概念。的确没有任何一个标签可以概括这类文本的丰富多彩和变化多端，或者可以一语点破其新颖独到之处。作品形式有变，功能却一如既往：这类写作可以回溯到希罗多德[1],二十五个世纪过去了,希式的作品依然流芳。

这一文学类型之所以很难被定义,根本原因不在于文学,而在于社会。作品的分门别类一般与其作者的职业挂钩(如新闻业、出版业、学界、商界)。因此,某作家不愿意承认运用了社会学分析方式,"因为不是社会学家";某史学家拒绝研究当代社会,"因为不是记者"。鄙视链无处不在。如果有人说一名学者写的是小说,那他会觉得别人是在鄙视自己;而如果有人向一位作家请教其调查笔记或参考书目,作家会觉得受到了侮辱,创作者怎么会想在档案的积灰中呼吸?

也许有人会觉得,既然这些精彩纷呈的书都已经被写了出来,我们又何必纠结如何将它们命名。话虽如此,这个文学类型的认知度不高,与理论的缺席并非毫无干系。就让我们姑且承认这里面有个问题。问题就是得弄清楚我们做的是什么、读的是什么、喜欢的是什么。

那么什么是现实文学(littérature du réel)?我想逐一探讨三个不同的定义。

---

[1] 希罗多德是古希腊作家,其著作《历史》(*Histories*)一书,内容包括古希腊城邦、波斯帝国阿契美尼德王朝、近东、中东等地的历史文化与风土人情,以及著名的希波战争,是西方文学史上第一部完整流传下来的散文作品。

1. 反映现实的文本

"写实主义"（réalisme）这个概念出自沃特·杜兰蒂（Walter Duranty）主编的同名杂志，还有19世纪中叶尚普夫勒里（Champfleury）[1]的一本文集。这个概念被用来定义1830年至1914年这段时间发表的多部小说。这些小说追求"如实"描绘现实，"揭开社会的伤疤"，譬如工业化带来的破坏、工人的苦难、家庭的崩坏等等。但从这个定义来看，写实主义并没有多么新鲜。奥尔巴赫（Erich Auerbach）[2]在《摹仿论：西方文学中所描绘的现实》（*Mimesis : Dargestellte Wirklichkeit in der abendländischen Literatur*）一书中指出：福音书是现实主义叙事传统的一部分，因为圣言述说了工匠、渔民、体弱者和妓女等普通民众的生活。这之后又出现了《爱情神话》（*Satyricon liber*）、《神曲》（*Divina Commedia*）、笛福（Daniel Defoe）的《摩尔·弗兰德斯》（*Moll Flanders*）和菲尔丁（Henry Fielding）的《汤姆·琼斯》（*Tom Jones*），同样"不加修饰"地展现了世界的苦难和罪恶。

通过写实主义，文学化身为一幅宏大的社会群像图，忠实描述我们周遭的环境，真实感知时代的不幸，用光线

---

[1] 尚普夫勒里，法国小说家及文学评论家。
[2] 埃里希·奥尔巴赫，德国语文学家和文学评论家。

照亮社会中星罗棋布的一口口苦难之井。一种经验主义由此应运而生，基于此产生了"事实高于一切"的观念：要书写世界只需要望出窗外或走到大街上。司汤达不就曾使用过"一面在大路上东张西望的镜子"这样的比喻吗？莫泊桑不就摒弃了造作或抽象的词汇，以期"让依附在玻璃上阻碍视线的冰霜融化"？一个世纪后，汤姆·沃尔夫坚信，"任何人在美国任何一个地方待上个把月都能带回一个精彩的故事"。这就是卡波特和梅勒发明的"新新闻主义"（New Journalism）中带有的19世纪元素，甚至可称为左拉式叙事元素。他们的叙事往往借鉴自然主义小说的客观描写：动笔前需进行实地考察，但落笔时整理资料的工夫须隐而不露；留意人物的社会地位及其相应的观点差异，但叙事者必凌驾于人物之上，热耐特（Gérard Genette）[1]称之为"零视角"（或称"全知视角"）；故事沿时间线展开，描写、对话和高潮交替出现，为叙事服务；以观点中立为纲，又很浪漫主义地格外迷恋法外之徒。福楼拜、莫泊桑和左拉可受"新新闻记者"一拜。但作家想理解社会是否能仅凭观察？这么想无异于是说"事实"可以不证自明，文字理所当然"贴近"现实，相机可以不用取景、不带视角地将世界"定格"。这种类似19世纪客观主义的观点恰

---

[1] 热拉尔·热耐特，当代法国最有影响力的文学理论家之一。

恰很少反思事实是如何被构建的。因此（史学书写中也有这种情况），叙述成了对过去的临摹，叙述者为了不"破坏"现场悄然离席。

2. 不诉诸虚构的小说

不编造现实的小说家——此为另一位真实文学大家哈维尔·赛尔加斯等赞同的第二个定义，明显是受到了"非虚构小说"的启发。赛式的小说《萨拉米斯岛的士兵》（*Soldados de Salamina*）是"真人真事"，《骗子》（*El impostor*）则是"一本奇书、一部不虚构的神奇小说、一个绝对真实的故事，没有一个字是编出来的"。《剖析一个瞬间》（*Anatomie d'un instant*）讲述那场发生在1981年2月23日试图推翻西班牙年轻民主政权却以失败告终的政变，在其序言中，赛尔加斯坦白道：

在对这起事件有所了解的基础上，因为没能力借助虚构手法，天马行空地对事实进行裁剪，以更好地阐明现实，我只能选择把这个故事一五一十地讲述出来……我也就索性承认这本书有这么一个大胆甚至自负的构想，就是将把"二二三事件"写成小说的失败尝试转化成一次成功经验。因为这书写得比较放肆，什么也不想放弃，特别是想尽可能地接近'二二三事件'最为纯粹的现实……我自以为是地感受到现实想要从我这里得到一本小说；那我就想尽量不借助虚构的力量和自由去理解这个事件,这就是我想通过这本书给自己立下的战书。

非虚构写作是什么?是用小说笔法写就的真实故事;是"实际发生过,非凭空捏造"的真实小说。这种观点也跟19世纪的客观主义文学相当接近,但它有两个盲点。

首先,它奉小说为圭臬,好像小说应当是所有文学作品的榜样和典范。小说这个体裁确实催生了无数杰作,也是现代性的摇篮。小说是纯粹自由的领地,百无禁忌。正如马尔特·罗贝尔(Marthe Robert)在《追索起源之叙事和小说之起源》(*Roman des origines et origines du roman*)一书中点出,这个文学元体裁(因其包含了描述、评论、独白、诗歌、戏剧、寓言、年代记、童话等)从来不需要证明自己。小说的光环是否实至名归?问题是,作为一种反映现实的叙事文本,小说并不比证言、自传、报告文学、生命故事、纪事,以及以文本呈现的社会科学更加真实。举个例子,俄语用"очерк"这个词指代一种介乎报告文学与众生相之间的随笔。该词词根与动词"辨析"相关,其字面意义即是对某个以现实为蓝本的主题作出的"勾勒"。

其次,这种观点对虚构的理解不够透彻。虚构被当成某种需要敬而远之的危险物,一个污染源。"讲述,不要编造"：似乎小说就必须忠实地描写现实，而想象只会玷污了现实。但思考不可避免地需要借助于虚构——显而易见的、明目张胆的、作为认知工具的虚构。这些"虚构手法"（ficion de méthode）包含以下几种类型：提出假设（hypothèses）及对有可能发生的、合乎逻辑的事情做出的预测；进行陌生化处理（不再以"狂野西部"指代19世纪的亚利桑那州，而称之为"北方"，即被美国吞并的墨西哥北方）；运用学术概念，如马克斯·韦伯（Max Weber）的"理想类型"，汉斯·凯尔森（Hans kelsen）的"基本规范"，约翰·罗尔斯（John Rawls）的"无知之幕"（veil of ignorance），皮埃尔·布迪厄（Pierre Bourdieu）的"游戏"；讲述"不可能发生的事"，比如死者间的对话，或者与事实不符的情形（"如果莫扎特在萨尔茨堡度过了整个童年，他大概会被当时的音乐语言影响而驻步不前"）；甚至是时代错误（anachronism）："古罗马的无产阶级"、中世纪"知识分子"、贝叶挂毯编织成的"漫画"，18世纪名流的"粉丝"、1930年代的"非法移民"等等。

虚构手法在社会科学中大行其道：剑走偏锋，是为了更好地把握现实。正是这类虚构手法的运用让我们得以将社科中的调查（l'enquête）和直白的信息（le factuel）区分开来。前者是对过去和当下现实的理解和解释，后者则包括天气预报、新闻快件、字典词条、体育报道或工作报告等等。

3. 以理解为要义的文学

想要了解一件事，要做的基本工作便是抵达现场及询问当事人。但生产知识并非罗列"事实"，或堆砌"见闻"。想要更深入理解一件事或一个现象，想要点明真相又不至于简单地照搬现实，实有方法可循。这些方法包括给问题下定义、换位思考、收集材料、建立分析模型、采用虚构手法、进行比较、提供论据、验证假设。即便在非虚构写作中，是否采取分析（raisonnement），才是鉴定何为更新我们对世界认知的文本、何为只提供情报的事实陈述的关键所在。

分析离不开调查。所谓调查，其发明可以追溯到历史学、民族学和报告文学之父希罗多德；德国社会学家马克斯·韦伯和美国哲学家杜威（John Dewey）分别在20世纪初和1938年将其理论化：调查是人类为了解决自己提出的问题而采取的行动，是一个动态过程。作为文学写作方法，调查是知识之源。

调查不为术业所限，它是一种放诸四海而皆准的思考方式，既适用于科学研究亦适用于日常生活。侦探、警察、刑事预审法官、记者、考古学家、历史学家和社会学家都对此深有体会。作为知识生产的范式，调查被诸多文学作品所运用：沃尔什的《屠杀行动》(*Operación Masacre*)（关于阿根廷庇隆政权倒台后人口失踪的调查）；"新新闻记者"的长短篇小说（对犯罪人生、精神失常者和美国梦破灭的调查）；特立斯的《父辈的荣誉》(*Honor Thy Father*)和萨维亚诺（Roberto Saviano）的《蛾摩拉》(*Gomorra*)（黑手党世界揭秘）；《古拉格群岛》(*L'Archipel du Goulag*)（"调查文学随笔"）；阿列克谢耶维奇的《锌皮娃娃兵》(*Tsinkovye mal'chiki*)（关于一场无名战争的调查）；佩雷克的《W或童年回忆》(*W ou le souvenir d'enfance*)；霍加特（Richard Hoggart）的《新港街33号》(*33 Newport Street*)和安妮·艾诺的《羞耻》(*La Honte*)（关于自己人生的调查）；金兹堡（Carlo Ginzburg）的《奶酪与蛆虫》(*Le Fromage et les Vers*)、郭邦的《皮纳戈》(*Pinagot*)、莫迪亚诺（Patrick Modiano）的《多拉·布鲁德》(*Dora Bruder*)和丹尼尔·曼德尔桑（Daniel Mendelsohn）的《失踪者》(*The Lost*)（关于失踪者的调查）；还有笔者的《祖父母的故事》(*Histoire des grands-parents que je n'ai pas eus.*)和《蕾蒂西娅》(*Laëtitia*)。

调查是社会科学一个多世纪以来不断发扬光大的分析方式，也正是在这个层面上社科可以为现实文学做出贡献。任何人都可以将社会科学所使用的方法（间离/换位思考 [distanciation]、定义问题、收集材料、建立模型、论证、比较、反驳、批评)付诸实践。分析历史事件不需要先获得史学一级教师资格,理解自己的社会地位也不必当社会学博士。社会科学的两个定义有必要区分开来:它可以指代涵盖一系列可能相当"沉闷"的学科的职业学术领域,也可以指代社科方法论。对于后者,人人都可以加以利用并从中受益。

社科与文学的关系

笔者并非是要让记者、旅人、作家和学者抛弃各自的身份,只是想要指出他们时不时可以同舟共济。笔者更不是说史学和社会学比非虚构写作更为高级。只要我们不把社会科学作狭义的解读(一个没有获得学位就无法进入的专业领域),而是将社会科学的根本价值——有助于认知世界的分析方式——从职业活动中抽离出来,我们就会意识到社会科学事实上早已进入了文学作品之中。每当有人调查、记录、检视、回忆童年往事、提及不在场的人、分享一段经历、探索一个社会环境、描述一座城市、遭遇一场战争、捕捉一个时代,社会科学方法论就存在于文本中,就算用得有些随意,有些支离破碎。这样的文学提供了一种史学观、社会学思想、人类学思想,是丰富我们认知的百宝箱:一种理解当下及借尸还魂的历史的方式。

杰克·伦敦（Jack London）的小说《大路》（*The Road*）是一部关于那些居无定所、乘着货运火车东游西荡的美国游民的人类学研究。乔治·奥威尔（George Orwell）1933年发表的《巴黎伦敦落魄记》（*Dans la dèche à Paris et à Londres*）是一部关于苦难和饥饿的社会学研究。尼古拉·布维耶的小说《世界之道》（*L'Usage du monde*）从贝尔格莱德走到埃尔祖鲁姆，从大不里士走到喀布尔，是一部关于1950年代的丝绸之路的不定点民族学研究。一些报告文学是地理学研究，无论是研究海洋或是郊区，牧场或是汽车旅馆。而打着新新闻主义旗号的记者们则做了社会学性质的调查，因为用上了当事人口述、采访和参与性观察（相映成趣的是，20世纪30到50年代，第一代芝加哥学派的几位社会学大师都曾经当过记者）。琼·狄迪恩探索"我"作为个体的自省能力，与某些人类学家的研究不谋而合。美国新闻编辑实践中被广而用之的"事实查核"是一种基于对照和多信息源查证的数据检验方法，是史学家自古希腊开始就一直在运用的方法。

20世纪，群体暴力引起了大批作家和记者的兴趣，他们早在索邦大学的教授们之前便开始着手研究这个主题。首位研究犹太人大屠杀历史的是一位名为普里莫·莱维的化学家；首位研究苏联劳改营历史的是数学专业毕业、后来当了物理老师的索尔仁尼琴；首位研究图西族种族灭绝历史的是让·哈茨菲尔德（Jean Hatzfeld），一名记者。诺贝尔文学奖2015年度的获得者阿列克谢耶维奇以口述史的方式，写就了一部关于苏联的史诗，从妇女在一战如何保家卫国说到阿富汗战争，再到切尔诺贝利核难，一直到苏维埃人如何成为历史。史学不仅是一个职业方向，更是一种通过写作表达的分析方式。

非虚构作家与学者对真相抱有同样的热忱，也使用许多共通的分析方式。可惜他们不知道（或者不愿意承认）这一点，要不然他们的研究工具肯定会更加丰富。对当代社会充满好奇的他们也可以学会发掘现实地表下的过往。除了观察和采访，他们完全可以使用档案原稿、印刷物资料和学术文献来拓宽视野。当他们变得更加自信，也就不再需要打"真人真事"这种广告。最后一点（这么说与上述内容没有自相矛盾），他们完全可以大方承认他们的调查无法面面俱到。这就是《冷血》的肆意虚构（编造事实和对话；作为故事主人公佩里和迪克的好友，卡波特把自己的参与做低调处理，将调查记者阿尔文·杜威 [Alvin Dewey] 的作用无限放大，却完全不提另一个重要人物哈珀·李 [Harper Lee]）和虚构手法之间的鸿沟。虚构手法的方法论公开透明，因此可以通过提出新假定，一步步逼近真相。

幸好小说也不遑多让。整个19世纪，小说为尚未成型的社会科学铺路，丰富了其研究方法，拓展了其研究领域。在小说的启发下，社会科学找到了新的研究对象、主题和方法。19世纪初、20年代，夏多布里昂（François-René de Chateaubriand）和司各特（Walter Scott）给史学研究带来了巨大冲击。从七月王朝（1830—1848）到一战爆发，小说家们对日常生活、社会阶级、社会习俗、行业组织、职业文化、娱乐活动、社交生活，乃至性和死亡等主题都表现出浓厚兴趣。这期间社会学尚未兴起，而"严肃"史学家只关心政治和外交。发表于1930年代大萧条时期的《小人物，怎么办？》（*Kleiner Mann, was nun*）[1] 使正在经历无产阶级化的底层小职员的命运为世人所知，而《愤怒的葡萄》（*The Grapes of Wrath*）[2] 让人理解了一穷二白的农民的苦难。

为何如此？一部小说能帮助我们理解现实，不因其真实可信、资料翔实，也并非因为它是"大路上东张西望的镜子"或者描绘了一个充满卓越人物的世界。小说的现实意义源于它提供的分析的质量。这就是为什么读普鲁斯特要比阅读劣质的社会学著作更加开卷有益，《正午的黑暗》（*Le Zéro et l'Infini*）或《1984》对斯大林主义的理解比沉闷的论文更为透彻。

---

[1] 德国作家汉斯·法拉达（Hans Fallada）的现实主义小说。
[2] 美国作家约翰·斯坦贝克（John Steinbeck）的小说。

真实文学的理论化不应以模仿（mimésis）或再现（représentation）为基点（即便是一幅"未经修饰"的社会画卷），而必须从方法论出发。给真实文学下定义，就是承认调查具有文学性，有帮助我们认识世界的作用。真实文学的重点不在于如实还原事实，而在于直面世界，理解人的行为。在这样的研究型文本（texte-recherche）中，文学和社科可以水乳交融。佩雷克年轻时曾用"寻真文学"来形容罗贝尔·安泰尔姆（Robert Antelme）的《人类》（*L'Espèce humaine*），"真实文学"便是它的一种表现形式。

改变价值体系

严肃小说如今是写作世界的中心。无数种文本众星捧月，以小说为参照定义自己：悬疑小说、科幻小说、历史小说、"非虚构小说"、快餐小说、言情小说。而报告文学、证言、日志、史学和社会学著作等非文学类非虚构文本则处在宇宙边缘，在马拉美（Stéphane Mallarmé）式蔑视构成的迷雾中隐而不见。

但是，一旦改变了参照系，我们就会进入一个新的价值体系，一个一切都围绕着调查而展开的新世界。这张新地图的中央，是各类实地考察、研究型文本、社会科学。它们的周围则是堆砌事实但分析力薄弱的文本，还有不求理解世界的小说。虚构不再是文学的要件。求真亦将成为文学性的标准之一。调查将不再被认为有所欠缺,以否定的方式被定义("非"虚构)。小说会被分成两种,一种富有洞察力,另一种的特点则是其缺陷:不对应现实、不可信、不求真。否定词换了个位置。

19 世纪的历史奠定了一个经典的写作版图。整张地图被小说领域的现实主义虚构文本和以论文模式为代表的学术"非文本"二分天下。小说家创作而不求真;学者不创作但解释社会。换句话说,小说家书写"非真实",而学者"非书写"真实。我的建议则是"书写真实"。

20 世纪,一个文学新大洲悄然浮出水面,但在地图上还若隐若现。调查、游记、对远方或日常生活的考察、研究型文学,这些文本的共同追求一是确立事实,二是求证,三是通过某种形式阐明真相,这三者密不可分。这一类文本虚虚实实、品类莫辨、不带光环,但根植于生活世界,且富含民主精神。比起编造或讲述故事,它更渴望理解世界。这种写作受到社科精神的滋养,无时无刻不想要解读我们这个世界;这种文学关注即将发生的事情、关注我们自身的经历体验、关注当下和过去、关注消逝的人事和旧世界如今的面貌。这个新开辟的空间让我们得以用新的形式记载现实。

这第三个大洲仍等待着被探索、被发现。21 世纪前景一片光明!

≋ 随笔

123　从新拉纳克到新和谐

　　　　　　　　　　　　　　　　　欧宁

177　燃火的稻草：国际写作计划笔记

　　　　　　　　　　　　　　克里斯托弗·梅里尔

在临终前,欧文这样评价他一生的努力:"我的生命并非无用。我给了这个世界重要的真理,只是因为人们缺乏理解而被忽视了。我在自己的时代前面走得太快了。"

从新拉纳克到新和谐

撰文　欧宁

山谷之神!惊人的洪水;
这棵大树上最无精打采的叶子
震动着——被你的力量唤醒;
岩穴以空洞的呻吟回应;
振动着,它中央的石头,
那时间凝结而成的塔!

如今乡村的景色还是如此秀美!
因为你,噢,克莱德,曾经
仁慈而且强大;
被点点的清爽露珠取悦
那小小的花儿正颤颤地窥视
你摆设在周围的岩石。

——威廉·华兹华斯[1]

---

1 William Wordsworth, "Composed at Cora Linn in Sight of Wallace's Tower", *The Poetical Works of William Wordsworth*, LongmanRees Orme Brown Green & Longman, 1832, vol3, pp.241.

克莱德河

华兹华斯这首写于 1814 年的诗，描写了克莱德河（River Clyde）的科拉瀑布（Corra Linn）壮丽的景色。早在 18 世纪，这里就吸引了雅各布·默勒（Jacob More）、威廉·透纳（William Turner）等诸多英国风景画家前来写生。与诗人和画家们所捕捉到的澎湃怒涛不同，此时我们在山顶小径上俯瞰的科拉瀑布，静如处子，柔似白练，从高耸的岩石流注到谷底的深潭。向北远眺，穿过晚秋的层峦叠锦，我们可以追逐着克莱德河的流向，望向我们的来路。在它形成下一个瀑布的地方，坐落着新拉纳克村（New Lanark），一个被联合国教科文组织列为世界遗产的保护区，那正是我们开始步行的出发点。1784 年，两个中年男人也曾沿着相同的路线徒步考察，一个是大卫·戴尔（David Dale），格拉斯哥的银行家和实业家；另一个是理查德·阿克莱特（Richard Arkwright），水力织纱机的先驱。他们对克莱德河沿岸备受墨客文人称赞的自然美景视若无睹，却从它的湍湍急流中看出让他们欣喜若狂的工业推动力。阿克莱特激动难耐地宣称，"苏格兰再没有比这里更适合办各种工厂的地方了！"并预言这里将成为苏格兰的曼彻斯特。[1]在《资本论》中,严厉苛刻的马克思把他斥为"偷盗别人发明的最大的贼",当时阿克莱特的确被专利官司缠身,正想寻找新的机会来打捞他在纺织业的收益。1785年,戴尔与他正式合作,他们买下邓达夫瀑布(Dundaff Linn)附近的河边泥沼地,开始创办当时英国最大的纱厂,这就是新拉纳克的来历。

这一年,来自威尔士新镇(Newtown)的罗伯特·欧文(Robert Owen)才十四岁,作为一个离乡闯荡的早慧少年,刚刚结束在林肯郡一个布商麦格福格那里的学徒生涯,进入伦敦一家服装公司。他比同龄人早四岁入学,八岁就已经在当时萌芽的"导生制"[2](Monitorial System)学校里担任"小先生",十岁和哥哥到伦敦谋生,很快当了麦格福格的学徒,并饱读老板家中的藏书。欧文是英国工业革命时代的产儿,在他出生的1771年,阿克莱特在德贝郡安装了第一台水力环锭织纱机,大大节省了人工劳力;同一年,英国进口了约六百万吨原棉,到1790年,这个数字已增加到超过三千一百万

---

[1] *The Story of New Lanark*, New Lanark Trust.
[2] 又称贝尔—兰卡斯特制(Bell-Lancaster Method),是由英国国教会的贝尔(Andrew Bell)和公益会的兰卡斯特(Joseph Lancaster)深化并推广的一种教学法,挑选年纪较大或较出色的学生分担教学和督导,成为"导生"(usher),陶知行在中国的乡村教育实践中则称之为"小先生"。

吨[1]，这一数据显示新技术的发明带动纺织业生产效率的提高，导致原材料的巨量需求。欧文在布商和服装公司的经历只不过是初尝了这个方兴未艾的行业的销售终端，下一步他就进入了生产中心成为领潮人。

在那个创造力喷涌的时代，新发明不断更新迭代：从1733年约翰·凯伊（John Kay）的飞梭（flying shuttle），到1764年詹姆斯·哈格里夫斯（James Hargreaves）的珍妮多锭纺纱机（the spining Jenny），到1771年阿克莱特的水力环锭织纱机，到1779年塞缪尔·克朗普顿（Samuel Crompton）的骡机（spinning mule）[2]，再到1785年第一家蒸汽纱厂的出现……这些新技术一步一步把曼彻斯特变成财富迅速积聚、人口急剧增长的"棉花城"。欧文在它最鼎盛的时候来到这里，开始展露他作为实业家的锋芒。1789年，在一家丝绸棉纱和亚麻纺织品公司短暂任职后，十八岁的欧文跟他哥哥借了一百镑，和一个技工合作开了只有三位工人的走锭织纱机（克朗普顿的前版）小工厂。他对新技术的敏感和管理才能很快吸引了当时曼城棉花业巨头彼得·德林克沃特（Peter Drinkwater）的注意。

---

[1] Erik Reece, *Utopia Drive: A Road Trip Through America's Most Radical Idea*, Farrar, Straus and Giroux, 2016. pp.85.

[2] 一种结合了珍妮机和阿克莱特机优点的水力走锭织纱机，如同马与驴杂交出骡，故此得名。

在后者登报要找一位工厂新经理时,欧文走进了他的办公室:

"你有多大?"

"今年五月整二十岁。"

"你平常每星期喝醉几次?"

"我一生中从来没有喝醉过。"

"你要求多少薪金?"

"一年三百镑。"

"什么?一年三百镑!今天早晨来找我求职的人不知有多少[1],我想他们提出的要求加起来总共也到不了你要的数目。"

欧文底气十足,因为他靠自己的小工厂就能赚这么多。为了证明这点,他邀请德林克沃特去查看工厂和账册。德林克沃特不仅同意了他的薪金要求,还按成本价格买下他的所有纱机,并要他马上负责管理已经引入了新蒸汽技术、共有五百名工人的大工厂。欧文因此在曼城实业界一夜成名。

在1792年至1795年间,欧文用实力回报了德林克沃特的信任。他大量进口美国原棉,把棉纱产品改善到可以织成平纹细布的精致程度,同时提高了销量和利润,并把工厂管理得井井有条。德林克沃特在第二年就把他

---

[1] 罗伯特·欧文著、焦加等译:《自传》,《欧文选集》第三卷,商务印书馆,1984年,77页。

的年薪提到四百镑，第三年又增至五百镑，但许诺的四分之一利润分成一直没有兑现。1796年，欧文辞职后利用他积累的好名声，与人合伙创办了乔尔顿·特韦斯特公司（Chorlton Twist）。在18世纪的最后几年，英国政治动荡，经济大受冲击，其原因要上溯到更早的历史：1783年承认美国独立让英国失去了它在北美的殖民地；1789年发生的法国大革命让英国为首的欧洲皇室深感恐惧，也把英国分裂为保皇派和共和派两股势力；1793年法国对英宣战，形成了两国之间长达二十多年的对立；这种状况一直持续到19世纪初期，亦即1815年英军在滑铁卢大败拿破仑之后才告平息。在不稳定的局势下，大多数公司都受波及而减产，但欧文的公司却奇迹般地维持和发展，这让他的影响力超出了曼城，被不列颠王国更多人所知。

在曼城，欧文继续自我学习，展开他的智识探索。1792年，他参加了一项反对法国式的动乱、支持渐进政治改革的异见者联署声明，这让他有机会认识曼城的启蒙主义知识精英。第二年，他加入了曼城文学和哲学协会，活跃在读书会、讲座和论文交流活动中，并开始参与曼城的公共事务，特别是对工人工作条件和健康状况的关注。正是在曼城公共卫生协会的一次工厂听证会上，他知道了大卫·戴尔在新拉纳克的纱厂开展的福利试验。1797年，他第一次到苏格兰进行商务旅行，在格拉斯哥偶然被朋友介绍认识了戴尔的女儿卡罗琳（Caroline Dale），她邀请他到新拉纳克的工厂参观。工厂的规模和业绩，以及戴尔在苏格兰的显赫地位和慈善声名都深深吸引了欧文，这激发了他用乔尔顿·特韦斯特公司收购新纳克工厂和追求卡罗琳的野心。令人叹服的是，他最后在两方面都得偿所愿。1799年，乔尔顿·特韦斯特公司用30万英镑购下新拉纳克工厂，欧文成了新股东和卡罗琳的丈夫，从曼城搬到苏格兰定居。于是，英国历史上便有了一场比戴尔时期更辉煌的新拉纳克实验。

大卫·戴尔

我们是早上从利兹（Leeds）出发，在卡莱尔（Carlisle）和格拉斯哥转两趟火车，下午两点多才到达拉纳克的。拉纳克是一个比戴尔和欧文的传奇历史更久远的小镇，人口只有八千多，却有一个小站加入英国的铁路网和外面的世界连通。我们在镇上订了一间客房，放好行李后，房东就带我们走一条人迹罕至的小路，从他家步行到新拉纳克村，为我们第二天的正式参观熟悉地形。他的苏格兰口音把school发成skill，把going down发成going though，半天我才明白过来。天黑得很早，这个小地方比利兹冷多了，只有新拉纳克磨坊酒店可以吃晚饭。它是原来的一号磨坊，新拉纳克村现存最古老的房子。

第二天一早,我们自己从住地走去新拉纳克村。苏格兰的空气清新凛冽,镇子外的山坡上绿草盈眼,天空飞过的鸟儿发出清脆的鸣叫。透过枫香树和银缕梅发黄的叶子的空隙,我们有足够的闲暇时间俯视河谷里的新拉纳克村。一号磨坊拐了一个 L 型的弯,南端紧连着二号、三号磨坊,还有已经荡然无存的四号的地基遗址,均沿河排列。四号是新拉纳克村早期最大体量的建筑,1883 年被火灾毁坏后至今没有重建。四号遗址东面是原来的学校,北面是"性格养成学院"(Institute for the Formation of Character),靠近邓达夫瀑布的是涡轮房,克莱德河的急流在这里被转化成动力,通过磨坊水道(mill lade)传输给四个磨坊(纺织车间),紧邻涡轮房的是染房,从染房旁的山路向南上山,即可通达科拉瀑布。

在村庄东边靠山的高阶台地,南北向有一排凯瑟尼斯风格的宿舍楼(Caithness Row)[1]和会计室,另一排是原来的工厂商店、育婴室和宿舍,再往东北方向还有一排仓库。从台地向北下行,沿着河的流向,依次可见欧文和戴尔的故居,以及平行的两排宿舍。这些房子全由褐色的砖石砌成,外立面整齐排列着白色的长方形窗子矩阵,双坡顶间

---

[1] 凯瑟尼斯是苏格兰高地的一个郡。

隔着等距的烟囱，形成笔直的屋脊，不同序列朝向不同的方向，曲折延展产生一种炫目的几何美感。如此井然有序、功能清晰的规划布局，却又蛰伏在山野流水和绿树丛林间，其矛盾气质，让人找不到合适的词汇去定义。它既不是现代主义的工业区，也不是农业时代的风土聚落，它把两者合而为一。它是一个工业聚落（我暂且使用这个词），是工业革命初期的混血儿，就像这场革命令人费解地发轫于以农村人口为主的兰开夏郡（Lancashire）一样，是能工巧匠的聪明才智发明的技术、能源动力采集的路径依赖、工业劳动力和原材料的农业来源、社会改革者的乌托邦梦想等等合力制造了这个新生事物。

戴尔 1739 年出生于埃尔郡的贫寒家庭，后到格拉斯哥当纺织工人，从事布料生意，成了格拉斯哥金融豪门的女婿后，拓展了更广阔的政商关系，随后被任命为新成立的皇家银行在格拉斯哥的代理人，并敏感意识到纺织业的变革和机会，转而开始拓展苏格兰的制造业。他在苏格兰多处投资办厂，其中包括与阿克莱特合作的新拉纳克纱厂。1786 年建成投产后，他解除了与阿克莱特的合作关系，独自主持大局。到 1793 年，四个磨坊车间同时运作，既有传统织机也有工厂新经理威廉·凯利（Willaim Kelly）发明的专利珍妮机，驱动过万纺锤，雇佣工人达到 1157 人。

令今天的人们触目惊心的是，这些工人中只有 362 个成人，而近800个都是童工，其中450个不到十岁，95个九岁，71个八岁，33个七岁，甚至还有5个六岁。他们大多是爱丁堡和格拉斯哥的教区和孤儿院输送过来的孤儿，有小部分是1791年苏格兰高地农村一批移民家庭的子女，戴尔付给他们与本地儿童一样的工资。

在18世纪的英国纺织业，童工的使用非常普遍，因为他们的小手非常适用于穿线和清洁机器。他们和成年工人的工时一样，都要从早上六点干到晚上七点。新拉纳克的磨坊要求保持高温以使织物更具延展性，但高温容易传播疾病。工业革命所产生的罪恶把英国很多工厂变成恩格斯所说的"人间地狱"。与此同时，英国国教的宗教迫害也与日俱增，这是导致很多异见神学团体逃离大不列颠，前往新大陆建设自己的乌托邦的两个主要原因。后来的马克思洞察到早期资本主义在发展过程中暗藏的阶级矛盾，戴尔身处工业革命的前线，对此更有切身感受。他对资本积累过程中伴生的失业、贫困、疾病、两极分化和文盲现象非常关注，并自觉地在自己的工厂中展开福利实验。

他为童工修建通风良好、定期清洁的集体宿舍，为他们提供符合营养标准的早晚餐，创办童工学校，让他们每天工作后有两个小时用于学习。1796年，他聘请了16个专职教师教授507个童工阅读，两个兼职教师教他们缝纫和教堂音乐。针对六岁以下儿童的育婴室是英国工厂社区开创的历史首例,也可以说是欧文后来在此创办世界上第一个幼儿园的前奏。在引起欧文关注的曼城公共卫生协会听证会上,戴尔这样陈述他的六幢童工宿舍:"天花板和墙一年用石灰粉刷两次,地板用热水清洗,三个孩子睡一张木床,床垫用稻草填充,一个月换一次,上面有床单和毯子,根据季节更换,卧房经常仔细拂擦,窗户每天早上都打开,并保持一整天。"[1] 新拉纳克的空间格局和大多数建筑都是戴尔时代确定下来的,他遗留的实业规模、勤劳工人和慈善名望为欧文接下来的实验准备了一个根基深厚、空间广阔的舞台。

新拉纳克改革

从一条草木葱茏的长长斜坡道路,我们向下走近河谷里的村庄。绕过一个微型教堂和一块小小的第一次世界大战阵亡战士纪念碑(这两样应是欧文时代之后才有的),就来到了那排包括工厂商店、育婴室和宿舍的房屋。工厂商店现在改为旅游品商店,而宿舍部分,则陈设有根据1930年代和1820年代的工人家庭住宅内部复原的展览,其中有部分文物和文献资料,包括了著名的"沉默监

---

[1] *The Story of New Lanark*, New Lanark Trust.

视者"（Silent Monitor）着色木制品，旧版的欧文著作和演讲集，欧文当时发放的工资票（Ticket for Wages）、劳动券（Labour Note），这些都不是现金，但可以在工厂商店换取货物。工人都是穿着当时服装的人偶，虽然一家数口共居一室，但条件比起纽约下东区移民住宅博物馆所展示的逼仄拥挤要好一点点。

欧文是在1800年正式接管新拉纳克工厂的。作为来自曼城的实业界新星，他觉得他岳父的生产效率还是太低了。他解雇了戴尔的两个经理，引入了曼城的权力下放的做法，并实行新的考勤和奖惩制度。他的措施非常严厉，特别是针对酗酒的工人，甚至在新拉纳克实行宵禁。在欧文致力于建立工厂秩序和提高生产效率的最初几年，他在工人中并不受欢迎。1807年，当时的美国总统杰斐逊因为英法两国在拿破仑战争期间滥用美国商船，而决定停止与这两个国家的国际贸易，这对依赖美国原棉和消费市场的英国纺织业造成致命打击。然而欧文照付工人四个月的全额工资直到禁运解除，尽管他们只是干些保养机器的工作，这使欧文马上获得工人们的拥戴。

但他的这种慈善行为却招来来自合伙人的压力。到了1809年，欧文决定实施他在新拉纳克的大胆计划，进一步扩大对工人和儿童的教育投入，但合伙人的质疑让他无法实施。1810年他重组了合伙关系，并使尽浑身解数，试图挽救他的理想，但最后还是失去了第二轮合伙人的信任。1812年，他被迫辞职，新拉纳克则被决议进行拍卖。欧文为了赋回工厂的领导权（Empowerment）到处游说，宣传他将要实施的福利改革和社会实验，终于获得了包括皇家学会成员威廉·艾伦（William Allen）和后来的伦敦大学创办人、哲学家杰里米·边沁（Jeremy Bentham）在内的贵格派知名人士的支持，1813年他们和欧文一起拍下了新拉纳克工厂，第三次重组了股权。1814年，欧文重新回到了新拉纳克。

正是在寻求战胜这一次股权危机的过程中，欧文写成了他的第一部著作《新社会观，或论人类性格的形成》（*A New View of Society*）。这本书产生于他多次的演讲和写作，他前后印刷成不同版本的小册子，题赠给议员、公众、工厂主、工人和不列颠帝国摄政王，并到处投递，一旦有报纸报道，他也会购买数千份用来派发。曾经，"因为邮递员要分拣欧文所投递的书刊，整个大不列颠王国的邮车延迟了二十分钟"[1]。 在此书写作的1812至1813年，英国纺织业工人的罢工和反对使用机器的社会抗议达到了高潮，欧文在其中的一篇前言中写道："自从不列颠工厂

---

[1] Chris Jennings, *Paradise Now: The Story of American Utopianism*, Random House, 2016. pp.98.

普遍采用死机器以来，除少数情况外，人就被当成了次要和低等的机器。"[1] 根据在新拉纳克的实践和观察，他提出，造成当前社会弊病的根本谬误在于人们普遍认为人的性格都是自己形成的，而事实上，由家庭、教育、宗教和法律构成的社会环境才是人类性格的塑造者。为了形成优良的人类性格，激发人类潜能，必须对社会环境进行改造。

《新社会观，或论人类性格的形成》被视为欧文的第一部社会改良和教育学理论，它宣告了"欧文主义"（Owenism）的诞生。在重新取得新拉纳克的管理权后，欧文开始大刀阔斧地进行改革，把此书的理论变成实践。他在生产线上引入了"沉默监视者"，这是一个像方尖碑形状的木头小工具，四面分别涂上不同的颜色：白色代表优秀，黑色代表很差，蓝色和黄色介于优秀和很差之间。它放在每个工人的工作岗位，由巡视的经理根据工人当天的工作表现进行评级，并记录在考勤本上。有了这个无声工具，工人的努力表现会变成自觉，而监工也不再体罚或辱骂工人，它创造了以当时的标准看来可谓"仁慈"的工作环境。

他进一步取消了戴尔时代的学徒制，认为用此制度来培养孤儿会形成不稳定的劳动力，因为学徒期的人有可能

---

[1] 罗伯特·欧文著，柯象峰译：《新社会观，或论人类性格的形成》，《欧文选集》第一卷，商务印书馆，1965年，7—8页。

离开工厂自谋出路,所以他不再从教区接收孤儿,而把家庭作为他的工厂劳动力的重点,并通过工厂社区的建设、福利的提高来增强这些劳动力家庭的归属感。他主张秩序和美德,倡导"每个人都要让与自己有交集的人开心",并进一步改善工人家庭的住宿条件,定期清理街道的垃圾,为他们建立伤病储金会(Sick Fund),开设工厂商店,工人可以用工资票和劳动券换取相当于批发价的优质日常生活用品。同时他把工人的工时减去两个小时但照付同样的报酬,不再雇用低于十岁的儿童,而是为他们准备了一个备受瞩目的新摇篮,一个他所谓的"新合理幼儿学校"(new rational infant school)。

1816年,在七年前就已清空待建的一块地基上,一座新建筑落成了,它被欧文命名为"性格养成学院",后来的教育史家们把它称为"世界上第一个幼儿园"。这是他整个拉纳克实验中最骄傲的成就,全面体现了《新社会观,或论人类性格的形成》一书的思想。在开幕典礼上,他宣称:"人们对于千禧至福(Millenium)[1]这个词怎么看,我不知道。但我知道的是,社会的构建将可以使生活中没

---

[1] 又被译为千年王国,拉丁文为 mille "一千"与 annus "一年"的组合。"千禧年"这个名词,没有在圣经中任何一个地方出现过,是解经学将启示录二十章(第一至五节)里的"一千年",用"千禧年"这个名词来形容,指明"千禧年"的教训与耶稣再来有关系。

有罪恶和贫困，健康将大大地改善，痛苦，如果有的话，为数也很少，智慧和幸福将成百倍地增长。现在除了愚昧之外，没有任何障碍在阻挡这种社会状态普遍实现。"[1]

这个学院白天接受从一岁半到十岁的孩子，夏天上课时间为上午七点半到下午五点，冬天则为上午十点到下午两点，晚上则开放给十岁到二十岁的工人。这样的安排可以让母亲和大孩子抽出时间来参加工厂劳动，符合欧文对家庭劳动力的开发。开学的头一年，共有14个教师，274个学生，师生比例比戴尔时代的童工学校更符合现代标准。尽管欧文在童年时代是个书痴，但他却不想孩子被书本烦扰，坚信好奇心是学习的唯一动力。他在新大楼里布置了动物图画和标本、世界地图、历史年表，更扩大了教学环境的范围，鼓励教师在室外和大自然中去上课，如若天气不佳，则把花朵、岩石块或动物带入教室讲解，尽量减少阅读的二手知识。所有惩罚或奖励均被禁止，责骂或称赞亦不允许。学生常被安排大量的唱歌和跳舞的节目。这个学院迅即成为新拉纳克光芒四射的亮点。

至此，新拉纳克已成为欧洲最轰动的旅行目的地，人们视之为人性化的工业传奇，来自英国本土、法国、德国、

---

[1] 罗伯特·欧文，《1816年给新拉纳克村民的新年致辞》，根据英文版和《欧文选集》第一卷的中文版略加修改。

瑞士、奥地利、俄国和美国的访问者络绎不绝。从1815年至1825年这十年间，新拉纳克的访客登记簿上记录了两万个各地的客人，其中包括肯特公爵（维多利亚女王的父亲）和尼古拉斯大公（后来成为俄国沙皇），他们都成了欧文的朋友。报纸称欧文为"善人欧文先生"、"仁慈的欧文先生"，恩格斯称欧文为"欧洲最受欢迎的人"。[1]

今日新拉纳克

现在，"性格养成学院"已被改成了新拉纳克村的游客中心。游客在这里购买参观券，可以参观一个以现代多媒体技术制作的常设展览，它还原了19世纪初一个名叫安妮·麦李奥德（Annie McLeod）的纺织女童工的工作和生活的故事。这个展览占据了原"性格养成学院"两层的空间，并在二楼通过一个新修建的空中走廊连接至三号磨坊，在那里延伸出另一个复原当时的工厂生产线的常设展览"棉花与人"。从三号磨坊可以走到二号，现在变成一个综合性的大型商场。二号屋顶有一个830多平方米的花园，由景观建筑师道格拉斯·科尔塔特（Douglas Coltart）设计，是在2008年改造完成的。而当年"性格养成学院"

---

[1] Chris Jennings, *Paradise Now: The Story of American Utopianism*. pp.95.

的课室情境,则被复制到欧文在1817年增建的学校的二楼,那里布置了课桌椅,墙上挂着与当时一模一样的动物图画和标本、世界地图、历史年表,还放置了一个巨大的地球仪。它刻意空出很大的空间,显然是按照当时的情况还原的,因为那时要用来容纳大量从各地来观看"性格养成学院"的学生唱歌跳舞的慈善家和改革者。

欧文是根深蒂固的无神论者。在他十四岁的时候,就已经对世界主要宗教进行了广泛的了解,发现它们都源于"我们早期祖先的同样虚假想象"。在欧文看来,每个宗教都认为自己是通往上帝的唯一道路,要取消其他教派,以便使自己成为唯一"真正"施予整个人类"普遍慈善"的宗教。[1] 在他的自传中,他用第三人称说到自己1817年在伦敦的演讲:"他曾以完全公开的方式谴责了世界上人们现今所教导的一切宗教,斥之为阻挠持久的重大改进的严重障碍、一切罪恶的根源以及人类生活中许多最不幸的灾患的祸根,因此他根本不能见容于宗教界。"[2] 在新拉纳克,欧文一直没有建教堂,直到他逝世四十年后村庄里才有了一个极小的祈祷屋。他早期的反宗教倾向曾使戴尔在决定把新拉纳克卖给他时心存犹豫,后来这种倾向越演越烈又

---

[1] Erik Reece, *Utopia Drive: A Road Trip Through America's Most Radical Idea*. pp.84-85.
[2] 罗伯特·欧文,《自传》,《欧文选集》第三卷,301—302页。

给他在"性格养成学院"的实践中带来新的障碍。

在"性格养成学院"的成功影响下,欧文想进一步把新拉纳克的经验推广到整个英国,但却遭到宗教力量的围剿。1818年,他开始去法国、意大利和瑞士旅行,深入接触那里的教育家和改革者,一方面寻求他们的舆论支持,另一方面再拓展和充实自己的社会实验思想。他在瑞士见了欧洲平民教育之父约翰·裴斯泰洛(Johann Pestalozzi),后者在伊佛东(Yverdon)的著名寄宿中学所推行的"感官学习"和"物体教育",加强了他的环境决定论思想和对新拉纳克经验的信心。1820年,针对拿破仑战争结束后的危机和动乱,他出版了《致拉纳克郡报告》,但这并不是关于新拉纳克经验的总结,而是对一个适合于全世界的全面社会改造方案"合作村"的总动员。这份方案主张"生产者应享有他所创造的财富的公平合理的比例","合作村"应建立在"综合了劳动、消费和产权的平等权利的原则"之上,这为他接下来的人生转折埋下了伏笔。从《新社会观,或论人类性格的形成》到《致拉纳克郡报告》,这种今天被命名为"社会主义"的政治学说的萌芽,比马克思和恩格斯还要早三十年。

1823年,他到爱尔兰旅行,被那里的饥荒、原始状态和宗教斗争所震撼,他与当地精英公开辩论,建议用"合作村"来救穷人于水火,却因极端的渎神修辞而失败了。

当他回到新拉纳克，很多父母对他在"性格养成学院"中既反对阅读又不教授宗教内容颇有微词，为了不至于招来他的贵格派合伙人施加的更多压力，他不得不让步。在第三轮合伙人中，威廉·艾伦对欧文的教育思想和教学方法最为关注，他对学生在参观者众目睽睽之下唱歌跳舞还进行军训感到不快，下决心阻止欧文把新拉纳克变成一个无宗教信仰的企业，这一决定获得当地长老会和报纸舆论的支持。1824年，处于少数派的欧文在董事会中被挫败，歌舞和军训被取消了，连欧文提供给学生的便于运动的宽松罗马服也被以"正派"的名义禁止。

在现藏于格拉斯哥的斯特拉斯克莱德（Strathclyde）大学档案馆的新拉纳克访客登记簿上，有一位1824年的客人的亲笔签名："理查德·弗洛尔（Richard Flower），爱德华郡，奥尔滨，伊利诺伊州"。[1] 这位美国人是和谐教会（Harmony Society）的创始人乔治·拉普（George Rapp）派来的使者，他来询问欧文是否有兴趣购买他们位于印第安纳州的和谐村的土地。而同年早些时候，另一位客人也从美国来访问了欧文，他的名字叫威廉·麦克鲁尔（William Maclure），

---

[1] Donald E. Pitzer, "The Capitalism, Christian Communism and Communitarian Socialism of New Harmony's Founders George Rapp and Robert Owen", *A New Social Question: Capitalism, Socialism and Utopia*, edited by Casey Harison, Cambridge Scholars Publishing, 2015. pp.111.

是一位移居费城的富裕苏格兰人，也是裴斯泰洛齐自由思想的拥戴者，对教育和社会实验的看法与欧文非常一致。正处于低潮的欧文感到很受诱惑，他问长子小罗伯特（Robert Dale Owen）："新拉纳克还是和谐村？"小罗伯特毫不犹豫地回答："和谐村！"很快他就决定前往美国，并在那里完成了和谐村的土地交易。新拉纳克的传奇随同欧文变卖掉的部分股权一起留在了他的身后。

欧文之后的新拉纳克后来被他的朋友约翰·沃克（John Walker）继承，并由沃克的两个儿子共同管理了差不多五十年，但很快就被外面的世界遗忘了。1881年，他们转手给了亨利·伯米尔（Henry Birkmyre）的公司，后者主要从事制绳业务，为了多样经营，还生产家用桌椅布、军用帆布、马戏团的扎营用品和织网，但纺纱仍是工厂的主业，水轮的使用持续到1929年。他们在这里渡过了两次世界大战，一直到1967年宣布关闭。1970年，新拉纳克村的人口从高峰期1818年的2500人收缩到只有80人。拯救新拉纳克村的行动开始于1974年，当地政府和历史保育组织开始修缮那些最严重的濒危建筑。得益于后来旅游业的发展，苏格兰旅游协会支持了一笔资金，让原来的"性格养成学院"和三号磨坊得以在1990年被改造成新的游客中心，一号磨坊在1993年被改造成酒店。2001年，新拉纳克被联合国教科文组织列为世界遗产，它的人口回升至200人，每年的游客数量达到了40万。[1] 这个19世纪声名显赫的乌托邦村庄，经过换血转型后又活了过来。

64号州际公路

64号州际公路东起肯塔基州的路易斯维尔（Louisville），西至密苏里州的圣路易斯（Saint Louis），当我看到第4号出口的标牌时，脑海里立马浮现马克·奥吉（Mark Augé）的句子："那些困扰着我们的风景的历史，与我们之间的关系也许正在被审美化、社会化和人工化……自马尔罗以后，我们的城镇已经被转变成博物馆（被修复、用泛光灯照射着向人展露的纪念碑，专门划出来的区域和行人专用区），同时那些绕开的道路、高速公路、高速列车和单行道系统让我们感觉再不需要留在其中。但这种转变，这种绕开，并非不带一丝悔恨之意，因为众多的标牌正在提醒我们不要忽视这一地区曾经的辉煌和历史痕迹。"[2]

---

[1] The Story of New Lanark, New Lanark Trust.

[2] Marc Augé, Non-Places: Introduction to an Anthropology of Supermodernity, Verso, 1995. pp.73.

4号出口标示着从这里离开64号州际公路,可以前往一个历史遗迹:欧文在1825年成立的新和谐公社。这是一个小分叉,它可以挣脱满是加油站、汽车旅馆和周末驾车者的州际公路的"速度"世界,以及与它相连的大城市、高架桥、机场、火车站、自动提款机、大型超市、连锁酒店、高级公寓所构成的"超级现代性"的闭环,那悬浮在历史之上、与人际关系隔绝、靠商业合同维系的"非地方"(non-place),进入印第安纳州的69号公路,然后抵达那在缓慢的时光里可能已被很多人遗忘的"地方"(place),一个在地图上小得不能再小的点。

在夜幕中,我们缓缓驶入目的地。如果不是街上正在闪烁的圣诞灯饰,它很容易被误以为是一个"鬼镇"。新和谐现在人口约800人左右,比它的历史最高人口数1500减缩了近一半,而且全部是退休人员。因为退休人口的踞守拉高了房价,年轻人口很难进入,2015年新和谐关闭了这个地区的公立小学。[1] 新和谐度假中心在镇子北端,紧靠一个小湖,其整洁安静令我想到宋代僧人释梵琮的诗句:"镜里无尘闲处照,柴头有火暗中吹"。但这里看不见任何一个客人。我们到近邻的"红葵餐厅"吃晚饭,马上就对这个地方的高消费有了切身的感受。

---

1 Erik Reece, *Utopia Drive: A Road Trip Through America's Most Radical Idea*. pp.100.

第二天早上，我们先步行去镇上的主街找一间便宜咖啡馆吃早餐。街上全是被涂上粉嫩颜色的老房子，像是整齐排列的巨型奶油蛋糕，上面大多都铭刻着19世纪中期和20世纪初期的年份。在欧文从英国到来之前，这里名叫和谐村，是由和谐教徒（Harmonists，或Harmonites）在1815年创立的一个聚落。和谐教会1785年起源于德国乡村，是一个基督教神智学（Theosophy）和虔诚主义（Pietism）团体，由于路德教会和符腾堡州政府的宗教迫害，他们有400名成员在1805年移居美国，在宾夕法尼亚州买地成立了第一个和谐聚落，实行共产制度。印第安纳州的和谐村是他们的第二个聚居点。

和谐教徒主要是农民和工匠，他们坚持个人奉献和无中介的神启迷思，相信千禧至福和基督重临的预言，追求精神、身体和万物的和谐，反对效忠政府和拒服兵役，在德国不受精英阶层待见，把美国视为他们能成为上帝选民的新天堂。和谐教徒们非常勤奋，一切生活所需都靠自力更生。乔治·拉普（George Rapp）的养子弗雷德里克·拉普（Frederick Rapp）是个建筑师，前后规划设计了三个和谐聚落，他们建造了很多漂亮舒适的大房子，发展农业和制造业，拥有农场、酿酒厂、酒馆、木匠工坊和铁匠铺，还制作陶瓷、绳索、马车、鞋子和衣服，营利丰厚，产品覆盖的市场包括美国二十二个州，远至十个其他国家。很多欧洲来的访客对他们社区的成功赞不绝口，这种好名声吸引了在英国饱受束缚而准备前来美国大展宏图的欧文。像戴尔一样，乔治·拉普也为欧文准备好了大戏出演的道具和布景。

新耶路撒冷

1824年9月，亦即与理查德·弗洛尔在新拉纳克见面一个月后，雷厉风行的欧文和次子威廉（William Dale Owen）从利物浦乘船出发，经过五周的航行，终于到达纽约。他们在纽约逗留了一个多星期，在11月还造访了位于纽约州府奥本尼北边的震教徒（Shaker）村庄，那是震教教母安·李（Ann Lee）从曼彻斯特到美国后创建的第一个震教徒聚落。尽管欧文以前从未到过美国，但他非常关注这边的千禧至福和锡安主义（Zionism）[1]乌托邦运动。在拜访震教徒定居点不到一个月后，他们到了和谐村，负责接待和谈判的是弗雷德里克·拉普。

1925年元旦后的第三天，欧文和弗雷德里克签订了买地合同，他把价格从15万美元议到了13.5万美金并先预付一半金额，买下了整个村子和两万英亩的土地，其中

---

[1] 又称犹太复国主义。

农地2000英亩（相当于约800万平方米），还有果园、葡萄园、啤酒厂、染坊、牲口、所有农具和将近两百幢房子（包括学校、图书馆、几幢大宿舍楼和两个教堂）。当天他留下威廉处理细节，自己则前往匹兹堡和费城，在两次大型演讲中宣告把和谐村改为新和谐，发布了马上就要在此开始建设"新道德世界"的实验计划并招募参与者。一个月后，他来到了华盛顿，雄心勃勃地要说服美利坚合众国政府转向"社会主义"，把自己视作新时代的弥赛亚。新当选的总统约翰·昆西·亚当斯（John Quincy Adams）曾在就任驻英国大使时与欧文有过交游，他在首都热情地接待了欧文，即将卸任的总统詹姆士·门罗（James Monroe）把欧文介绍给他的内阁成员，并写了介绍信让他去会晤两个前任总统麦迪逊和杰斐逊。杰斐逊后来在弗吉尼亚州的宅第与欧文共进晚餐，他的鼓励如同"风在背上"，给欧文的世俗新耶路撒冷梦想提供助力。

为了满足美国政界的好奇，亨利·克莱（Henry Clay）在1825年2月25日安排欧文到众议院发表了长达三个小时的演讲，两位交接期间的总统，众议院、参议院和高等法院所有成员均出席聆听。十天之后，在同样的地方，欧文发表了第二次演讲。两次演讲的纪录文字发表于《国家情报员》（*National Intelligencer*），在美国刮起了一阵欧文主义的旋风。欧文豪情万丈地宣称，美国虽然已经赢得了政治独立，但精神仍未独立，他的到来将是这个独立不足五十年的新国家和整个人类社会的转折点，他的合作社区计划，将帮助美国政府"给予和保障国民和全人类自由、富足和幸福"。[1] 今天这种言论听起来非常狂妄，也像是对美国各种价值观的攻击，但在那个时代，资本主义还没有成为美国的国家意识形态，很多人都觉得欧文的提议是一条更大胆的通往真正民主之路。欧文是有备而来的。除了怀揣转让新拉纳克股份所获得的 25 万美元，他还邀请英国建筑师托马斯·斯泰德文·维特维尔（Thomas Stedman Whitwell）重新制作了一幅"合作村"的规划图，它根据 1820 年发表《致拉纳克郡报告》后的初步设计专门为美国之行绘制了新的渲染效果。它仍然是一个平行四边形（parallelogram）的布局，三层高的如同城堡的房子向四边各延展一千英尺（约三百米），一至二层供已婚者居住，第三层供未婚者和两岁以上的儿童居住，共可容纳两万人。城堡将内部的花园、广场、食堂、医疗所、育婴堂、幼儿园、学校、图书馆、博物馆、演讲厅、娱乐厅、钟楼和教堂（为了避免在英国时所遇到的宗教反对派而不得不设置）等公共设施围合起来，外面则是农场、工坊和商店。这个规划图先在费城的伦勃朗·皮尔博物馆（Rembrandt Peale

---

[1] Chris Jennings, *Paradise Now: The Story of American Utopianism*. pp.109.

Museum）展出，后来维特维尔制作的六平方英尺（约0.5平方米）模型又从英国运来，在白宫向公众展示，制造了极轰动的宣传效应。

"平行四边形"成了欧文乌托邦社区的代名词。他以无法根除的工业家思维，把它称为"一个新机器"，"完美"结合了乡村与城市、农业与工业，能"演绎人类优越的生活，能满足所有需求与目标"。[1] 他宣告马上着手在新和谐村的外围开始建造第一个，之后还要建造更多。他向所有"勤劳和善良"的男男女女发出邀请（很遗憾地，不包括有色人种特别是黑人），号召他们加入这个"为人类带来和平与善意的新王国"。当他四月份回到新和谐时，已经有800个人自发从各地沿着瓦巴什河（Wabash River）到达那里等着他。1825年5月1日，"新和谐初级社区"宣告成立。这800个成员被要求签署一份由欧文制定的社区章程，断绝与个人主义和私有财产的关系，每个人都必须为社区的公共利益付出劳动，以获得免费的住宿，他们可以使用信用系统，在社区的商店中交换生活必需品，也可以负债，但规定不超过一定的点。在安排妥当这一切一个月后，欧文又把管理工作交给威廉和新成立的委员会，启程回新拉纳克，准备打点收拾，进行越洋搬家。

---

[1] Chris Jennings, *Paradise Now: The Story of American Utopianism.* pp.112.

随笔 ≈ 从新拉纳克到新和谐

知识之船

在回新拉纳克的路上,欧文先经费城停留。他找到了曾在新拉纳克见过面的威廉·麦克鲁尔,说服他动员费城的科学家和从事进步教育的知识分子参与新和谐。欧文是个乌托邦文学的狂热读者,在出版维特维尔的平行四边形规划图时(放在他出版的《危机》杂志的封面),他把自己也列入了乌托邦倡导者的阵列并印在图注中:"此社区根据柏拉图、弗兰西斯·培根爵士、托马斯·莫尔爵士和罗伯特·欧文先生的准则创立"。他受到培根在《新大西岛》中提到的博物学机构"所罗门之宫"(Soloman's House)的影响,想要把新和谐变成一个致力于科学研究和教育创新的全球中心。那时关于新和谐的消息已经在费城的知识圈子传开了,关于创立一个平等社会的理想迅即吸引了一批人离开费城的大学和科学机构,投身于新和谐的泥沼荒野。

麦克鲁尔在其中起到了很重要的示范带领作用。他时任费城自然科学院院长,几乎把他属下的重要科学家和教师都带上了这次寻找新梦想之路。他在1800年放弃了商业生涯,从苏格兰移居美国,致力于地质学研究和进步教育实践。他对美国政治持有非常激进的观点,相信《独立宣言》中所承诺的民主只有在整个国家实现了物质公平之后才能成功，而平民教育则是达至社会进步的最短路径。麦克鲁尔本人投入15万美元成为欧文的合作伙伴，并承诺负责在新和谐创办学校。

欧文从新拉纳克归来后，和麦克鲁尔在匹兹堡为这些知识分子准备了一艘85英尺（约26米）长、14英尺（约4米）宽的龙骨船，将它命名为"慈善家号"。船头挂着目的地"新和谐"的横幅，船舱里装着一箱箱的书籍、标本、实验室仪器和四十个男人、女人、学生和儿童。欧文的长子小罗伯特也在船上，当时年仅24岁。欧文的妻子卡罗琳和两个女儿不愿意离开英国，四个儿子和一个女儿则先后移民美国。一个家庭就这样分开了。1825年12月8日，这艘船从匹兹堡离港，沿着俄亥俄河向中西部启航。

第二天，"慈善家号"在宾州的一个叫比弗的地方被迫抛锚，结冰的河面让船只停航整整一个月。欧文向附近的乔治·拉普求助，在安顿好所有乘客后，选择马车自行前往新和谐，去处理社区因为新创立而出现的混乱局面。其他人原地等待，一些妇女因不堪寒冷而出现情绪，但船上的科学家们却兴致勃勃地到处为将要在新和谐创办的自然博物馆收集鸟类、昆虫和植物标本，还教小罗伯特打猎。晚上，众人围着炉火讨论工人与生产、宗教与政治、教育与社区，阅读傅立叶的作品，妇女们甚至讨论起在她们即将抵达的乌托邦社区里应如何穿着的问题。一个月后，俄亥俄河上的结冰终于被凿出一条水路,"慈善家号"再次起航。1826年1月23日,经过在辛辛那提、路易斯维尔的简短停留,它到了弗农山庄(Mount Vernon),次日,所有人都到了新和谐。早到的欧文在1月12日向全体新和谐居民的演讲中提到了即将到来的"慈善家号",把它称为"知识之船"(The Boatload of Knowledge)。在后来的历史学家眼中,这次旅程是一次意义重大的知识分子移民,为荒芜的美国中西部注入了科学和文化的新力量。[1]

历史的波涛

欧文一家住在主街和教堂街交界处的西北角(他的另外两个儿子和一个女儿在1828年到达美国),它曾经是乔治·拉普的宅第。那是一个由矮墙围合起来的大院落,但仍然可以看见主体建筑的红色砖墙、白色门柱及高窗。矮墙上有一块牌子,写着"美国中西部地质学先驱大卫·戴尔·欧文故居"。大卫(David Dale Owen)是欧文的三子,1837年被聘为印第安纳州的地质学家,对中西部做

---

[1] Donald E. Pitzer, "The Original Boatload of Knowledge Down the Ohio River: William Maclure's and Robert Owen's Transfer of Science and Education to the Midwest, 1825—1826", *The Ohio Journal of Science*, Volume 89, No. 5, December, 1989. pp.128—142.

了广泛的地质调查。或许因为欧文在这所房子居住的时间不长，又或许因为今天欧文的后人仍在此居住，为免游客骚扰，当地的历史保育部门并没特别说明这幢房子与欧文的关系。在欧文的房子西边，是1818年乔治·拉普建造的规模庞大的粮仓。它看起来就像防卫性的堡垒，共五层，里面是雄伟的橡木横梁，砂岩墙有两英尺厚，墙上的窗只有几英寸宽，好像是为了放下一支步枪。和谐教会的产品质量和口碑都非常好，常常让人眼红和垂涎，所以仓库建成了印第安纳州最坚固的建筑。从欧文的房子走到主街的东面，是1822年乔治·拉普建造的二号社区公屋，同样体量巨大，共有三层，梯形屋顶，两边木瓦坡上各有一排老虎窗，后来被用作麦克鲁尔创办的美国第一个幼儿学校的宿舍，收纳超过一百名儿童在此寄宿，他们一年只能见父母两次。让儿童远离教育程度不高的父母的影响，集中起来接受性格熏陶，这是欧文在新拉纳克时代的教育遗产，在新和谐时代由麦克鲁尔传了下来。

从主街向西拐向酒馆街，我们找到了工人学院（Workingmen's Institute）。在欧文因失败而离开新和谐后，麦克鲁尔继续留了下来，他于1838年创办了这个致力于为劳工提供自我教育的机构，后来在印第安纳州和伊利诺伊州分别扩展到144个和16个分支。现在新和谐的这个工人学院是硕果仅存的一个，作为美国历史上第一个免费公共图书馆，1966年被列为国家历史地标，年龄最老却运作如昨，综合了图书馆、档案馆和博物馆三种功能。一层的图书馆和档案馆收藏有欧文和他的三个儿子小罗伯特、大卫、理查德（Richard Dale Owen）以及麦克鲁尔的著作和手稿，还有和谐教会时期和欧文时期关于本地的各种报纸、文献和历史照片。他们的乌托邦研究专题书刊是我所见过的历史跨度最广、种类最齐全、选择最严谨的收藏。二层的博物馆常设展览包括当年那些科学家们收集的化石、古生物、贝壳、鱼类、动植物标本，当时的马车、农业器械、旧家具、"知识之船"的船模和路线图。对于一直关注乌托邦研究的我来说，它是一个小而精的宝库。

在工人学院的近邻，是一幢新古典风格的建筑，门口顶部有非常醒目的英文字浮雕：墨菲礼堂。墨菲是本地一个富有的医生，最初他被一个叔叔从爱尔兰带到路易斯维尔，后来乘船逃离了叔叔的虐待，被新和谐社区收留，出于多年的感激，他捐款修建了1894年落成的工人学院建筑。墨菲礼堂也是他出资兴建的，完工于1913年，本来用作工人学院的附属建筑，现在变成了举办流行音乐演出的场所。从教堂街走过酒厂街，在街左边还有一幢罗马复兴式的歌剧院，它大约是在1856年至1888年间，从1824年乔治·拉普建造的四号社区公屋改建过来的。可见新和谐虽是个小地方，娱乐设施却不缺。在一张绘制于1900

年的新和谐平面图上，大约有六条横向的街道和七条竖向的街道，把整个村落划分为约五十个方形的街区（blocks），这是它当时主要的生活居住区，现在仍然维持着这样的空间规模，没有太多扩张，是一个非常舒适的步行尺度，根本用不上汽车。在很多街角，还保留着和谐教会设置的公用石制烤炉，以前每个街区的教徒都在此烤面包。每条街道上都有许多栾树，这里的人叫它们金雨树（goldenrain），因为它们在夏天会盛开小黄花，满树金黄，花落如雨。我们到达这里的时候正好是冬杪时节，这些树已经从寒冷中苏醒，枝头上就快要长出嫩芽了。夜幕降临，在走回住处的路上，穿过地上的树影，我们感到这个镇子仍然保持着那种一日无事、早早歇息的安逸节奏。一百多年前，这里曾容纳过两批远离工业化的疲倦和大都市的喧嚣的梦想者，他们留下的痕迹翻转出巨量的信息，越过时间的鸿沟向我袭来。在只能听得见自己脚步声的寂静中，历史的波涛在我脑海不停地翻滚。

危机

当欧文从新拉纳克回到新和谐时，他发现情况不是一般的糟糕。为了容纳两倍于原来和谐教会人口的新成员，过去大半年，威廉不得不招集木工和砖匠加紧改建房子，创造更多的居住空间。社区刚刚从一场大兴土木的忙乱中恢复过来,却又面临新的问题。虽然已经有137个社区成员接手和谐教会留下来的制鞋、皮革、屠宰和烘培作坊,但田地的耕种却缺乏人力,只有32个熟练农民和两个园丁在工作,其他600个成员几乎无所事事。社区的消耗大于生产,欧文不得不打开他的金库支付应对。尽管如此,在"知识之船"抵达之后,欧文仍然非常亢奋,他宣布"新和谐初级社区"结束,"新和谐平等社区"开始,并在三年内彻底实现。七名成员被选出来(包括威廉和小罗伯特,不包括欧文和麦克鲁尔)起草第二份章程,规定"平等的权利和责任、言论和行动自由不受性别和经济状况影响,适用于所有成人,并获保护";把社区分为六个部门:教育、制造业、农业、商业、国内运营和"总体经济",十六岁以上的任何人都可以申请在其中工作;所有房屋均供社区成员使用,但产权由欧文和麦克鲁尔共同掌控。

新和谐开始出现天堂般的欢乐气氛。它是当时人口最多元化的美国小镇,成员来自除佛罗里达和圣路易斯安那之外的所有州,还有不少专门从欧洲过来的移民,从记者、自由思想家、社会理论家、唯灵论者、传教者、健康饮食主义者到普通农民,各色人等,无所不包。新和谐礼堂里,一个名叫约书亚·沃伦(Josiah Warren)的音乐人带领和指挥着一支庞大的管弦乐队定期举办演奏会，并为舞会伴奏。除了音乐会和舞会，新和谐礼堂还有频密的讲座和讨论会轮番举办。新创办的报纸《新和谐公报》由欧文次子威廉主编，预告和记录各种社区活动，并为各种辩论交流提供发表空间。欧文骄傲地宣称，他们在瓦巴什河畔所创造的这个人间天国的新制度，将"从社区到社区，从州到州，从大陆到大陆"广为传播，并在最后"覆盖全球"。

但在这种乐观主义下面，却深藏着令人不安的危机。社区的财务一片混乱，一直没能建立一个清晰跟踪收支状况的簿记制度，现金一直在流失而没有任何进项。虽然欧文继续注入新资金，但怀疑的声音已经开始出现。新和谐需要很多劳动，但无人获得现金报酬。它被困在一个劳动和报酬无关的共产主义制度与另一个合伙持股并分享利润的资本主义制度的尴尬夹缝中。既然说是反对私有财产，为何欧文和麦克鲁尔不放弃他们的所有者身份？他们是不是在骗取这些理想主义成员的义务劳动？为了解决这些争议，欧文令人惊讶地提出一个方案，建议由所有社区成员合资以原价集体购买他的所有权，分12年支付，每年多付5%的利息，这样即使新和谐因为财务危机失败了，它也算是集体的失败。但所有人都明白社区将来运营的难度，所以拒绝了这个方案。有的成员建议制定第三份章程，要求作为创办人和主要投资者的欧文为社区负全责，建立新的行政机构，改善社区的经营，无论得失都由他来承担。作为妥协，欧文勉强接受了，但选择了24位仍对社区有信心的成员作为核心，通过授予行政权来说服他们同意承担向和谐教会支付余款的责任。后来他还接受了麦克鲁尔的提议，把社区细化为农牧协会、工艺制造协会和教育协会三个分支，分清股权和责任，以避免整个社区过于庞大笨重难于运作的问题。麦克鲁尔向欧文支付了37000美元，买断了教育协会的校舍。可是，就算如此这般，也并没能阻止社区接下来的分崩离析。

除了财务上的危机，新和谐还隐藏着人类社会至今仍无法规避的信仰冲突和阶层区隔。欧文的反宗教态度虽然在新和谐有所调适，但在1826年7月4日美国《独立宣言》发表五十周年之际，他当着所有社区成员的面，发表了《精神独立宣言》的演讲，仍把宗教、婚姻和私有财产列为人类社会三大敌人。这就像是一把火，烧痛了社区内不同宗教信仰者的心。他反对婚姻的言论让印第安纳州的一本杂志把新和谐讥讽为"一个伟大的妓院"。至于反对私有财产，社区成员早有不满。演讲这天也是杰斐逊去世的当天，现在美国人终于明白了欧文对这个国家的威胁，他们把他的异端邪说视为比法国大革命更让人恐惧的魔鬼言辞。这一年的冬天，大约一百个卫理公会教徒决定离开新和谐去创办他们自己的社区，实行集体耕作。为避免冲突和顾全面子,欧文同意租给他们一块地,并把它列为新和谐二号社区,但这些分离者却起了个新名字"麦克鲁里亚"(Macluria),以表对新和谐另一个合伙人麦克鲁尔的敬重。他们不知道的是,麦克鲁尔和欧文一样反对组织性宗教,只不过他专注于教育,在关于宗教的态度上比欧文更温和而已。可是,即便麦克鲁尔热心教育,他与欧文的教育思想分歧也越来越大,并且认为顽固的欧文再也不能胜任新和谐的领导者,而欧文根本没有意识到他要解绑自救的意图。

一个月后,一群来自英国的农民也在建筑师维特维尔的带领下要求退出,因为他们鄙视新和谐那些知识分子和中产阶级成员在农业劳动上的无能,这些人不问稼穑,不是到处旅行,就是埋首于自己的书房、实验室或躲在小圈子里高谈阔论。这种阶层区隔被1826年初到访的萨克森-魏玛公爵查尔斯·伯恩哈德(Charles Bernhard)记录了下来:他看到天才的科学家因为被迫参与花园的劳动,手上肿起了水泡;受过良好教育的人总是聚在一起,从不关心其他人;在舞会里,"低下阶层"的人从不参与跳舞,只坐在边缘读报;而"高等阶层"的人则穿着精心准备的新衣服,把这里当成了"自己人"的派对;一个在此逃避失恋的年轻女子,被通知到时间去做挤牛奶的工作时,差点哭了出来;而她的女伴们,则对那些冒昧请他们跳舞的年轻工人嗤之以鼻。[1] 他认为欧文自诩为社会改革者，享受的是思想，而不是现实。对这些喜欢喝酒的英国农民，欧文现在一点办法都没有。他也租给他们土地，把它列为新和谐三号社区，但维特维尔却用他发明的奇特命名方法[2]，把新社区称为费巴佩维里（Feiba Peveli）。

这两个分离派系带走了新和谐最能干和最需要的农民。现在草料无人收割，粮仓无人使用，公共厨房和食堂无人工作，所有人都自顾无暇，那些单身的成员甚至只好到麦克鲁尔的寄宿学校去吃饭。一切都回到他们以前反对的旧世界的样子。社区的激进社会主义者保罗·布朗（Paul Brown）批评欧文变成了守财奴，暴露了资本家的本性，而整个新和谐则弥漫着一股盗贼精神，所有人都睁只眼闭只眼，顺手牵羊，钱成了这里最渴望和崇拜之物。人们眼热欧文对效益最好的酒馆和社区商店占有的股权，要求他放弃，当他把酒馆和商店的农机部分出让给社区内的一个

---

[1] Mark Holloway, Chapter 6, "New Harmony", *Heavens on Earth: Utopian Communities in America 1680—1880*, Dover Publications, 1966. pp.111—112.

[2] 因为美国重名的地方太多（例如它有28个地方叫Springfields，29个地方叫Clintons，30个地方叫Franklins），维特维尔发明了一种以经纬度来命名的新方法来避免重名。他设计了一个对译表，用字母组合精准地翻译每个地方的经纬度，例如以S代表南纬，V代表西经，北纬和东经省略，这样新和谐（38°11'N, 87°55'W）将叫Ipba Veinul，纽约叫Otke Notive，华盛顿叫Neivul，匹兹堡叫Otfu Veitoup。这种命名虽然没有字面含义，但旅行者可以轻易知道每个目的地的地理定位。这个命名方法首次发表于1826年的《新和谐公报》，但显然没被当今世界取用。

农民时,后者马上对服务和商品全面提价。留在农牧协会和工艺制造协会的人把教育协会的人视为懒汉与寄生虫,他们拒付学校的建设费。欧文的两个儿子威廉和小罗伯特不忍看到新和谐的堕落,和一群年轻知识分子一起组成了一个非正式团体"文士"(Literati),试图发动"政变",阻止欧文盲目承诺的无能行政,并驱逐那些懒惰无用的成员。但到了1826年底,当欧文向俄亥俄的土地投机者威廉·泰勒(William Taylor)出售了1500英亩(约6平方公里)土地时,他们都知道,新和谐的失败已经无可挽回。

落幕

1827年5月6日,在历经近两年半、花费了近五分之四的个人财富之后,欧文发表了告别演讲,宣布新和谐社区正式解散。他不情愿称之为失败,把责任归咎于除了他自己之外的所有人。弗雷德里克·拉普闻风从艾科诺米过来向欧文追讨余款,欧文无力支付。这时麦克鲁尔抓住这个机会,用来了结他和欧文越来越紧张、从法律上来说也含糊不清的合伙关系。他向弗雷德里克提出由他来支付余款,后者同意了并把购地合同转到麦克鲁尔名下。欧文起诉麦克鲁尔,麦克鲁尔也反诉欧文,当年彼此欣赏的两个理想主义者开始为金钱和产权在法庭上针锋相对。最后的结果是欧文拿到了一大笔现金，麦克鲁尔拥有了新和谐大部分产权。6月1日，欧文离开了新和谐，从纽约乘船前往英国。

新和谐的失败当然与欧文有非常大的关系。自从新拉纳克实验取得世界性的关注后，他就脱离了现实层面的具体操作，而投身于理论话语的生产并开始狂热追逐舆论影响。他陶醉于和他那个时代最优秀的意见领袖的激烈辩论，并开足宣传机器的马力，把头脑中的空想变成诱惑人心的美景，把它投向演讲台下仰望的人群甚至四个美国总统的办公桌，但是后来发表的《精神独立宣言》却让他前功尽弃，让新和谐陷入不利的舆论困境。他最早在工厂的管理才华和解决实际问题的能力丝毫没有投入新和谐这个以农业为主要生产方式的实践计划。在宣布初级社区成立时，他完全没有准备好，没有任何细致可行的计划，只是扔下一个抽象的概念就长时间离去，忙于他的造势活动，造成了引发混乱的权力真空。他对社区成员也不作任何甄别挑选，导致大量人涌入，很多只是奔着他慈善家的名声而准备来坐享其成的，农业人才的缺乏导致了社区在经济上总是入不敷出。虽然社区的第二份章程意识到这个问题，但只是制定了社员加入或退出要获得三分之二投票决定的非常粗略的方法，没有对社员背景、能力和责任做任何具体规定，对信仰差异和阶层区隔也没有任何应对措施。另外，欧文对自己的财富太有自信,他紧抓产权不放,包揽一切支出,而没能像震教徒或和谐教徒那样用宗教作为精神纽带,低调建设,埋首生产,去创造集体财富。新和谐虽然声称实行公有制,而实质上仍是资本主义股权框架下的慈善社区。正是这一意识形态与实际制度之间的矛盾给了新和谐致命的最后一击。

不得不提的还有两个合伙人模糊的合作关系,以及后来越大越大的思想分歧。在麦克鲁尔带领他的"知识之船"前往新和谐之前,他只是口头上承诺投入15万美元,直到社区因为经济困境而划分为三个更小的组织时,他才拿出真金白银来承担他感兴趣的教育协会的投入。他在此创办了美国第一个幼儿学校(其中包括美国第一个幼儿园和针对十二岁以下儿童的小学)和第一个商科学校,这些学校招收了近四百个学生,全部是免费的。在实际教学中,他采纳了欧文在新拉纳克时让儿童与家长隔离的方法,但随着实践日深,他越来越偏向裴斯泰洛齐(Johann Heinrich Pestalozzi)的体系:通过创造一个教学环境激发学生的自我发明和自我发现,由此培育他们自由思考的主体性。麦克鲁尔的学校不仅在美国首次实行男女同校,也首次让学生尝试自治。以上这些举措显然与欧文在新拉纳克时代把学生当成"白板"(tabula rasa),向他们的心灵倾倒美德,使他们将来可以成为性格纯良的听话工人的做法是非常不同的。另外,虽然麦克鲁尔和欧文都认同教育可以促进社会改良,但在后期,麦克鲁尔越来越发现欧文在政治上的幼稚和肤浅,并确信他无法从曾经成功的实业家转型为老练的政治家,于是麦克鲁尔越来越把焦点放在具体的教育实验上,而减少了实现社会革命的宏大政治企图。在两人分开后,麦克鲁尔在新和谐又创办了一个工科学校和工人学院,并把后者推广到中西部的广大地区。

其实早在新拉纳克时代,在欧文不断收获美誉的同时,也有很多对他的激烈批评,它们主要来自英国。著名记者威廉·黑兹利特(William Hazlitt)攻击新拉纳克是个强迫性的乌托邦;政治评论家威廉·科贝特(William Cobbett)批评最初发表的"平行四边形"其实是控制贫困工人的效率机器;湖畔派诗人罗伯特·骚塞(Robert Southey)批评新拉纳克的军事训练是披着慈善外衣的暴政。年轻的恩格斯是欧文出版的杂志《新道德世界》的撰稿人,在1844年被他的父亲从德国派到英国来管理家族产业时,新拉纳克和新和谐的实验都已结束,但通过研究欧文的这两次行动,他找到了攻击资本主义的缺口,对欧文的无神论和教育思想不吝赞美。可是自从他与马克思合作,发明了阶级斗争的秘密武器后,他们就对欧文主义口诛笔伐,这种批判在1880年发表的《社会主义从空想到科学的发展》(《反杜林论》的一部分）达到了高潮。[1] 在恩格斯看来，因为没有意识到工人阶级的历史主体地位，欧文的行动只是在工人发起革命前的一种改良空想而已，而他和马克思在《共产党宣言》中提出的理论才是"科学的社会主义"。的确，欧文主义不无弊端，他的"沉默监视者"和"平行四边形"今天不管怎么看都令人想起边沁的环形监狱，而在新和谐的作风更有专制主义之嫌。

好在"平行四边形"从未在地球上建成，而欧文的精神遗产也并非毫无价值的垃圾。他至少在工业革命爆发的初期，和傅立叶、圣西门以及震教教徒、和谐教徒这些宗教千禧至福主义者一道，针对当时的危机，探索了重构人类社会的另类道路。欧文在19世纪的影响是巨大的，他在世界不同地方都有无数的追随者，此起彼伏的欧文主义团体甚至变成了一个无须创始人和精神领袖照拂也能自我发展的力量。在1825至1826年间，尽管新和谐本身好似一团乱麻，但在美国其他地方却诞生了十个欧文主义社区。而在1840年代的第二波理想社区高潮中，又产生了另外九个受欧文思想影响的社区。最值得一提的是1825—1828年间，由苏格兰女性主义作家弗朗西斯·赖特

---

[1] 鲁斯·列维塔斯著，李广益、范轶伦译：《乌托邦之概念》，中国政法大学出版社，2018年3月版，第74页。

(Frances Wright)在田纳西州孟菲斯附近创办和主持的"那索巴"(Nashoba)[1]社区。赖特是最早参与新和谐的八百个成员之一,受到欧文的影响,但却超越了欧文的局限。她购买黑奴,赋予他们自由,让他们接受教育和参加劳动,所产生的收入又用来解放更多的黑奴。并且,黑人和白人、女性和男性在社区中是平等的,他们一起生活,甚至相恋。赖特以开放的性别观念著称,和当时许多政治和文化名人都传过绯闻,她的社区被认为是美国最早的性别和种族平权实践之一。

在新和谐和那索巴都失败之后,赖特和欧文的长子小罗伯特一起把《新和谐公报》搬到纽约,改名《自由问询者》继续出版,他们在报纸上对妇女平权、废奴、教育和土地改革的呼吁,获得全美其他600份报纸的支持,最后在纽约州促成了一个政治党派劳工党的成立。受到赖特的影响,小罗伯特在1835至1839年担任印第安纳州立法委员期间,促成了妇女婚内独立财产权和离婚财产分割权的法律保障。

事实上今天美国很多主流价值观和制度,都与新和谐有直接或间接的渊源关系。新和谐诞生了美国最早的公共教育运动和最早的免费图书馆,它在某种程度上形塑了今

---

[1] 印第安土著奇克索语,意思是狼。

日美国的公立学校和公立图书馆制度。在 1843 至 1847 年小罗伯特担任美国国会议员期间,他成功推动了创立博物馆和研究机构集合组织史密森尼学会的法案。在 1851 至 1853 年第二次担任印第安纳州立法委员期间,他又争取在法案中增加了确保公立学校的税收支持的条款。他在政治的层面上实现了如果不是欧文也至少是麦克鲁尔的梦想。欧文的子女,除了两个女儿在英国去世外,其他五个都在美国终老,三子大卫和四子理查德都是杰出的地质学家,理查德后来还担任了普渡大学的校长。他们对美国政治、科学和教育的贡献,倘若九泉之下的欧文有知,也算对他在这个国家惨败的一种安慰。

一个社会主义者的幽灵

第三天早上,我们沿着住处所在的北街向西步行,去看两个著名建筑师设计的现代建筑。第一个是菲力普·约翰逊(Philip Johnson)设计的"无顶教堂"(Roofless Church),无顶的意思是指这个教堂不分教派,向所有人开放,天空就是他们的穹顶。它建成于 1959 年,基座上有六个椭圆形的石灰岩墩,上植六根钢柱,撑起由雪松木瓦织成的罩顶,仿佛是从天而降的一幅大布,又像一朵倒置的玫瑰。其中一个石灰岩墩上有一句铭文,"你将看到一朵金色的玫瑰"，这是先知弥迦预言千禧至福即将来临的一个句子，乔治·拉普据此把玫瑰定为和谐教会的象征。罩顶顶部有个非常小的圆形开口，像是上帝之眼，从那里透下来的阳光，照在地面上竖立着的"圣灵的降临"雕塑上。教堂位处一个四面砖墙包围起来的花园，北面是一个通透的走廊，可以看见远处的草地，视野极为开阔。在约翰逊的建筑作品中，这只是一个很小型的项目，但却很符合新和谐的气质，它成了来到中西部的建筑爱好者们必访的景点之一，也被很多本地人用作婚礼场地。

再往西走，在靠近瓦巴什河的一块开阔地上，伫立着理查德·迈耶（Richard Meier）设计的"雅典娜神庙"（The Athenaeum）。它建成于1979年，现在的功能是新和谐的游客中心。但无论是这个希腊智慧女神的名字还是建筑风格，都让人感觉非常别扭。迈耶的灵感也许来自"知识之船"，所以它选址在当年那些费城知识分子登岸的地方，而整个建筑也在模拟船的形状，但它不是19世纪的龙骨船，而是现代的白色游轮，每层不论内外空间都有许多船舱甲板式的楼梯和栏杆。入口接待处的墙上有一个巨大的黑板，上面写着"你的乌托邦愿景是什么"，鼓励游客在上面写下自己的答案。建筑内部有一个简单的书店以及一些关于新和谐历史的常设展示，但内容比起工人学院的收藏来说，简直不值一提。唯一值得称道的是它与周边景观的互动,它创造了大量的开窗和天台,让人可以一览瓦巴什河畔的自然美景。

这两个建筑都是简·布拉弗·欧文(Jane Blaffer Owen)主持兴建的。她是一个休斯敦石油企业的继承人,1941年与欧文的后人肯尼斯·戴尔·欧文(Kenneth Dale Owen)结婚后,搬到乔治·拉普的原宅第居住,对新和谐的历史保育爆发了经久不息的热情。在20世纪六七十年代,她说服印第安纳州的大企业、抗抑郁药百忧解(Prozac)的生产商拿出数百万美元,加上她自己拿出的数百万美元,一起投入新和谐的建设。简热衷神学,但肯尼斯却遗传了欧文的无神论基因,他除了养牛和打理农场外,对一切宗教都不感兴趣,在无顶教堂落成典礼上,他开着一辆卡车大声播放马戏团的音乐来羞辱他的妻子,之后两人马上分居了。简转向高尔夫球爱好,她不仅为新和谐带来两个著名建筑师的作品,更带来高级餐厅、酒店和画廊,这里由此变成了成本昂贵的退休富人的天堂。[1]

如今肯尼斯和简都已作古,而他们的祖先欧文离开这个世界也超过了一个半世纪。在新和谐之后,欧文不断往返英国和美国之间,试图东山再起,他曾试图说服墨西哥的独裁者洛佩斯·德桑塔·安纳(López de Santa Anna)给

---

[1] Erik Reece, *Utopia Drive: A Road Trip Through America's Most Radical Idea*. pp. 117, 120.

他一块土地再来一次实验,但没有成功;而在辛辛那提一场规模盛大的宗教辩论中又输给了牧师亚历山大·坎贝尔(Alexander Campbell)。后来他只好留在英国,和他的拥戴者们一起投入工人合作社和工会联盟的运动。在经过多年的投入和消耗后,他的财富已经见底了,不得不靠美国的儿子们每年给他汇款。尽管早年反对一切宗教,后来的欧文却开始皈依唯灵论(Spiritualism),确信与灵界的交流。在他晚年口述的自传中,他说:"在一次重要的降灵会上,这三个幽灵[1]伴同钱宁[2]、查默斯[3]、雪莱、拜伦以及若干老预言家的幽灵一起前来;这次,我的八位已故亲戚的幽灵也到场了。他们每一个通过独特的、不同的表达方式,用他们在世时的异常显著的特征同我沟通思想和感情。这些先进幽灵在不同的场合和不同的时间异口同声地分别申述了从无形的灵界传来的这些离奇信息的目的,即改造全世界,并使人世间的全部居民团结得像一个家庭或一个人那样。"[4] 他已经糊涂到把幻象当事实。

即便如此,他那无穷的精力还一直持续到生命的最后。1857年,他在伦敦召开了世界先进智慧会议,还参加了

---

[1] 指肯特公爵,杰弗逊总统和富兰克林。
[2] 美国一位论教派领袖。
[3] 苏格兰神学家。
[4] 罗伯特·欧文,《自传》,《欧文选集》第三卷,318页。

在阿尔伯特亲王府的教育会议和伯明翰社会科学协会的成立会议。在后一个会议上,他已经非常虚弱,只能简单地说了几句话。两周后,他在长子小罗伯特的陪同下回到了阔别七十年的家乡新镇,但很快又到利物浦去做了一个演讲。1858年11月17日,他在新镇附近的酒店逝世,与他的父母合葬在当地的圣玛丽教堂。在临终前,他这样评价他一生的努力:"我的生命并非无用。我给了这个世界重要的真理,只是因为人们缺乏理解而被忽视了。我在自己的时代前面走得太快了。"[1] 他没来得及完成他的自传,现在留下来的版本在絮絮叨叨新拉纳克时代的辉煌成就近数百页之后,未及展开后来对新和谐的回忆就戛然而止。

在中国,因为马克思和恩格斯的著作多次提及欧文,他的思想的译介很早就开始了,欧文的三卷文选忝列商务印书馆"汉译世界学术名著丛书",在1965年首次出版了第一、第二卷,1984年首次出版了第三卷(自传),虽然后来都有重印,但从豆瓣上荒芜的评论来看,应是这套著名的丛书中读者最少的了。从初中的政治课上,我第一次知道欧文是"三大空想社会主义者"之一,但今天我才发现"空想"这个中文形容词是从英文utopian译过来的,而欧文,准确地说,应是一个社群社会主义者

---

[1] Chris Jennings, *Paradise Now: The Story of American Utopianism*. pp.147.

（communitarian socialist），因为他是一个实干家，比圣西门和傅立叶这些空想理论家更有财力和能力，在一个社群而不是国家的尺度上，去实践关于财产公有、合作、互助、平等、公正的社会主义理念。令人遗憾的是，尽管欧文在 19 世纪战绩彪炳、名动世界，如今却成了一个被放逐荒乡、无人问津的幽灵。

2019 年 5 月 3 日，湖北沙市

无论洒过多少泪水

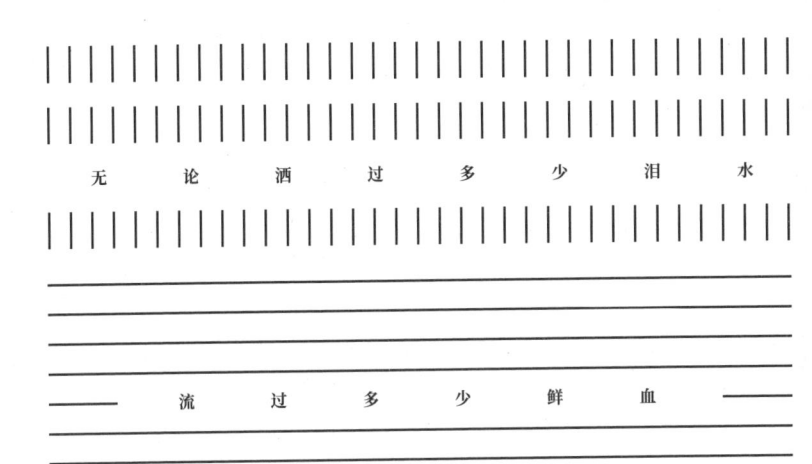

流过多少鲜血

人类只要活着
就永远无法舍弃
爱与
被爱。

Parce qu'en dépit des larmes et du sang si souvent versés il est bien une chose dont les hommes ne pourront jamais se passer, c'est aimer, et être aimés.

艾米莉·弗莱什
Émilie Frèche

艺术成为了我们的遗产。同时又是我们的老师；艺术帮助我们思考我们的周围是什么，我们想成为什么。艺术对我们提出要求，相应的，让我们对自己以及与我们一起生活和工作的人提出要求。

燃火的稻草：
国际写作计划笔记

撰文　克里斯托弗·梅里尔[1]（Christopher Merrill）
译者　周嘉宁

---

[1] Christopher Merrill (1957—)，美国诗人，记者，翻译。自2000年起任爱荷华国际写作计划主持。这篇讲稿是2017年4月，他在菲律宾圣托马斯大学举办的教育、文学和创意写作国际论坛上的主题发言。

让我以这所学校的守护神的故事作为开场。托马斯·阿奎那（St.Thomas Aquinas），在1273年圣尼古拉斯日的一次弥撒之后，他停止了写作，搁置了耗费了他多年精力的《神学大全》（Somme théologique），他的多米尼加教会兄弟们忧心忡忡。他在祷告时看到了神迹，却从未吐露详情。有一位教徒希望他解释一下内心的突然转变，托马斯·阿奎那说，"我再也不能写了。我所写的一切与我所看到的以及被赐予的启示相比，都如草芥。"几个月后他便去世了，而他令人费解的弃绝，使得人们对他所看到的神迹继续猜测纷纷。创造力的秘密吸引着作家、读者和批评家，迫切想要理解美如何转化成存在，我们也同样着迷于退隐的人——莎士比亚，兰波，罗斯（亨利和菲利普）。这就是为什么任何呼唤菲利普·罗斯（Philip Roth）写一个关于唐纳德·特朗普时代的小说的人，都可能会愿意想起亨利·罗斯在经历了几十年的瓶颈之后，四分之一获得好评的小说都写于他的晚年。但是托马斯·阿奎那的沉默指向更多：一种对存在本质的洞察，对此他拒绝谈论。他带入墓地的是什么秘密？

我在华盛顿大学念创意写作研究生课程的第一年，住在西雅图，合租的室友是一位毕业论文写了莎士比亚笔下愚人的大学友人，一位宗教学研究生，还有一位不怎么讨人喜欢的女人，她和我们其他人都保持距离，搬到了地下室居住，并且带来自己的冰箱储存自己的食物。住在二楼我的房间对面的宗教学学生，每天都会先喝一点白兰地再开始写作；过了几个月，他写了九十页的导言，依然无法回答为了获得学位需要解决的基本问题。我建议他戒了白兰地，但是我自己也有不断重写小说第一章而一无所获的习惯，所以也不好就他如何写作的问题指手画脚。同时他对住在地下室的女人的恶感与日俱增。我想不起来她做了什么让他不爽，但他那天敲我的门说一切已经尽在掌握的样子，至今历历在目。我马上跟着他来到厨房，他从墙上挪开她的冰箱，用手电筒照着被他切断的压缩机的电线，这样她的食物就都毁了。

"你想干吗？"我问他。

他耸耸肩。

"修好它。"我命令他——他照做了。

自此以后我始终和他保持距离，他恶毒的举动永远改变了我们的关系。尽管如此,六个星期以后,大学友人和我还是与他一起参加了为美国心脏协会募款的跨国自行车旅行。那位学者十六岁时参与过相同的旅行,他安排了速度,我们骑了八十英里来到喀斯喀特山的一座木屋;那晚我在炉火旁翻开理查德·雨果的诗集,那位学者说他骑行穿越美国时读的是《神学大全》,托马斯·阿奎那未完成的杰作——第二天早晨我们分开以后,我脑海中始终盘桓着一个想法,这本书太大了装不进背包,其次我无法把他的阅读和他对我们室友的所作所为联系在一起。我们是我们所阅读的(或者所不阅读的,看看唐纳德·特朗普便知),我常常思索为什么这位学者对托马斯·阿奎那的阅读无法使他豁免于如此邪恶的举动。知识界有一句老生常谈是,文学可以拓展我们共鸣的力量和道德推理的能力,所以我把这位学者的行为当作是一个警示故事。邪恶即是邪恶的所作所为。

回到本次会议的主题——用文学来教育世界:提倡理解、和平与平等。这个主题很贴近我的心,一方面是因为我曾经报道过巴尔干群岛、中东和阿富汗地区的冲突,另外一方面是因为我很荣幸从 2000 年开始主持的国际写作计划(IWP),认为文学可以为有分歧的人提供一个增进理解的平台。我见证了作家们拿起笔支持煽动冲突的政客,而造成的血淋淋的后果;因此政治和文学之间紧密的关系,影响了我对 IWP 的主持工作以及我在爱荷华的生活,爱荷华是新世界第一座联合国教科文组织的文学城市。IWP 的大部分资金来源于美国国务院,我由于承担文化外交任务而去了全世界超过五十个国家(对我们政府来说重要的地区),因此我沉迷于外国政治、外交艺术,获得的教育与我文学学徒的身份完全不同。在我骑自行车跨国旅行的时候,怎么也不会想到,有一天我会来到菲律宾讲述文学在促进世界和平中扮演的角色。但是我相信我们都同意,通过阅读、写作和翻译诗歌以及小说,我们的视野——审美的、政治的、精神的——会拓宽。托马斯·阿奎那在圣尼古拉斯的弥撒时看到了什么,将永远是一个谜:而我们走在阳光底下遭遇的事情大多是未知的,因此才有充满想象力的土地让作家们去探索。

把我们联系在一起的是对真实的探寻,不是吗?而五十年来 IWP 的资料告诉我们,真实到来的时候常常乔装打扮。对我来说,全世界范围的阅读是持续的启示和愉悦,反驳了传道书中说的:日光之下并无新事。确实,IWP 呈现出的文学范畴,提出的不同主题,展示的艺术技巧,运用的创意来源,以及跨越世界的视角所使用的炫目的形式方法,一切都明确说明我们的共同之处就是用不同的伪装讲故事。因为我们是讲故事的生物,而 IWP 心中的故事证明了看似无限的手段，我们借此找到存活于人间的意义。

"死在我前面的只有我自己，"美国诗人西奥多·罗特克（Theodore Roethke）写在一本笔记本里，"是什么继续活着？只是一个稻草人——/ 而稻草可以燃起火来融化石头。"这几句话没有写成完整的诗歌，但是1963年罗特克过早去世后，他的同事大卫·瓦格纳（David Wagner）从227本笔记本中选取和组织了片段，做成了一本有意思的书——《燃火的稻草》（*Straw for the Fire*）。被瓦格纳称为"诗歌、警句、玩笑、备忘录、流水账、随口短语、一点点对话、文学哲学评论、完整诗歌草稿和引用的大杂烩"，我始终把他做的这本书放在桌上，从中获得诗歌艺术和创意想法的激励和指引。瓦格纳补充说，"罗特克放任头脑漂流，在创作的早期一个片段接一个片段，从实际的到抽象的，从迟疑踌躇的到美丽的，从好笑的到可怕的，从字面的到超现实的，在语言中抓住任何能抓住的东西，但是仔细琢磨并且记住每个音节的发音。"

为什么罗特克没有把那些碎片变成完整的诗歌或者散文，瓦格纳推测有些材料处理起来太痛苦，而另外一些材料他没有找到合适的风格或者得出满意的创造性的结论，或者他始终怀着伴随他一生的对自己作品品质的怀疑。瓦格纳最后的主张是最煽情的：罗特克"热爱不完整，或许是因为这代表了一种承诺，他永远不会耗尽自己"——于是他用了1945年的一段笔记作为这本书的题词："渴望将诗歌保留于半完成状态；除了碎片什么都不写。"这个决定和阿奎那的正相反，说明了祈祷灵感的诗人和从上帝那里得到启示突然辍笔的神学家之间重要的不同——"通过绿色导火索催开花朵的力量"，狄兰·托马斯（Dylan Thomas）著名的诗句。"放弃吧，黑暗天使。"罗特克写到。阿奎那的沉默继续共振。

瓦格纳曾和罗特克一起在宾州念书，和很多瓦格纳在华盛顿大学的学生一样，我从他的描述中得知了他的工作方法——他是从罗特克那里学来的：每天黎明前起床，戴上耳塞（他的桌子里放了一大盒），在黑暗中盲打一个多小时不停顿，看不到输入错误、拼写错误或者语法错误。（第一缕光线照进来的时候，他会遮住自己的眼睛。）他以一段记忆、一幅画面、一句前一天晚上读到的句子开始这种自动写作，他让自己的思绪随意游荡，相信自己在第二天以全新的眼光重读草稿时，会找到新的诗歌、剧本或者小说的种子。他从罗特克那里学到，在写作时恣意妄为，尽可能长时间地保持形式选择的开放，然后动用所有他从此生的阅读和写作中获得的技术方法，把他的作品塑造到可以流传。

我写作最初四本诗集的时候，使用了瓦格纳这个工作方法的修正版。但是等到我应聘IWP的主持工作时，我已经花了很多年在前南斯拉夫的战争地区做报道，然后又去了希腊的阿陀斯圣山朝圣，为散文书收集材料，我思索着诗歌是否抛弃了我。在一次采访中有一个问题让我顿了顿：詹姆斯·艾伦·麦克弗森（James Alan McPherson）问我接受了新工作以后是否还会继续写作。他是散文家和短篇小说家，后来也成为了我一生的朋友，直到去年夏天去世。我回答如果我不继续待在写作的游戏里，我就不能担当起我的职责，接着我想：那将会是什么意思？

受命重建一个历史悠久却由于经营不当而岌岌可危的机构，我在IWP的最初几年都用来救火，即便我确实从被邀请来参加秋季驻市的作家中，发现了很多了不起的作品。我上任的时候有一本书写到一半，截稿期也渐渐逼近，只能用清晨和深夜的空余时间写作。因此我轻易地把麦克弗森的问题抛之脑后。然而我刚刚把《隐藏上帝物语：通往圣山的旅途》终稿交给编辑以后，便面临了每个作家都熟悉的空洞感——空白页面带来的恐惧和诱惑。那一刻我决定回归罗特克、瓦格纳以及我翻译过的一些法国超现实主义作家提倡的自动写作。自此以后，我所写下的一切都反映着IWP的决定和我的经历。

IWP的主要任务是促进不同国家作家间的交流，有些国家间是有冲突的。我们邀请以色列和巴勒斯坦的作家，他们政见不同却常常可以成为朋友。同样还有来自印度和巴基斯坦的作家，来自伊拉克和伊朗的作家，来自台湾、香港、澳门和中国大陆的作家。去年我们的驻市中有一位乌克兰的小说家和一位俄罗斯的剧作家。在一次讨论会中，一位埃及作家提出请乌克兰作家为俄罗斯作家翻译，而俄罗斯作家的新剧本是关于俄罗斯和乌克兰冲突的。她俩也成为了朋友。确实，我们发现当作家们一起吃饭，他们便会成为朋友，这在三个月的驻市中非常常见。而友谊可以培养和平。

这自然也在我的人生中得以证实。我二十年来最好的朋友是克什米尔的诗人，他创作精彩的诗歌，翻译巴基斯坦诗人法伊兹·阿哈姆德·法伊兹（Faiz Ahmad Faiz）的作品，以被他称为"用英语写的真正的加扎尔歌谣"挑战了我们的同胞，重塑了美国文学风貌。通常我们不太能在一个国家的诗歌风貌中追溯到意义深远的变化，在这里却可以。当意大利十四行诗冲刷到英国的海岸，给予托马斯·怀特爵士（Sir Thomas Wyatt），埃德蒙·斯宾塞（Edmund Spenser），菲利普·希尼（Philip Sidne），威廉姆·莎士比亚（William Shakespeare），约翰·邓恩（John Donne）和其他很多作家以灵感，他们纷纷尝试这种形式，英国文学被深深地改变了。现在说加扎尔歌谣（Ghazal）是否会对美国诗歌有类似的影响还为时过早，但如果确实发生，文史家们会归功于萨西德开创性的作品。萨西德的墓碑上镌刻的话来自加扎尔歌谣，"他们问我萨西德是什么意思——/ 听着：在波斯语中是亲爱的，在阿拉伯语中是证人"。

萨西德确实是亲爱的证人，他以此作为印度版诗集的标题。他是我2000年秋天主持IWP以后第一位请来朗读的诗人，当时他已经患上了同样杀死了他母亲的脑癌。肿瘤侵害了他的视力，因此他背诵了他的诗歌——他卓越的记忆力继续为家人和朋友带来欢乐，直到他去世。

有一次，我在编辑一本文学杂志的时候，他从明信片上寄来的他的诗歌《静止》，我悲痛于没能让我的编辑同事认识到它的价值；但是我在《半英寸喜马拉雅》的书评里用整首诗作了结尾，发表在同一季度的杂志上——这种创意的行为献给被他自称为的危险的心。

静止

月亮没有变成太阳。
它只是落在沙漠里。
你手工制作的大片银光。
夜晚是你的手工作坊，
白天是你的繁华商场。

世界里都是纸。

写信给我。

IWP体现了一个事实,世界为写作而生。五十年来,文学艺术家聚集在爱荷华,完成着萨西德的职责;这些作品的果实,通过数不清的语言、形式和风格,在我写作时拓宽了我对可能性的感知,邀请我来演讲的菲律宾朋友也为这些词语做出贡献;他们的诗歌和小说中展现了很多我主持IWP之前都无法想象的词语。我自己和菲律宾文化的唯一一次相逢,要追溯到研究生时期,我打工的育儿所的领班和我讲他的菲律宾妻子的故事。但是近距离的接触无法取代想象力的参与,对我来说,第一次接触这片群岛的文学就像是第一次远航。自从我在长岛南海岸的欣纳科克海湾尝到灌进救生艇的苦涩海水,一切都变了,我亲身体会了西班牙诗人安东尼奥·马查多(Antonio Machado)发现的真相:"人类拥有的四样东西/对大海来说毫无意义:/船舵,锚,桨,/以及坠落的恐惧。"这也适用于在座各位以及菲律宾海域的朋友们的写作。

我的桌子上放着奥地利小说家W.G.塞巴尔德(W.G.Sebald)的画——是英国小说家和艺术家爱德华·凯里(Edward Carey)送给我的礼物,纪念我们对创作了《晕眩》(Vertigo)、《土星之环》(The Rings of Satur)和《奥斯特利茨》(Austerlitz)以及其他不可归类的作品的这位作家的爱。爱德华在IWP期间经常和我一起在吃饭时分析塞巴尔德使用的花招；因为我们明白文学的爱导致模仿，这是把其他作家的发现转化为自己的语言的第一步。相应的，我很高兴用一篇由塞巴尔德在东安格利亚大学的学生收集的名人名言组成的散文作为那位朋友的回礼。这里是我最喜欢的一些句子。

小说应该在自身某处有一种幽灵般的存在，无所不知。它创造了不一样的现实。

写作是为了发现至今为止未见过的东西。否则没有必要写。

有时候你需要夸大一些东西，用迂回的方法充分地表达。在这个过程中你可以发现一些什么。

你必须让其他人为你工作。你不要什么都自己做。也就是说，你应该从其他人那里获取信息，残忍地偷走他们给你的一切。

你编造的事情绝不会比别人告诉你的事情更耸人听闻。

紧凑的结构形式有更多可能性。选择一种形式，一个已有模式或者子类，照这个去写。在写作中，限制给予自由。

如果你仔细看，所有作家都有问题。这应该给予你巨大希望。你越是善于发现这些问题，就越是善于避免。

在对真实全力以赴的攻击中，比起探索可流传的文学真实，更重大的问题是什么？威廉·卡洛斯·威廉斯（William Carlos Williams）写到，"很难／从诗歌中获取新闻／而人们为了获取的缺失／每天都在悲惨地死去"。而他的朋友埃兹拉·庞德（Ezra Pound）对文学的定义是——"新意永存的新闻"——在这个民粹主义愤怒的时代，人们常常把麻烦的真实当成假新闻不予考虑，这个定义需要新的解读。唐纳德·特朗普决心摧毁对美国自由主义探索来说不可或缺的机构——医疗、司法、情报、外交、科学探索、艺术和人文学科，以及其他我们能想到的文明的基础——激励着全世界的无政府主义者反对我热爱的一切。在最近的一期《外交政策》（*Foreign Policy*）中，大卫·罗斯科夫（David J. Rothkopf）主张说，"撇开特朗普有关事实上并不存在的深层政府的阴谋诡计的错误判断，我们其实正听任他所谓的浅层政府的摆布"。这更可怕，因为这不仅仅是主动避开经验、知识、关系、洞见、手艺、特殊技能、传统、共同价值观，更因为这是在宣扬对这些东西的忽略和鄙视。唐纳德·特朗普是浅层政府的拥护者和代表者，他获得了权力，这是因为他的支持者们害怕他们不理解的东西，而他们几乎不理解一切东西。"这同样也适用于英国投票脱欧的人，法国、德国、匈牙利、波兰和其他地方支持极右翼势力的人。这是我们时代的灾难。如果在我们生活着的乌云下还有一线希望,那就是纵观历史,作家们见证着人类对相似的历史变迁做出的回应方式。在 IWP 历届成员,比如奥尔罕·帕慕克(Ferit Orhan Pamuk)、北岛、莫言、马林·索列斯库(Marin Sorescu)、哈里德·哈里发以及其他很多作家的作品中,有充足的证据说明人们是可以找到富有想象的途径来渡过难关——精神的,而不是物质的。

然而这一切还是很可怕,不是吗?发现自己被暴民统治。我们来到了某个特定时代,奇怪地发现写作可以成为燃火的稻草。像 IWP 这样的聚会的一个好处是,我们学着共同努力彼此支持,使得"新闻新意永存"。我们细读彼此的作品,交换书籍和有关写作过程的见解,督促我们的同伴们去尝试,拓展他们有关文学是什么的想法,并且坚持。大卫·罗斯科夫提出"浅层政府的领导不太需要阅读"——这是特朗普之所以想要削减艺术和人文科学方面的国家资金的原因之一,而且他将尽力让我们的国家更肤浅。对此我想说:坚持。因为写作是坚持的艺术,并且在漫长的岁月中一再被证实是那些试图贬低我们在阳光下行走的意义的人的对立面。罗斯科夫总结说:

艺术不是社会的装饰品,不是奢侈品,是社会的目的。艺术成为了我们的遗产,同时又是我们的老师;艺术帮助我们思考我们的周围是什么，我们想成为什么。艺术对我们提出要求，相应的，让我们对自己以及与我们一起生活和工作的人提出要求。特朗普盯上的那些项目，是浅层政府的敌人。同样的还有那些被特朗普错误地贴上"人民公敌"标签的新闻媒体。他们与之为敌的是那些与真实和思维开战的人：特朗普他的支持者们，浅层政府的拥护者。

而 IWP 的拥护者们形形色色，文学也以各种方式展现人类经验的最深层真实。我们的遗产，包括书和友情，使得世界立刻变得更小、更奇怪，并且无尽地有趣。

十 影像

194 俱乐部 陈维

在浪里（橘）In the Waves (Orange)
2013
攝影
150(H)*187.5(W)cm

俱 乐 部
The Club

2013—2015

陈 维

2013年开始持续三年的"俱乐部"系列在准备和制作的过程中,陈维搜集了很多信息,包括DISCO是怎么来的,最开始的俱乐部是什么样的,以及它的发展变化,还有不同性向的人如何利用俱乐部输出自己的文化,这些文化又如何推进并刺激到别的领域,等等。夜晚的俱乐部像是一个堡垒和出口,但也是整个社会生活中最松弛的部分,但这种"松弛"同样是被管控的。真正的聚集总是难能可贵。但陈维的作品从来都不是聚焦在政治、经济的成败,在这么复杂的社会现实里,他希望更多地讨论我们之间的关系和在这里面的状态。他多次提到这个项目内在的"悲剧性",它是关于一种美感的质性,也是它引导了陈维的这些创作。陈维当时想要抓住人们聚集在一起,在舞厅里跳舞,在音乐节上摇头,在烟雾里,但又不知该向何处的那种感觉。聚会结束一哄而散,或者天快亮了,回到白天的世界。它们是关于虚构的抵达与无法抵达的现实。

的士高 # 1001
Disco # 1001
2015
摄影
75(H)*60(W)cm

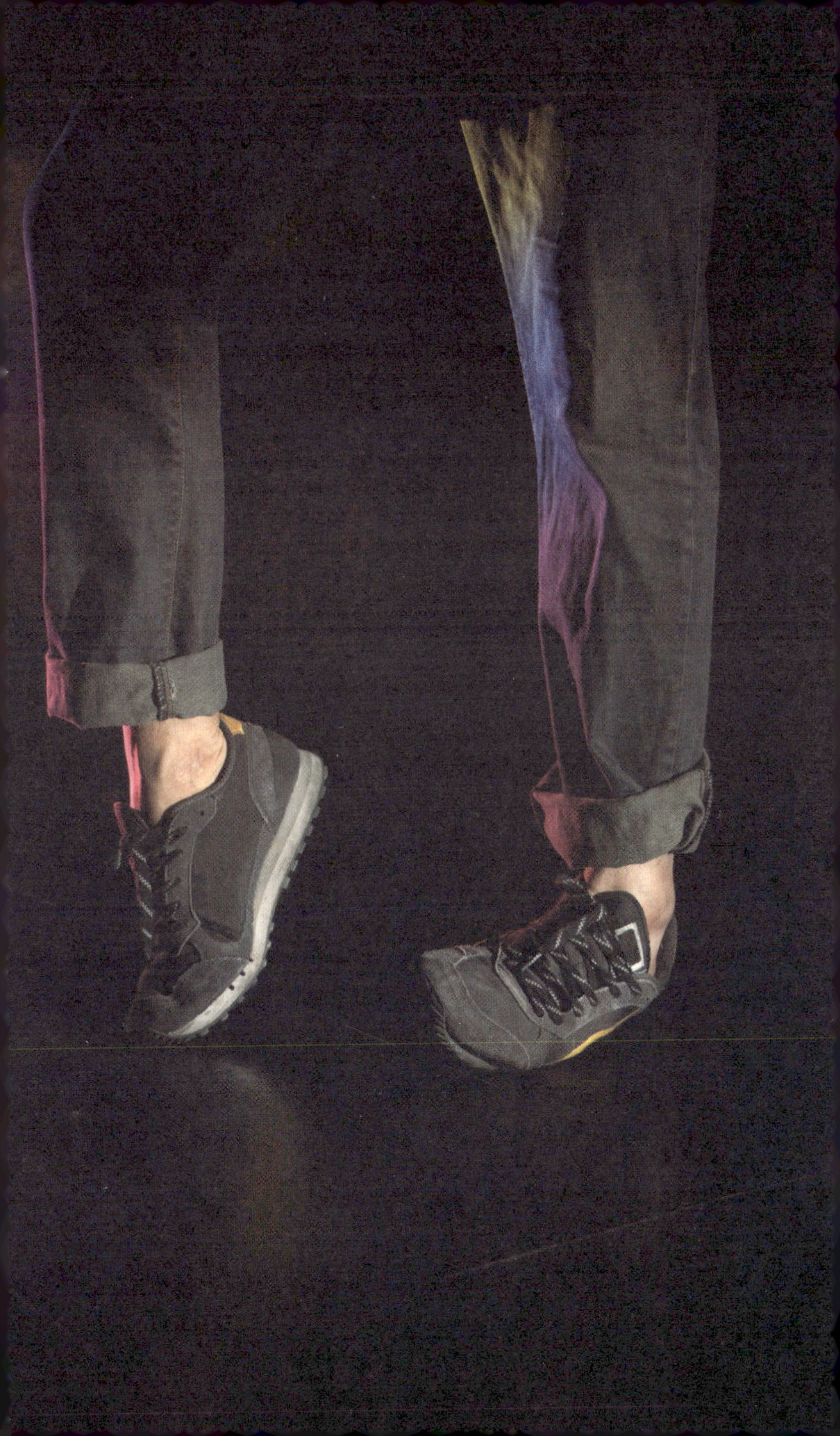

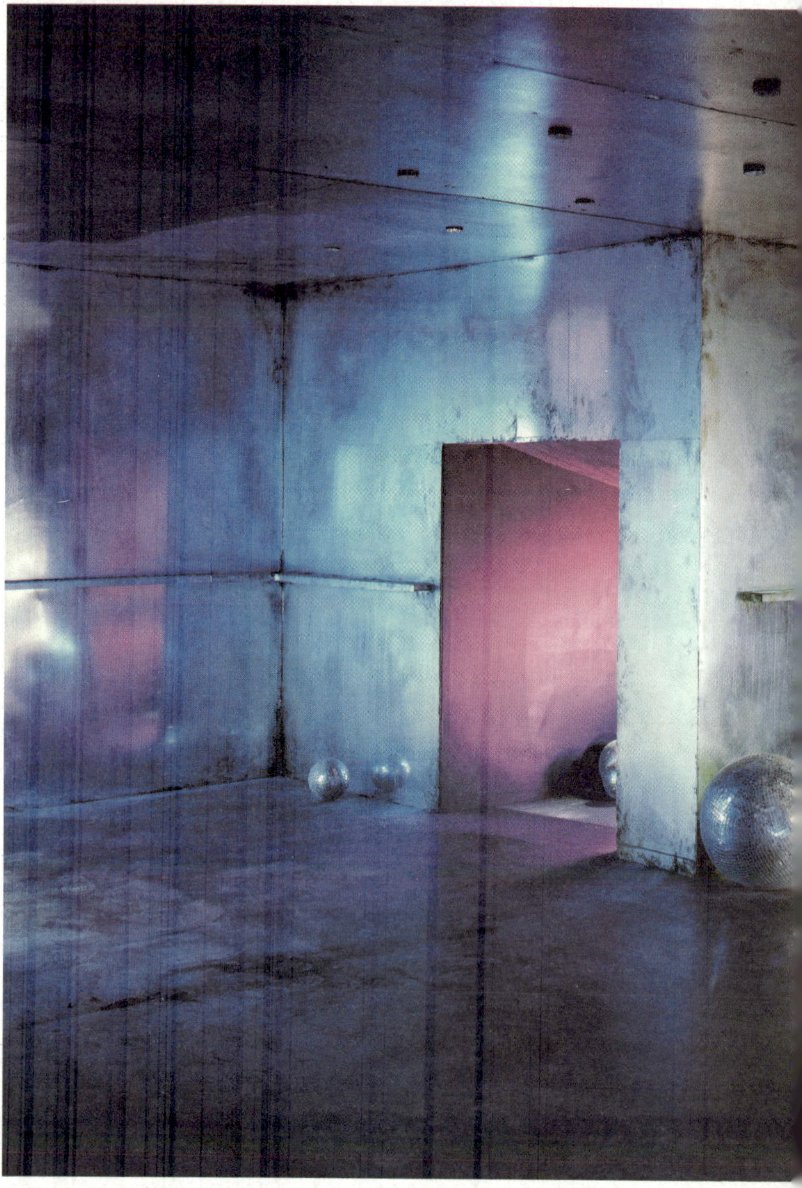

舞池（金）Dance Hall (Metal)
2013
摄影
150(H)*187.5(W)cm

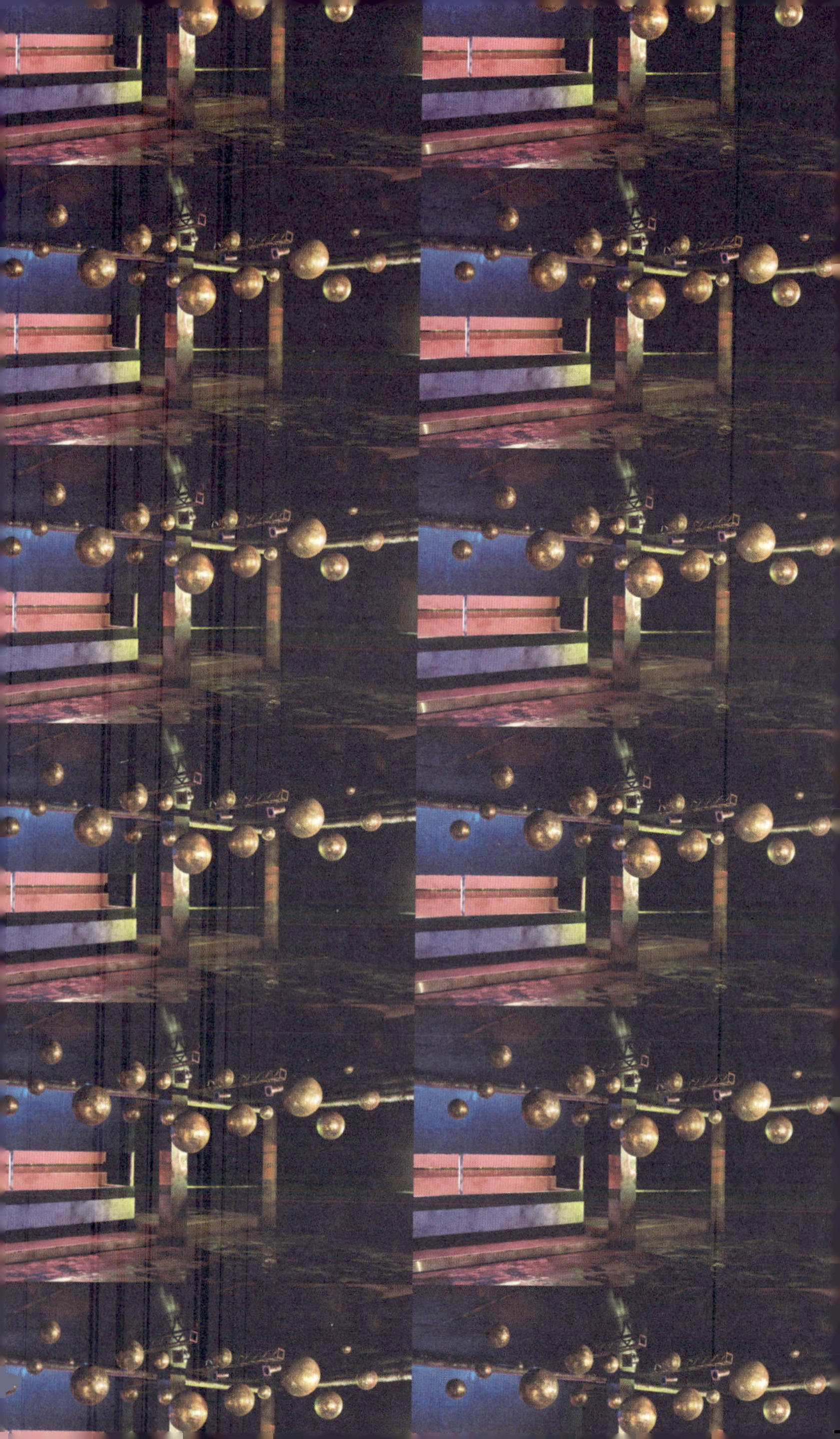

舞池(珠) Dance Hall (Pearls)
2013
摄影
150(H)*187.5(W)cm

在浪里 3 In the Waves #3
2013
摄影
150(H)*187.5(W)cm

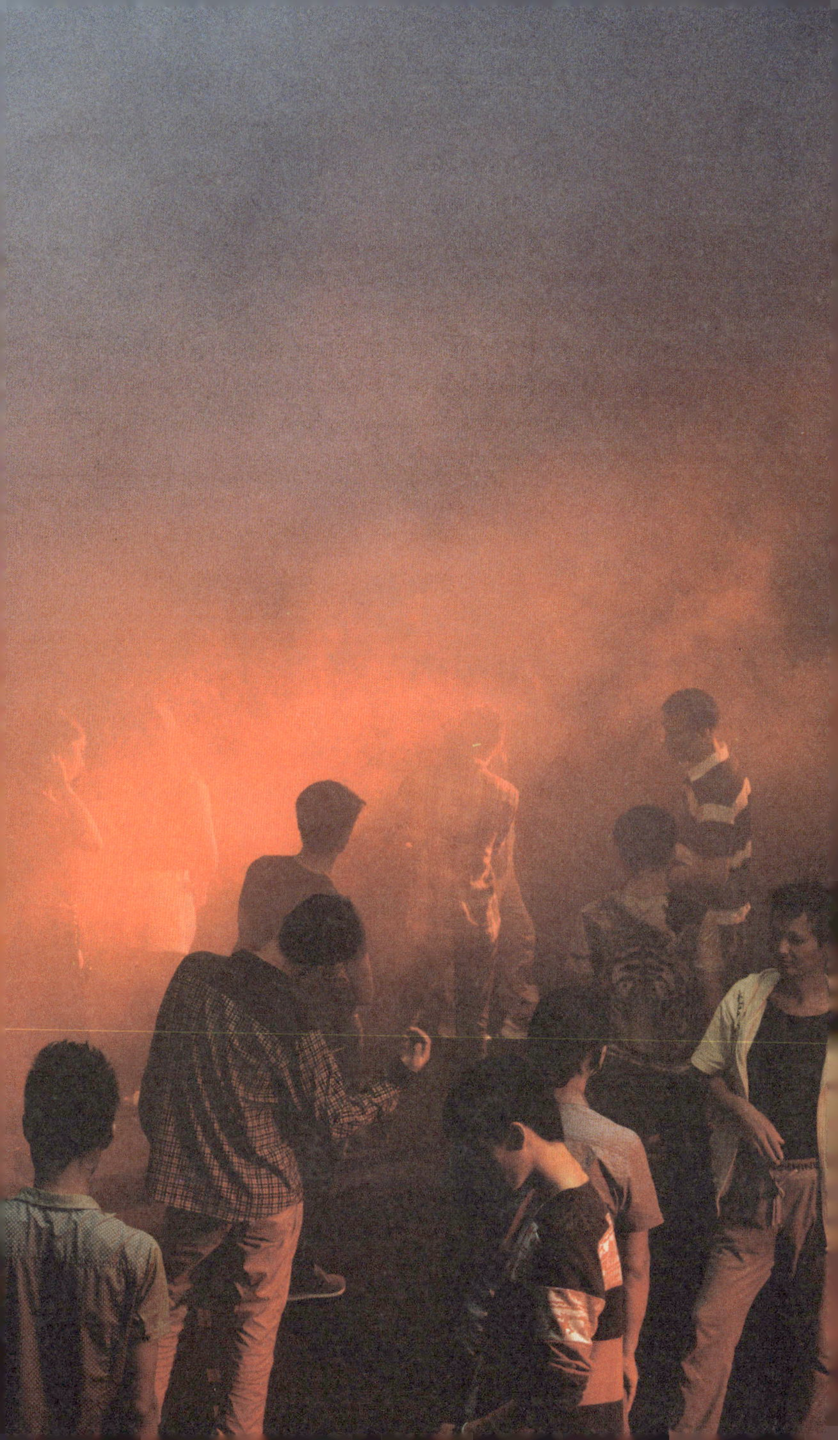

的士高 # 1007 Disco # 1007
2015
摄影
80(H)*100(W)cm

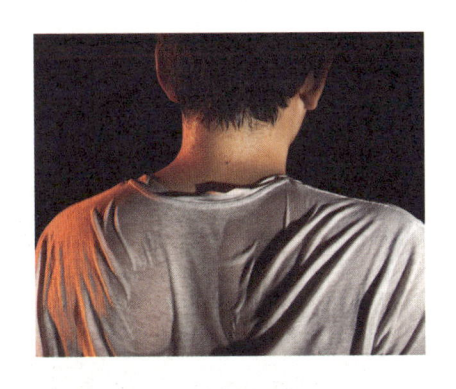

的士高 # 1005 Disco # 1005
2015
摄影
48(H)*60(W)cm

的士高 # 1003 Disco # 1003
2015
摄影
60(H)*75(W)cm

金 Golden
2013
摄影
100(H)*125(W)cm

啤 Beers
2013
摄影
100(H)*125(W)cm

斷裂之柱 The Pillar of Broken
2015
攝影
150(H)*187.5(W)cm

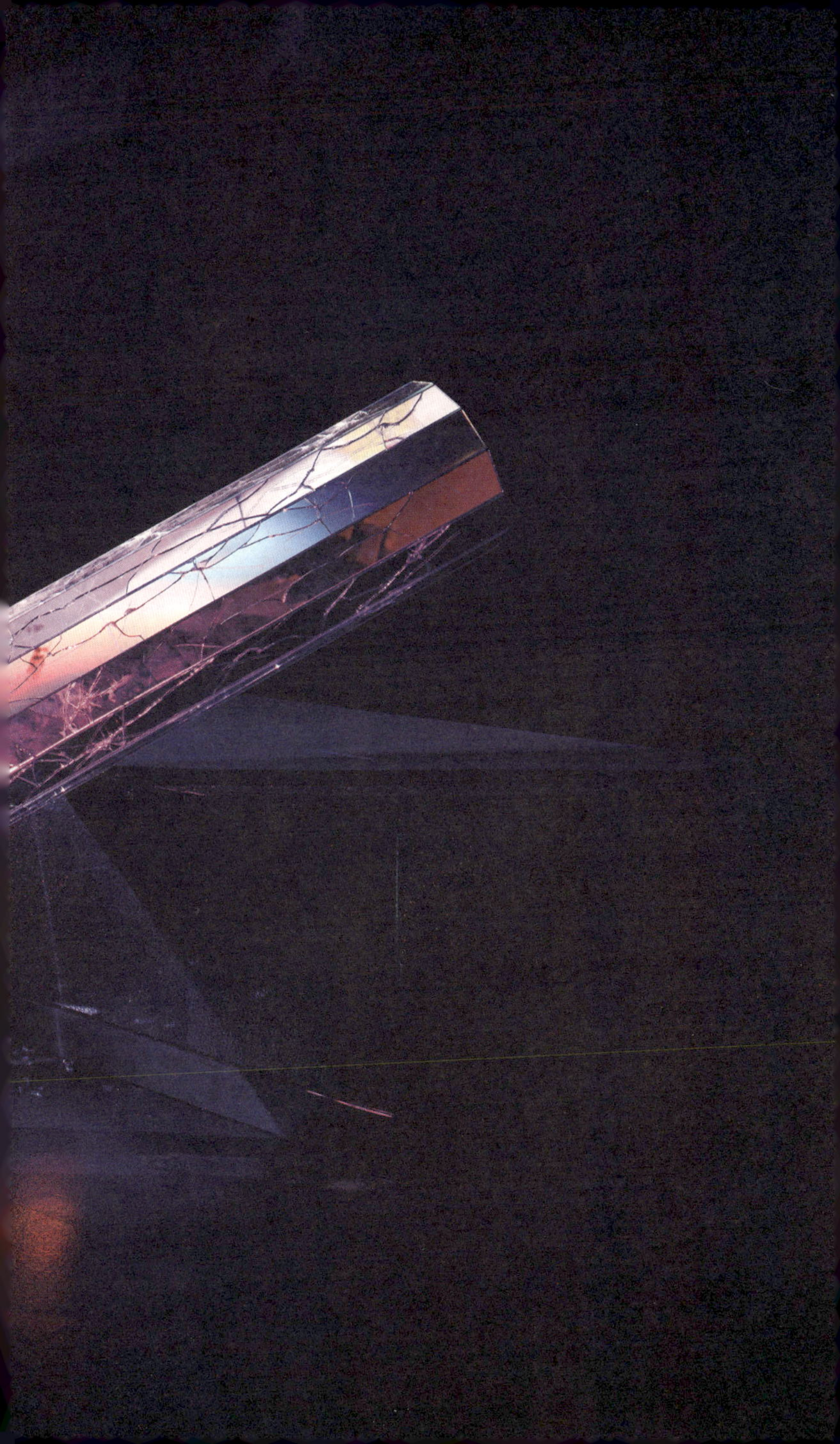

在浪里 2 In the Waves #2
2013
摄影
150(H)*187.5(W)cm

漂 #0816 Float #0816
2013
摄影
100(H)*75(W)cm

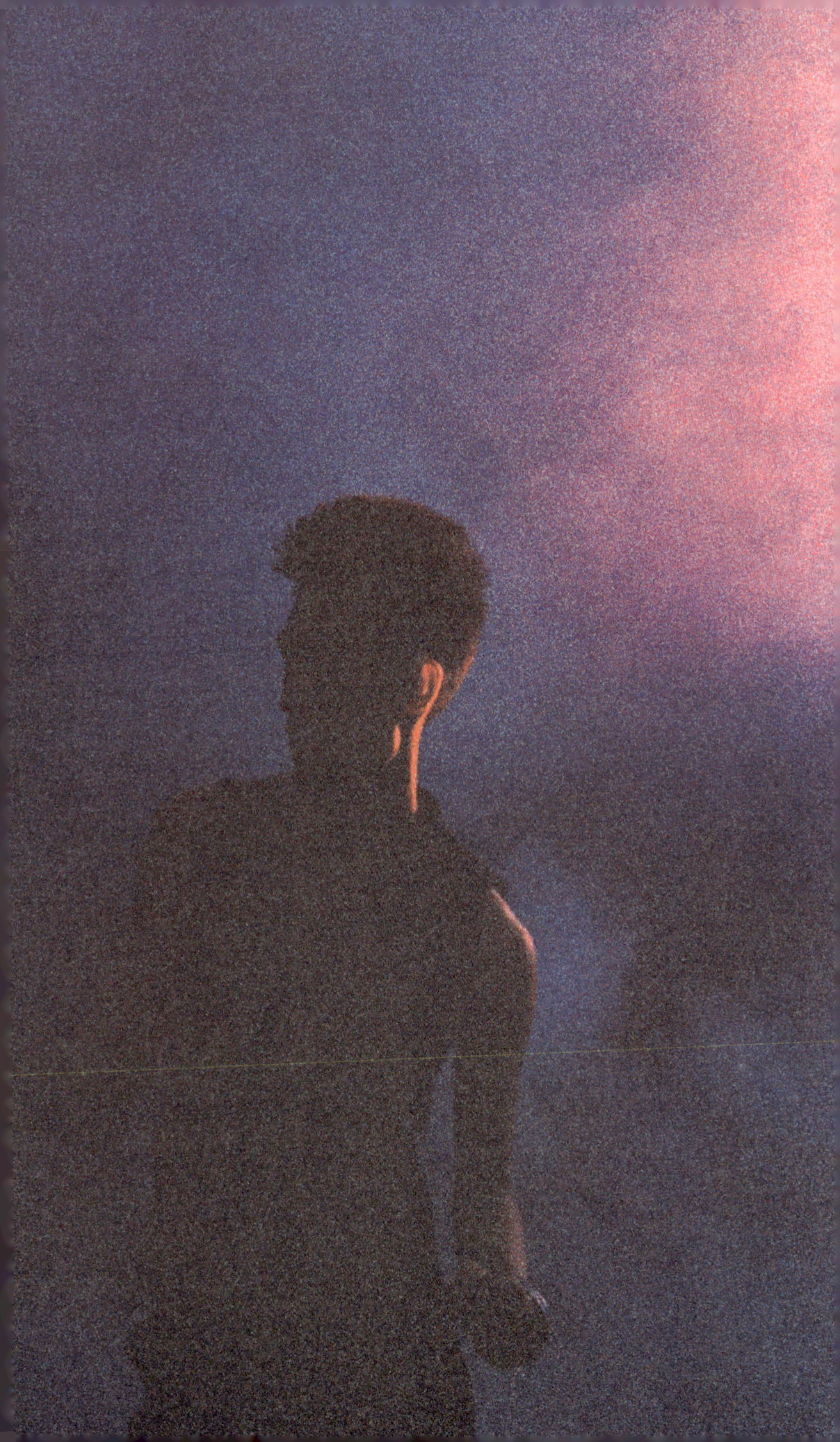

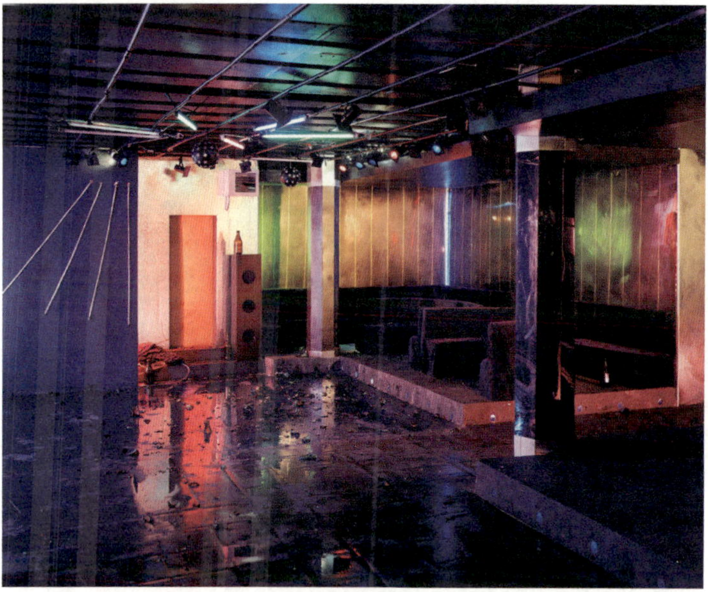

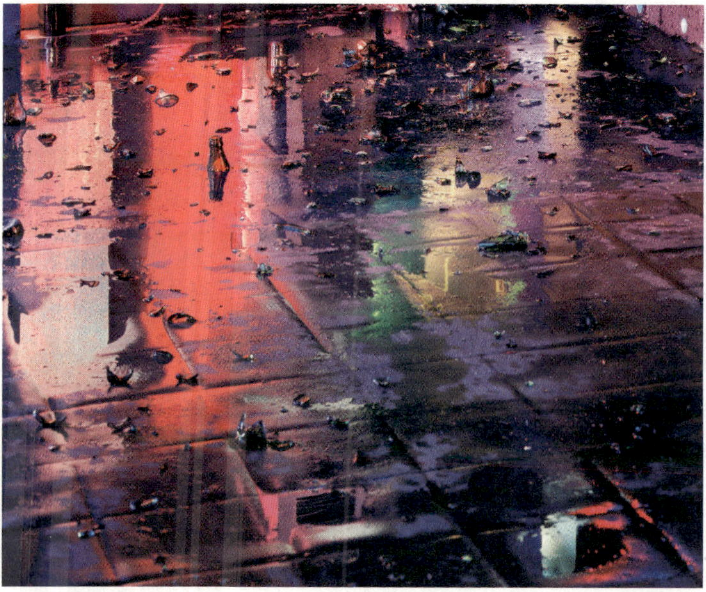

舞池（碎）Dance Hall (Broken)
2013
摄影
150(H)*187.5(W)cm

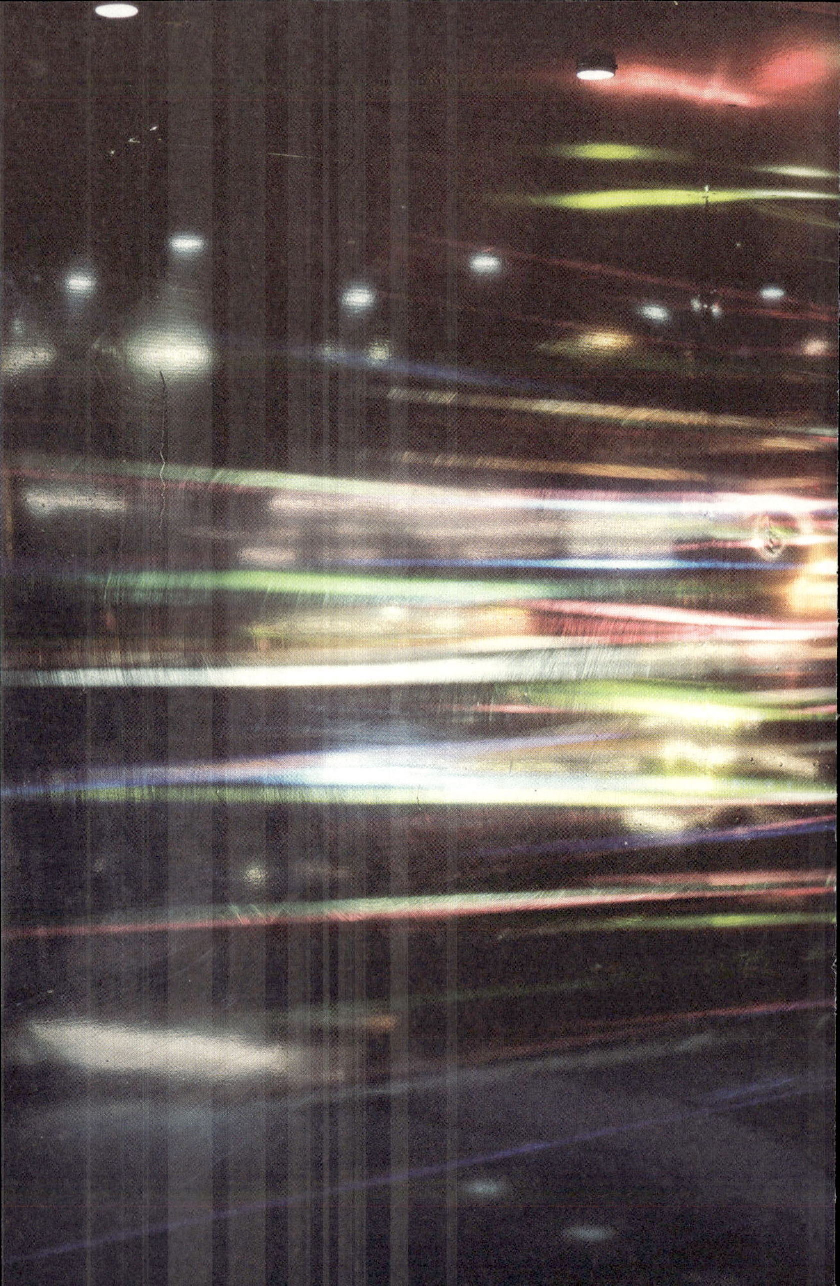

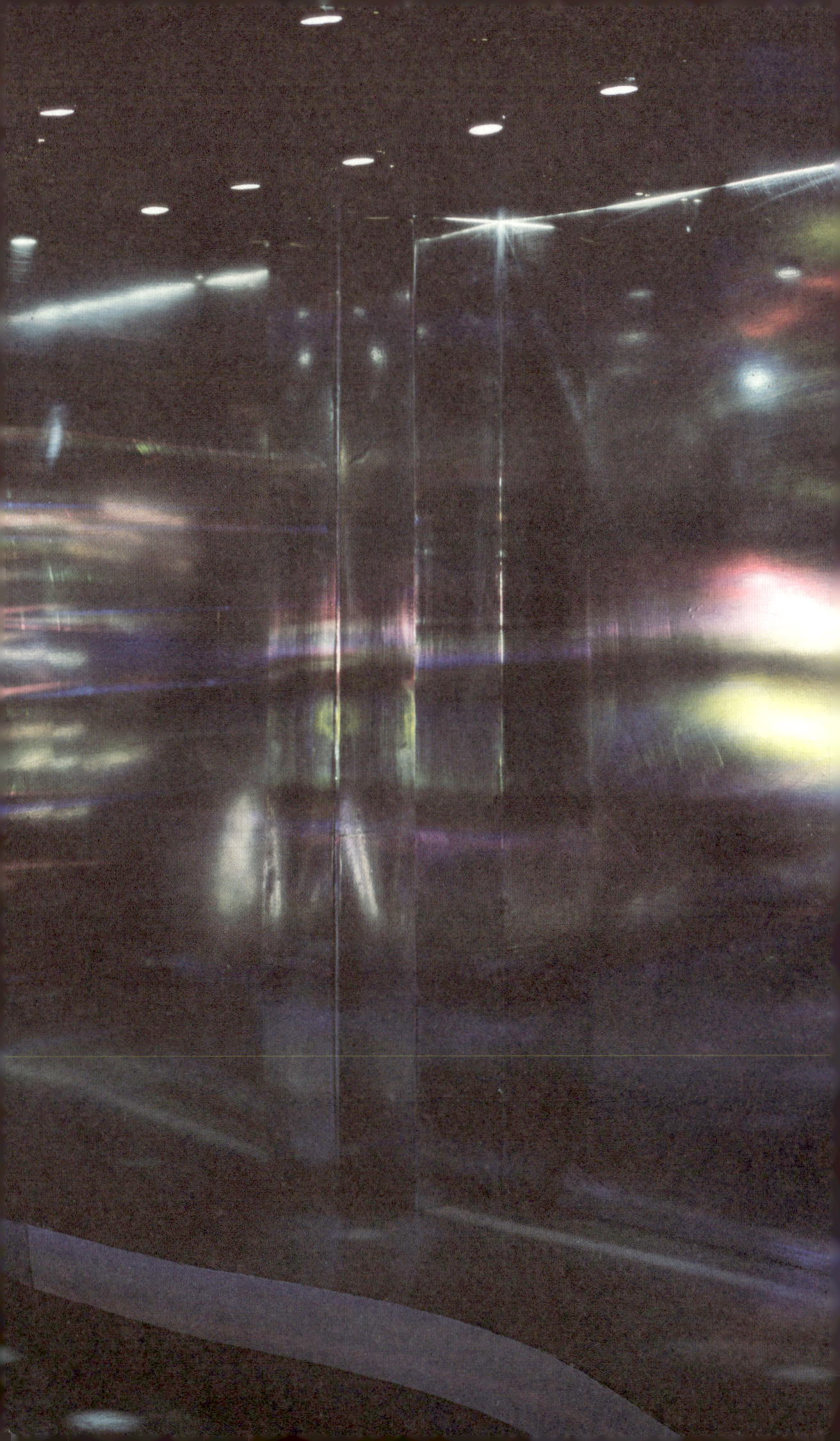

访谈

219 德国作家所批判的现实,我们能理解吗?

云也退

作为政论家的格拉斯挺混乱的。可是,他这样的态度表现出了一种彻底的知识分子的批判性,我认为是很可贵的。他矛盾,但政治—美学立场又是坚定的,毫不妥协,不断地撕开记忆,不断地记录,说"用笔来抵抗似水流年"。

德国作家所批判的现实,我们能理解吗?

采访、撰文　云也退

访谈 ⊠ 德国作家所批判的现实，我们能理解吗？

21世纪初的某一天，复旦大学附近，一间小书店绊住了我的脚步，店门口堆着一堆处理书，标价三元一本，最靠外的是一本白白的，书名是《伯尔文论》，编译者是一个叫"黄凤祝"的人。我摸摸兜里，还有四五块钱。

买吧。一个五岁小男孩对一个四岁小女孩说："我爱你。"小女孩说："你怎么能说这样的话？"小男孩说："不，别这样，我们都不是三岁小孩了。"买吧。我凭着一个五岁小男孩对个人成熟度的自信，掏了三块钱买下了《伯尔文论》。

不过，书的价格多少还是影响到了我的阅读优先度，这本书不久就被我遗落高阁了，一直到现在，我都没翻过它几次。但是，面对魏育青老师时，我想起了它：魏老师刚刚来到复旦大学任教之时大概正是我买《伯尔文论》的时刻。

海因里希·伯尔（Heinrich Theodor Böll）之中国名

声的退场，就在这本几乎褪色的折价书里有了见证。我告诉魏老师，《伯尔文论》之后，十多年来，我再没见到伯尔著作有新的译本了，套用一句足球解说的术语："时光把他过了个干干净净"。魏老师立刻说，伯尔在他上大学读德语的80年代前期最红，一大批译本纷纷而出，主因之一，大概就是政治正确。"他被视为批判现实主义作家———点（政治）问题都没有"。伯尔的长篇小说《莱尼和他们》(*Group Portrait with Lady*, 1971) 和《小丑之见》(*The Clown*) 分别有两个中译（又译《女士和众生相》和《小丑汉斯》），此外，《保护网下》《亚当，你到过哪里》《无主之家》《一声不吭》，还有一本在中国作家里口碑很好的《伯尔中短篇小说选》，都是80年代的出品，晚至90年代，魏育青的老师曹乃云先生还译了他的中短篇小说集《天使沉默》，这本书是真正意义上的"废墟小说"，士兵在战后的废墟里，向每一个见到的活人伸手要面包。无论是反战，还是书写民间疾苦，又或"表现了发动战争的德国人自酿的苦果"等等，都是伯尔值得引介给中国读者的理由。

但这种局限性很强的视角无法带给中国人更多的德语文学译著。魏育青是近四十年来德语文学翻译史的见证者。

他说，翻译德语文学的人，和所译的作品，都太少了。"当初想要翻译点什么出版，得找个好的由头，来说服出版社给你出。"除了伯尔，1980年代中期，卡内蒂（Elias

Canetti)的长篇小说《迷惘》(*Die Blendung*)先后有三个译本面世,也算一个引人注目的事情。《迷惘》的故事情节实在怪诞,词句能读懂,人物行为和心理却不知所谓,它能有这么多译本,一方面是沾了"诺贝尔文学奖得主代表作"的光环,另一方面,它也还可以泛泛地套入"揭露资本主义社会的黑暗现实"的范畴。

伯尔也是诺奖得主,时间是1972年,据说他当时讲了一句话:"为什么是我,而不是格拉斯?"伯尔很坦诚,他知道自己写得不如君特·格拉斯(Günter Wilhelm Grass),可是格拉斯如何能进得了中国?1979年秋,魏老师正在求学,正遇格拉斯访华,去了上海,也去了北京,他说记不得格拉斯在上海讲了什么,却知道在北京大学,格拉斯念他的《比目鱼》(*Der Butt*),在场的北大师生都表示无法接受:小说怎么能是这个样子的呢?二十一二年后,魏育青着手翻译格拉斯的《母鼠》(*Die Rättin*)。此时的格拉斯也得了诺奖,并向伯尔展开了完全的"碾压",当伯尔著作始终乏人问津时,格拉斯的中译作品却时不常地会有新版,哪怕真正的销量担当仅仅是一本《铁皮鼓》(*Die Blechtrommel*)。魏育青说,不管是《比目鱼》还是《我的世纪》(*Mein Jahrhundert*),以及《母鼠》,格拉斯的这些小说多少都是《铁皮鼓》的延伸,自传《剥洋葱》(*Beim Häuten der Zwiebel*)更是以《铁皮鼓》的写作为全书的高潮，但这种自我重复，对格拉斯不是问题，只因《铁皮鼓》奠立的那个美学体系实在是太引人入胜了，它也为格拉斯赢得了有关"德国往事"和写作伦理的话语权。

魏老师的翻译追求准确和准时——他从不拖交译稿，正因此，在近年教务工作增多后，他便很难再有精力独力完成当年《母鼠》这样的翻译工作。在同魏老师聊天时，我告诉他《母鼠》这本缺少情节的格拉斯式讽喻小说，我大概永远都读不完了。但是，《伯尔文论》还有希望。

* * *

单读：魏老师说过一件德国教授在中国讲一篇伯尔小说的事，我想再听您说一遍。

魏育青：伯尔有一篇小说，是说在希腊一个港口，有个穷困的打鱼人躺在船里什么事情也不干。这时过来一个游客，就问打鱼人，你身强力壮，为何不去出海？打鱼人说，早上我已经出过海了，打了一些鱼；游客问：那你为什么不再多出几次海呢？这样你能尽快地换掉你现在的这只船，买个更好的船，可以打更多的鱼，您还可以开鱼类食品加工厂，可以开餐馆，可以把您的渔获卖到国外去，等等，反正是描述了一番好未来。打鱼人就问：那你说了这么多，最后我能怎样呢？游客说：最后你就可以舒舒服服躺在船上什么都不用干了。打鱼人说：对啊，那我现在不已经正在这么做了吗？

单读：这个故事似曾相识，我也看过一个穷人跟一个富人的对话，穷人躺在树下晒太阳，富人说，你应该如何勤奋劳动，这样有钱了，就能躺在树下晒太阳了……

魏育青：但是伯尔写这篇故事的用意是讽刺西德当年的经济奇迹。他觉得经济奇迹就是刺激生产和消费，人有钱了就会膨胀，却忘了生产劳动的本意。德国老师上课讲这篇小说，要中国学生谈谈感想，学生马上说，故事里的渔民是个懒汉，作者批判了好逸恶劳，缺乏进取心，等等。你想想，德国人听了是不是要目瞪口呆？

单读：真是有趣，可是，当时的中国人正大干"四化"呢，他们当然要觉得渔民懒得不可救药了啊。

魏育青：是啊，中国学生怎么也想不通，勤奋生产劳动不是应该的吗？作家凭什么去讽刺呢？但这篇小说的结尾，说那个游客听完了打鱼人的话就有了触动，他本来觉得打鱼人很可怜，现在却有点羡慕他了。这个信息就传达得十分明确了。

单读：所以说，虽然伯尔是绝对的"政治正确"，可中国人没法理解伯尔批判的是怎样的"现实"。我觉得向伯尔学到东西的大概主要还是那些中国作家。

魏育青:"批判现实主义作家"是我们给伯尔的定性,其实也是无奈,因为现当代外国作家要引进来,首先得定性,否则就无法译介他。

有意思的事情还多了。你一定知道安娜·西格斯(Anna Seghers),那是前东德文联主席,《第七个十字架》(*Das siebte Kreuz*)是我们德语专业的必读书,在当时学生心目中自然是德国数一数二的作家。那会儿"文学教皇"赖希-拉尼茨基(Marcel Reich-Ranicki)也来中国的大学里做演讲,说到西格斯,他哪里会把西格斯放在眼里?张嘴就批,一些学生自然就怒了:什么,你居然敢说西格斯没水平?可见你也没什么水平。

单读:西格斯现在真的是被中国人忘了吧?不像奥斯特洛夫斯基,乃至罗曼·罗兰,在文学史上的位置都很一般,却在中国人这里牢牢拴了个情结。

魏育青:是,现在没人再提西格斯了。就像伯尔,80年代那么红,过了以后也不行,像你说的,他的书都没人出了。你买的《伯尔文论》,当时同时出的还有一本大开本的《海因里希·伯尔》,是伯尔的生平概要吧,插了很多照片,也是黄凤祝编的。黄先生在波恩开了一家"香江酒楼"，也热心于中德文化交流，不少访德的中国文化人士都到他那里去过。

德语作家，在中国一直红的就两个人，一个茨威格（Stefan Zweig）一个黑塞（Hermann Hesse），格拉斯都远不如他俩。黑塞在中国、在美国都比在德国更红，不过说起来是有些道理的，因为黑塞喜欢东方文化，我们有很多论文都是以解读黑塞的"中国情结"、"中国灵感"为主题的。再说他也是诺贝尔文学奖获得者，那时，我们学校还专门请了加拿大的汉学家夏瑞春（Adrian Hsia）来做关于黑塞的报告。夏那会儿在中国很有影响，常常过来参加会议，他的报告十分细，讲了黑塞作品里哪些关于儒家哪些关于道家，哪里是老子哲学哪里是庄子哲学，等等。至于茨威格，不少德国人觉得这简直是个谜：中国人怎么就会喜欢茨威格呢？

单读：对人物心理的细腻掌握？

魏育青：我说不好。我们招学生，问起为什么对德语感兴趣，很多人都说是因为喜欢茨威格。对了，说喜欢施笃姆（Theodor Storm）的《茵梦湖》（*Immensee*）的人也非常多。当然，还有喜欢《少年维特之烦恼》（*Die Leiden des Jungen Werthers*）的。

单读：那么卡夫卡呢？

魏育青：卡夫卡的接受史也特别有意思。当初他是不可能碰的——不符合中国出版的政治要求。他那么黑暗，颓废，人一早起来变成甲虫，人走不进城堡……你看最早翻译卡夫卡的都不是德语译者：李文俊是第一个翻译《变形记》(*The Metamorphosis*)的，是从英语译的，翻译《城堡》的汤永宽也是英语译者。德语译者本来就少，在选择作品时还要特别考虑政治正确。

还有就是马克思主义正统文学批评家，匈牙利的格奥尔格·卢卡奇（Ceorg Lukacs），他是把各种现代派作家都打入另册的，什么卡夫卡、乔伊斯、贝克特，在他的美学体系里都不予正面评价，他认可的现代主义是托马斯·曼（Paul Thomas Mann）的那种。我们当初的评判标准，很大程度上是依卢卡奇而来的。可是后来，当《变形记》什么的受到了中国人的注意，我们就开始强调卢卡奇晚年的转变。

他本来一直在苏联，逃过了大清洗，战后回到匈牙利，1956 年发生了"匈牙利事件"，卢卡奇因为在反苏的共产党领导人伊姆雷·纳吉的政府里效力，也受到了冲击，被短期流放到了罗马尼亚，过得很苦。这时他就感叹说：只有吃过苦挨过饿了，我才能理解卡夫卡。有了这句话，我们又找到了理论依据，卡夫卡的翻译引进没有障碍了，因为我们也是吃过苦的，卡夫卡是我们的人了。

单读：我也听您说过，读书时很吃了些苦。

魏育青：那是80年代初，在华东师范大学本科学德语的时候。条件肯定是艰苦的，可是现在看，我只想说我们的阅读量太大了，远远不是现在的学生能比的。刚才说的伯尔、黑塞、卡夫卡，原版作品我们同学都读过很多种，因为那时的书难找，离开了华师大的外文图书馆，我们都没地方去找书。而且，你要知道我们那时缺少词典，《德汉词典》要到1983年才编写出来，那时我已经毕业，在读硕士学位了。

单读：没有词典可怎么学习呢？

魏育青：我们全班二十个同学，只有两本德汉词典。一本是20世纪40年代黄伯樵编的《德华标准大字典》，市面上根本没有，但一个同学的父亲在国际问题研究所里工作，所里的资料室有这本词典，他就借出来给儿子用，另一个同学有点海外关系，托亲戚买来一本很老的德汉简明字典。那时你就看，我们上晚自习，这两个同学到哪里，我们其他人就跟到哪里，没有他俩在，我们遇到生词就没办法了。后来，福州路山东路附近有一个小书店，里面专门卖一些盗印的原版书，五块钱左右能买一本，我在那里五块钱买到一个英德词典。五块，那时可是一笔不小的数目呢。

单读：这样刻苦积累起来的阅读量，我得好好感慨下了。

魏育青：那时没有什么科技德语、医学德语、经济德语这种应用型的分支，所有的德语都是文学德语，我们都是从文学书来学德语的语法、词汇的，到三年级上半学期，就是狠读德语的长篇小说。上大二的时候，外教教我们用德语写信，我们写了交上去，外教瞪眼了：你们写这种绕大圈子的句子干什么？现在哪里还有德国人这么写信的？可是我们都是从歌德、席勒、洪堡的通信里学的，18—19世纪文化精英的古德语就是那样，很漫长，很绕，这叫典雅。

其实我到德国后，发现一些议员讲话还是那样绕的。中国人的语言是一个讲完了讲下一个，一个一个接续性地讲下来，但过去的德国人可不一样，他们说到一个点就要解释这个点，解释中出现的一个点，又要继续解释，弄得结构很复杂，我们管这种句子叫"圆周句"，一旦听到谁讲，我们都会担心他绕不回来，不过要是总绕不回来，德国人也就很难有"严谨"的名声了。

现在的学生，我始终觉得读的书太少。图书馆里一架子一架子满满的书，分的类目也很详细，可是借的人有多少呢？当时我们借书，德语原版书的那个架子几乎永远是空的，书被借了，学生都不还，为什么呢，因为我们要拿自己借来的书去跟别人换，这相当于是我的资本："你看，我有这书，你没有，你想要看就得来跟我换"——还回去了资本就没了。

单读：借来一本书都值得炫耀一下。

魏育青：是的，爱惜书。我们读到什么书，感兴趣了，就从中找出题目来研究，很自由。

阅读量不到，德语到底能学得有多好呢？就说一个歌德，他的书就有一堆要读：《少年维特之烦恼》《浮士德》(*Faust*)肯定得读吧，然后两本《威廉·麦斯特》(*Wilhelm Meisters Lehrjahre*)，《亲和力》(*Die Wahlverwandtschaften*)，《诗与真》(*Dichtung and Wahrheit*)，《歌德谈话录》(*Gespräche mit Goethe*)，加上几个剧本和一堆诗，这就很大一个数目了。虽然歌德的语言跟现在不一样，但是一门外语总得从根上学吧。

单读：曹乃云先生是您的老师吗？我读过他翻译的伯尔的一本中短篇小说。

魏育青：是的，曹老师翻译过不少。说到老师，当年我们德语系二十个老师，够多的，开会时围着乒乓桌坐一圈。二十个老师对着二十个学生，这样一个师生比，现在都不能想象，教课根本用不到那么多老师，于是老师就可以去做别的，去翻译书，去编词典，当年《德汉词典》调动了全国多少德语专家一起来干，现在怎么可能呢？学校给老师发工资,就让老师教学生、搞科研,怎么能允许老师被抽调去编词典?所以那样的"举全国之力"的项目也是不可能再有了。

单读:您刚才说,老师开会围着乒乓桌?
魏育青:是,乒乓桌还是在地下室里。后来建文科大楼,德语专业老师才有了自己的办公室。

*　*　*

单读:说到求学,那就要问魏老师了,有一本影响力很大的《里尔克诗选》,里面有四五首诗是您译的,是您的老师,还是书的编者,还是别的什么人选中了让您翻译的吗?要不就是您译好了被他们看中收了进去?
魏育青:都不是,实际上,书收进去了我都不知道。

单读:连一声招呼都没有?
魏育青:没有,那时不像现在,如果在书店里翻到某本书,发现其中的部分内容:"咦,这不是我翻译的吗?"这是很正常的事。

单读:这本诗选是臧棣编的,还有个很长的导言,写得挺不错,其他的译者还有陈敬容、冯至等等。

魏育青:那时编书比较随便吧,译者热情也高,自己的翻译被人选入了挺开心,编者都不用给打个招呼。我倒也不是怎么喜欢里尔克,就是接触的德语文学多了,练起了翻译。我把里尔克的《马尔特手记》(*Die Aufzeichnungen des Malte Laurids Brigge*)都翻译完了,结果稿子丢了。

单读:无法想象的事。

魏育青:是。手写的译稿,誊写一遍多累,一般没人愿意这么做,译稿独此一份,邮寄都不放心,通常都是装捆好了送上门去。我这本稿子给了一个编辑朋友,他们当时要出一套"世界心理小说文库"——大约是这个名字吧——就想把《马尔特手记》收进去。结果出版社一顿混乱,稿子不见了,连人都联系不上了。

丢了就算了吧,我也没想着找回来再出版。过了一些年,我在某本书(忘了是哪本了)里发现了自己这个译本,大约只是全本《马尔特手记》的三分之一。

单读:手稿时代,这样荒诞的事情恐怕还真不少。《马尔特手记》您再也没译过吧?

魏育青:没再译了。关于里尔克,我还翻译过一个小传记给三联的"新知文库",我不记得那时怎么联系的我。我只是在图书馆遇到这个书的原版,读一下之后就翻译了。这是 Rororo 出版社的系列传记里的一本,有一大套,每本写一个德语文化名人,它的特点是让当事人自己说话,比如它会引用很多传主的书信、日记,引用别人评他的话,骂他的,赞他的,都有。书作者霍尔特胡森自己也是个作家,文笔挺好。

Rororo 出版社生意经蛮足的,他们这个系列都是小书,都请作家来写,每本都放一个头像,重版就换个头像,换个封面颜色,这样做得很持久、很壮观,成为品牌了。

单读:我可不是一时血潮,便来登门造访魏老师的。您说霍尔特胡森"文笔挺好",我也不会当一句套话。在《里尔克》(新知文库,三联书店 1988 年版)里我找了一段:"1922 年 2 月,《杜伊诺哀歌》大功告成,全部《献给俄尔甫斯的十四行诗》也粲然问世。直到这一辉煌的收获季节,俄国神话仍然陪伴着诗人。这种形影相随的现象并不局限于诗人一生中的某一阶段。在创作《时辰之书》的初始阶段就给里尔克带来累累文学硕果的东西,现在又再度出现在清新、大胆的大师语言中,出现在'歌唱'和'聆听'的神秘联系中。"——我可以说这文笔简直完美吗?每个用词都既"带感"又不过分,句式的变化多而有致,节奏更不用说。怎么讲呢，面对这样的翻译，我是真不舍得把赞美完全送给原作者。魏老师的中文是怎么学的？这才是您最早的翻译尝试，不是吗？

魏育青：这个问题，我就怎么也答不上来了，我只知道自己是很花了些时间打磨的。我想尽可能做到完美。

单读：我找了下《里尔克诗选》里您译的那四首：《晚秋》《爱神》《八月》《威尼斯的晚秋》，这些，加上霍尔特胡森那本《里尔克》里引的里尔克诗歌，您总共就译了他这么几首诗吧？

魏育青：差不多。实话说吧，世纪末奥地利"诗歌三杰"里头，单单里尔克在中国一直火热，也是个不太公平的现象。另外两位，霍夫曼斯塔尔（Hugo von Hofmannstha）最近才有了译本，斯特凡·格奥尔格（Stefan Anton George），知道他的人就太少了。里尔克是有点"中国时运"的，冯至当年也聪明，选来翻译的都是里尔克早年的咏物诗，以及《豹》《秋日》这种——"强韧的脚步迈着柔软的步容／步容在这极小的圈中旋转／仿佛力之舞围绕着一个中心／在中心一个伟大的意志昏眩"（《豹》）——好像蛮符合中国人的口味，也很安全。于是里尔克就站住脚了。

＊＊＊

单读：翻译里尔克的时候您还在上学。

魏育青：我毕业后就任教了，在华师大当了四年老师，一想到当老师，真觉得还是那会儿好，能有精力翻译书。《马尔特手记》和《里尔克》都是那时翻译的。再接下来我就去德国了。

单读：然后德国就统一了。

魏育青：全过程我都在那里。

单读：德国统一没多久，《铁皮鼓》就进中国了——有点激动啊，"众神归位"的感觉。《铁皮鼓》真是完美无缺。

魏育青：有这么个排序，是当年一些中国人的看法：联邦德国的作家第一数伯尔，第二是格拉斯，第三西格弗里德·伦茨（Siegfried Lenz），第四乌韦·约翰逊（Uwe Johnson）。格拉斯说他对天主教的一切都无感，唯独喜欢天主教的"感官主义"美学，所以他极重视嗅觉、味觉、视觉、听觉上的强刺激，对五光十色的事物很痴迷，他的书里才有那么多让人觉得"不正常"、会引起生理不适的情节，比如那个从死马的脑袋里拔出一条条鳗鱼的画面。

小说的现实意义源于它提供的分析的质量。

Il éclaire la réalité par la qualité de son raisonnement.

伊凡·雅布隆卡

Ivan Jablonka

单读：我在《铁皮鼓》里看到的格拉斯是个无政府主义者，一个但泽土著，德意志是个粗暴的丈夫，波兰则是个没什么道德感的情人。奥斯卡的妈妈处在爸爸和舅舅的拉扯下，可她也不能代表清白。这个小说"非道德"的意味其实是它最大的特色，它是艺术，无法用道德语言去评价其中人物的行为和品行。

魏育青：格拉斯来中国时，中国人不理解他。他读一段《比目鱼》，北大的学生听得莫名其妙。

单读：想要便于我们接受，还只能先把格拉斯包装成一个一直在批判纳粹和声讨第三帝国的作家——不是说德国人忏悔战争罪行很真诚吗？那就来读格拉斯吧。

魏育青：格拉斯也不是一直谈论过去的人，他很关心现实。那次他来中国，离开后又去了印度，还有南亚其他一些地方，算是假公济私巡了东方一圈吧，回去他写了本书叫《头脑中出生的人》（*Kopfgeburten oder Die Deutschen sterben aus*），是他惯称为"叙事作品"的那种，一半纪实一半虚构，里面有两个以他和他太太为原型的主角，记录各种见闻并评说。这本书有一个很醒目的主题，就是讨论人口问题。

为什么会写这个主题呢？据说这是他在中国行后产生的灵感。你想，一个德国人，来到上海的南京东路西藏路口，市第一百货商店底下有个环形天桥(现已拆除),他往桥上一站,看那四面八方汹涌的人流——没有比这更大的震撼了。德国人只有在一场联赛踢完后的十分钟内会看到这种场景,之后人就散光了。

单读:《母鼠》也是他在 80 年代出的小说,也是一派政论家或者社论家的味道,到处提及自己之前写的小说里的人物和情节,这个真的吃不消。

魏育青:那是他生命的中期,他投入政治投入得很厉害,为社会民主党摇旗呐喊,后来激烈地讨论两德统一问题,在社会上是个大公知。2009 年,统一二十周年之际,他还出过一本书叫《从德国到德国的路途中:1990 年日记》(*Unterwegs von Deutschland nach Deutschland. Tagebuch 1990*),讲他在 1990 年这个多事之秋,在德国各地游走的见闻,跟政要谈话,访问民众,写法上也是主体纪实加部分虚构。其中的情节和观点挺叫人目不暇接的,而他对当时两德统一方式和过程提出的批评也真的很尖锐。

《母鼠》看不下去也很正常,在德国,对这本书的评价也是两极分化,肯定它的人,比如老汉学家汉斯·迈耶尔,说它开创了一个新的文体,骂它的人说它好为人师,什么都想说,结果什么都没说好,拉拉杂杂毫无情节。格拉斯自己是蛮得意这个作品的,因为他很在乎他的政治观点的影响力。

访谈 ☒ 德国作家所批判的现实,我们能理解吗?

单读:格拉斯说,他得诺贝尔文学奖主要是因为《母鼠》,从这句一厢情愿的话也能看出他的某种心思,他挺希望别人不把他看作一般的艺术家,而是透过他的作品,看出他对历史、当下和未来的睿智擘画吧。这方面,他有点像那位想当总统的巴尔加斯·略萨(Mario Vargas Llosa)。

魏育青:那个"文学教皇"赖希-拉尼茨基跟你一样,读不进去《母鼠》。其实,格拉斯的绝大多数书在德国都是毁誉参半,一个作品出来,总要引起轩然大波。《母鼠》确实有点好为人师的特质,但是格拉斯一直在探讨启蒙,他觉得自己身为作家,有责任延续启蒙大业。

单读:他那阵子如此活跃,您在德国有没有见过他?

魏育青:没有。格拉斯后来每逢作品出版,就想要出版译本的国外出版社资助译者去德国参加这部作品的翻译讨论班,他本人来答疑解惑。中国译者不少,但去参加过的好像只有定居德国的蔡鸿君。

作为政论家的格拉斯真的挺混乱的,尤其是你看他对东德的看法,简直是矛盾透顶,又有点偏执,他肯定不会肯定东德的政治体制,但他又反对两德统一,把东德纳入西德的体系里面。可是,他这样的态度其实表现出了一种彻底的知识分子的批判性,我认为是很可贵的。他矛盾,但政治—美学立场又是坚定的,毫不妥协,首先反对统一,然后不断地撕开记忆，触碰德国人的伤疤，不断地记录，说"用笔来抵抗似水流年"，等等。

单读：两德统一是那时的政治正确吗？

魏育青：是，两德统一和铭记历史——铭记1933年纳粹上台到1945年德国投降这"黑暗十二年"——实际上都是。但是，那时的"政治正确"跟现在给人的感受大不一样，那时格拉斯和其他左派知识分子号召撕开记忆、铭记历史，都是出于内心的真诚，不是迫于压力。假如有人跳出来说我们要翻过历史的那一页，从记忆的重负、道德的重负中走出来，他必定要被群起攻之，甚至被打压，被封杀，但那也不是因为政治正确的缘故，攻击他的人一定是真心认为他的道德良知有问题，他触犯了底线。

格拉斯作为公知一直很有争议。但是，我在德国的时候，觉得主流知识分子都是他这一条线的。那时主流左倾很厉害，对于铭记历史，他们没有异议，而对两德统一，有些人认可，有些人反对，但无论怎样，他们的态度都是批判式的，即使认可，也绝不会为此而欢呼，同时，他们持续地表态说，反对西德和它背后的西方价值体系去吃掉东德。

这种批判性体现了知识分子的本色。西德的《时代周报》（*BDIE ZEIT*）是一份很强大的报纸，每次出版都是一百多近二百页,在一个互联网还很不发达的时候,它有一个巨大的数据库,出了一件什么事,它能在一两天内组织出几万字的文章。统一前夕我一直读这个报纸,各种文章讨论两德统一之后,国家叫什么名字?国旗怎么设计?国歌用什么?西德国歌原先是只能唱第三段,不能唱前两段的,因为前两段的词都是当初纳粹宣传种族优越论的,而东德国歌也不行,都带有分裂时代的意识形态色彩。于是就纷纷提出新的方案,比如选东西德都比较能接受的布莱希特(Eugen Bertholt Friedrich Brecht)的诗作为歌词之类。

但是,这些讨论很快无疾而终:统一后的国歌还是西德国歌,国名也还是西德国名。统一后的东德没有留下任何标志性的东西,西德完全代表了新德国。这个情况完全符合知识分子早先的预见,他们发出的警告,他们的忧虑,都是完全正确的。他们不希望,同时又不能阻止这样的事情发生,格拉斯的纠结、撕裂就在这里,但他表达这种纠结,就是践行他的知识分子职责。

单读:明白了,而到1999年格拉斯出版《蟹行》(*Im Krebsgang*),情形有了变化。格拉斯自己好像都感到,他那种拒不妥协、坚决要求德国人一代代背负道德包袱的立场是有点问题的。

魏育青：《蟹行》又引爆一场大讨论，德国人反正是隔段时间就会大讨论一场。格拉斯先前的左派立场太鲜明，所以《蟹行》引发的新闻效应更是不可避免地强烈。

你看马丁·瓦尔泽（Martin Walser）就比他缓和一些。从一开始瓦尔泽就不同意格拉斯的文学观。格拉斯写的书都是回忆，重现记忆中的社会景象、历史大事，我们说他书写"黑暗十二年"的荒诞现实，而瓦尔泽写过一本小说《迸涌的流泉》（*Ein springender Brunnen*），其中所传达的思想之一，就是一种记忆不应该带上你在事后获得的教育的烙印，比如你接受了反法西斯的那一套说法，再去回忆当年，你就在你记住的事情里看到种种荒诞可怕的东西。瓦尔泽说，要让记忆像"迸涌的流泉"一样自然地从地下冒出来，在没有主观意识控制的情况下，你想起什么就是什么。

这两个人就这样针锋相对了。格拉斯说，《迸涌的流泉》这么一部写"黑暗十二年"期间的某个小孩的经历的书，其中甚至没有出现对纳粹罪行的批判，连一点点不满都没有，而让这个孩子尽情表现其天真无邪的本色，这就违背了写作伦理。格拉斯可接受不了这个。

单读：那么《蟹行》之后这两人应该可以开始和解了吧，《蟹行》写得真好，情节那么锐利而深刻，跟《母鼠》完全不同。

魏育青：《蟹行》里头那艘难民船"古斯特洛夫"号，格拉斯一直在写，它出现在他的好几个小说里。船被炸了，船上的德国人都死了，这件事能不能讲？倘若必须遵循政治正确的规矩，它就不能讲，讲了就是"修正主义"，就是在设法给德国人喊冤，给他们洗罪行。然而格拉斯到底还是讲出来了。

单读：而格拉斯又是那么坚定的一个左派，要求德国人永远承担父辈的罪孽……我觉得他之所以写《蟹行》，是因为对此事的思虑、纠结太久了，不能不一吐为快。他说要揭伤疤，可是他不愿只揭奥斯威辛这种伤疤，"古斯特洛夫"号不也是伤疤吗？我就佩服他这一点，坚持内心的纠结、撕裂，绝不放弃。

魏育青：说到瓦尔泽，他和格拉斯两人看起来一直是私交不错。马丁·瓦尔泽是老式知识分子，比较强调传统价值。他跟格拉斯同年生，八十多岁得到德国国家图书奖后在保罗教堂讲话，这个讲话很出名，他说德国要正常化，不能再举着道德大棒子往自己头上敲。这些话，两德统一的时候他是决不能说的，那时他要敢提什么"正常化"，说德国要成为"正常国家"，不要因为祖先做的错事而一直自虐……他大概要被封杀的。

马丁·瓦尔泽是和格拉斯一个年代出名的，所以他对格拉斯没有嫉妒，他不会觉得格拉斯你比我名气大，你是诺奖得主，我就始终要对你有点不平之气，要挑衅你，跟你唱反调。你仔细想想这个画面：两个老头儿，喝着啤酒聊天，各自叫着各自的大名，很亲密的样子，甚至对对方的话都表现出认可，但实际上内容又是对立的，观点是在交火的。是不是很有意思？我很欣赏他们的这种关系。

单读：说到德国人隔一阵就大讨论一场，就想起21世纪初《剥洋葱》出来，又闹了一场。格拉斯公开了他的纳粹党卫军身份，舆论一片哗然。其实有什么好哗然的呢？

魏育青：这本书的翻译进度很快，可能是为了赶书展。我只翻译了一部分。之后还统了稿。我的秉性是总要把一个译稿弄到尽善尽美才交出去，还必须准时，一天都不拖。而且我习惯花一整天时间做一件事，而无法每天利用零星时间。现在我真的很少接翻译任务了。

单读：比《蟹行》早很多年，闹出大事件的作品，还有克里丝塔·沃尔夫（Christa Wolf）的《分裂的天空》（*Der geteilte Himmel*）。

魏育青：东西德分裂，《分裂的天空》是第一本正式触及这个事实的小说，是在东德的文坛出现了一点点裂缝的时候出版的（注：《分裂的天空》出版于1963年，整个东欧阵营迎来的一个短暂的文化解冻期，索尔仁尼琴的成名作《伊凡·杰尼索维奇的一天》也是从那道缝隙里冲出来的），这个时间点让这本书红得一塌糊涂，两德的人都在看，都在讨论。可要是早五年呢？这本书肯定出不来。

单读：但这本书我无感，感觉温柔而拖沓，太感伤主义了。幸好她的《卡珊德拉》（*Kassandra*）也出了中译本，读了之后，我才相信沃尔夫的确是东德的一位好作家。

魏育青：《分裂的天空》影响太大，沃尔夫是靠它挖到第一桶金的，但她写的事情，中国人觉得有隔膜太正常了。像瓦尔泽和格拉斯的交锋，德国人多么重视，还专门做成录音带卖呢，我们恐怕是关心不了。

单读：您那时跟东德作家和文化人有过接触吗？
魏育青：少，开会时见过。八九十年代之交，汉学家顾彬做波恩大学中文系主任的时候，举办过两德文化人的交流活动，请来的东德学者都很谨慎。我记得有一个人谈的是语言，说一些词汇，在西德怎么用，在东德怎么用，做个比较。还有人的报告主题是德国历代文人就中国长城而生的灵感和想象。

单读：东德人，我接触过几个，哪怕是1990年后出生的人,都挂着"东德相",总是有点忧伤,心事重重,同时又警觉得很,相反西德人就显得放得开,很自信。

魏育青:东德人觉得赫尔穆特·科尔(Helmut Josef Michael Kohl,来自西德,统一后的首任德国总理)骗了他们。当年科尔许诺给他们说,五年之后你们的家乡就完全不一样了,就美不胜收了。可是大概十年后,《图片报》(*ild*)上登了一个有名的照片,把科尔的肖像横着放倒,表示他食言了,东德地区没有出现"鲜花盛开的景色"。

东德那些地方到现在还是落后的,两边完全没有融合好。两边都不满意,西德人说我们每年还在给东德交钱,补贴他们的建设,东德人则说他们被边缘化了,被抛弃了。最近萨克森和勃兰登堡两个大州选举,右翼党的选票暴涨,极右翼的选择党都当上了第二大党。

单读:他们会要求给纳粹翻案吗?

魏育青:这倒未必。右翼的起势表明原东德地区的某些人要主张他们自己的利益:加强社会治安,加强军备,退出欧洲,排斥移民,等等。

东德人太穷,依赖的产业也落后,比如煤矿吧,联邦政府总是走在前面,要环保,环保就要关煤矿,换用清洁能源,可那就等于是把东德很多人的饭碗都给剥夺了。你说东德人能不毛吗?现在还有难民问题。他们选择右翼和极右翼,是有抗议性情绪在其中的,因为他们对现在的执政党有太多愤怒,只要不选执政党,选谁都行,那些极端的则尤其容易被他们选择,因为"不可能再糟了"。不仅极右,极左党也得到了很多选票。

选择性记忆也返潮了。东德的老人越来越少,昔日的集体记忆受到了过滤:不好的东西被过滤掉了,好的东西,像什么生老病死有依靠,物价低廉,每个人都有工作,社会比较公平,这些就都被人怀念上了。

单读:选择性记忆,"念喜不念丧",这种心理现象东欧国家多少都有吧,总之就是大家觉得受骗了,"正常化"啊,加入欧洲大家庭啊,没能带给他们富裕,相反,他们一直被打入另册,得不到承认,甚至成了西边人眼里的包袱。这些问题,往上算都是两次大战和冷战带来的,托尼·朱特说得真对:战后欧洲从未能真正走出战前。

魏育青:事实上德国人一直死死摁住历史修正主义,不让它抬头——纳粹现象是我们德国独一无二的,谁要出来发表异议,马上打倒。我没记错的话,90年代初,有一次右翼党拿到了近百分之五的选票,德国人如临大敌,感觉瘟疫要来了一样。可现在,你看东德地区的两个右翼党都有百分之二十多的选票了。时局已经彻底变了。

* * *

单读：魏老师还有学术著作翻译，有尼采，有卡尔·巴特。

魏育青：那都是我刚回国的四年里翻译的，那会儿是真有空闲。我就是在这两段时间里翻译比较多：80年代中后期，和90年代中期回国后。2001年以后，翻译的时间就越来越少了。

单读：您只要接了翻译，就都是完美投入的状态，看您的译作，我永远没法得出这样的印象："这本译得漂亮，肯定是作者对胃口；这本有点粗糙，多半是不喜欢作者……"。

魏育青：可能的确如此吧，对我来说，任务就是任务。

单读：还有一位作家，埃弗莱姆·基雄，说起来也是因为魏老师的译作而认识的。《一个模范家庭的趣事》，这可是我读的第一本以色列文学作品呐。

魏育青：基雄是以色列人，可在德国很出名，我也是在回国后那段时间里翻译他那些幽默小品的。为什么想译呢？因为那时我女儿还小，我每天同她讲话。基雄的书是以家庭故事为题材的，时常出现孩子，我必须多多了解孩子讲话的方式，才能译好这本书。

澳大利亚文学专栏 *

253 这是我们的遗产吗,
哦,主啊,
以及从共用电话线上传来的回声,
是你的声音吗?

马修·胡顿

261 约瑟夫是个雷龙控,
玛丽怀念冰河时代

马修·胡顿

---

* "澳大利亚文学专栏"由《单读》与澳大利亚驻华大使馆合作完成。

女儿会不会容易点儿吗?至少有一个?不太可能,但她至少可以跟她一起读《绿山墙的安妮》(*Anne of Green Gables*)。当然,她还是给大儿子起了马修·卡斯伯特这个名字。有点儿消极抵抗的意味吧?

这是我们的遗产吗,
哦,主啊,
以及从共用电话线上传来的回声,
是你的声音吗?

撰文　马修·胡顿(Matthew Hooton)
译者　李鹏程

澳大利亚文学专栏 ▷ 这是我们的遗产吗,哦,主啊,以及从共用电话线上传来的回声,是你的声音吗?

她的儿子们盘腿坐在棕色地毯上,紧紧凑在电视机前,因为屏幕发出的静电,胳膊上的汗毛都竖了起来,耳朵后面也痒痒的。两人焦躁不安。电视机包着木质外壳,可任凭他们怎么转动对比度和色彩旋钮,调整天线的位置,老旧的屏幕依然有些泛绿。不过,能看到那个人。在带刺的铁丝网后面,他骑在哈雷摩托车上,身穿那件醒目的白色连体衣,红色和蓝色的星星在胸前组成 V 字形,防撞头盔擦得油光锃亮,在阳光下熠熠生辉,白色的斗篷在风中飘扬。

哪还在乎去外面玩儿。哪还在乎美国大兵人偶、乐高积木、"可怕海峡"游戏。海上起了风,看来要下雨了,屋顶的木瓦被吹得咔嗒作响,但她的孩子们不在乎。因为埃维尔·克尼维尔又上电视了。下一天雨也没关系。

"他肯定做不到。"

她能从乔尔盯着地毯的样子看出,他并不是真心这么想,只是一时没了信心,希望哥哥能帮他打消这个念头。

机会渺茫。

"你真是个怂包。"马特说,"他肯定能行的。"然后,他调大了声音。两个男孩安静地坐在那儿,看电视里的人展示他超大的皮带搭扣——纯金的,被铸成了闪闪发光的字母 EK。

一千个闪光灯此起彼伏,点亮了他们的客厅。雨点打在窗户上,双层玻璃发出轻微的声响——在昏暗的午后,这感觉意外地让人安心。她斜靠在门框上,心想着自己要是离开的话,孩子们会不会注意到。不大可能。毕竟他们的英雄正在电视上。

电视主持人说,他本来要退休了,不玩了,因为浑身是伤,没一个地方是好的。*433 块碎骨头*。但现在为了亚洲大巡演,这一切都不再作数,全被抹去了。他在八达岭长城上骑哈雷的一些镜头。党员们都来观看,竭力在镜头前不露出笑容,在看到这位不怕死的传奇人物大摇大摆地走出来,准备借助斜坡飞越长城时竭力假装他们没有回到八岁的时候。然后是克尼维尔和他的摩托在东京皇城外的镜头。而现在,这个人正准备飞跃朝韩非军事区——恺撒宫殿和温布利早被抛在了脑后,仿佛他根本没在这俩地方坠毁,从没失败过,从没从人们的集体记忆中淡去一样。

蛇河峡谷就更别提了,他对记者说,*光靠火箭了,没*

把摩托用好。这次,他会坐得直直的,抓紧把手,在风中做着鬼脸,越过铁丝网和地雷,从南边跨国边境,飞进那个隐士般的国度。

许可?咱等着瞧吧,他说,*等着瞧吧*。然后,他哈哈大笑起来。*他这笑来得很容易,眼神中闪烁的光芒告诉你,你之前见识过的根本不算什么。*

他那些助手跟他一起大笑起来,不过乔尔还是有些紧张,手插在腿下面,身子前后晃着。

老天,她心想,*那些人会把他打下来的,即便不会被地雷炸死,也会被他们打死的。*不过,他仍然笑容满面,对着镜头摆姿势,还在不归桥旁边那个指向北边的金属制斜坡附近,表演了一段后轮平衡特技。

广告时间。*高兴保鲜膜。*

"你干吗非要当个怂包啊?"

"克里斯·理查德森说你在体育课上像个蠢货。"

"你才是蠢货。"

"闭嘴。"

"你闭嘴。"

ABC 电视台的主持人这时插话进来,省了她拉架的麻烦。不过,那人的声音基本被韩国人的咆哮声淹没了——其中一半在抗议这次特技表演,大喊着他会一手重燃本已休眠的战火,另一半则在求签名、高喊他的名字和拍照片。

有传言说，朝鲜人民军已经在大桥附近集结大量兵力，以防有人趁特技表演转移视线之际发动袭击。

转移视线？克尼维尔哈哈大笑。我？表演只有我，跟你说吧。我就是阿拉法和俄梅戛。今天不会有什么比我还大的事儿。

她回到卧室的浴室套间，关上门，坐在马桶盖上。电视的声音变得含混。雨点和阵阵的凉风从敞着的窗户吹进来，有渡鸦在他们错层式房子后面的雪松上鸣叫。一窝渡鸦。一群？不，不对。

孩子们察觉到她不在的时候，便会往屏幕前凑，在上面留下指纹，或者来自嘴唇或舌头的潮湿的小污迹。当然，她也干过这种事。有天深夜，各电视频道只剩下了雪花点。她想到了真正的雪，想到了雪花落在舌尖，于是便将嘴唇贴在屏幕上。痒痒的感觉顺着汗毛传到嘴唇上，电流正在牙齿和牙龈里蠕动。

她吃了一片泰诺。然后又吃了一片。

渡鸦的处方。

她回到客厅时，电视主持人正在为摩托车的特写镜头做解说。那是一辆哈雷戴维森XR—750，他说，颜色为黑和橙，经过专门改装，可以固定在火箭上，就像那人之前在蛇河峡谷那样，只不过这一次他越过铁丝网和地雷之后，推进器会展开，像航天飞机的油箱那样脱落，只剩下

澳大利亚文学专栏 ╲ 这是我们的遗产吗,哦,主啊,以及从共用电话线上传来的回声,是你的声音吗?

他和摩托车借助降落伞进入北面的国家。

这会儿,人群的吵闹声已经盖过了电视主持人的讲话声,所以他只能摇着头笑,并对摄像师耸了耸肩,指向那辆拼凑而成的火箭摩托车。克尼维尔爬上助跑斜坡的底部,他的助手则在检查哈雷,为定时发射做准备。他用皮带把自己固定在摩托上,检查了降落伞。最后,他向人群挥了挥手——镜头拉近——调整好坐姿,胸口和肩膀一起一伏地做了几个深呼吸,脑袋向前看,然后点点头,意思是开始吧。点火。火箭喷出耀眼的火光,推着克尼维尔冲上坡道,飞向了湛蓝的天空。

乔尔向前晃着身体。马特咬着嘴唇。

老天,她心里再次惊叫。

没有来自北边的防空炮,没有谁都不想听到的爆炸声,除了心跳,人群也没有任何声音。摄像机抖得厉害,因为摄像师在竭力跟上这个不怕死的人在空中画出的弧线。火箭脱落后,人群中传来了交头接耳声和喘息声。起初,他们以为没有降落伞,那人会向下冲去,但上面绑着克尼维尔的摩托继续在空中行进,现在已经变成了一个小点,飞过非军事区,飞过铁丝网,飞进了北边的领空。

终于,一顶巨大的白色降落伞在摩托后面打开,人和车缓缓落在了另一边。

渡鸦的遗弃。

两个儿子怀疑她在看他们看电视,便把目光从屏幕上移向她。

"看到没?他成功了,"马特说,"我就知道他能行。"

但现在什么也看不见了,那边没有摄像机。她把孩子们拉到厨房吃晚饭。金枪鱼砂锅,上面撒着弄碎的烤土豆片。今晚没蔬菜。明天或许可以吃吧。

他们各自在木质方桌旁坐下。马特坐在她对面,乔尔坐在马特旁边。

他用胳膊肘捅捅弟弟。"我就说吧。"

难道当长子还有什么猫腻,某种她不知道的规则,会迫使他去刺激弟弟?

"闭嘴,我也知道。"

"才怪。"

"行了,"她说,"他成功了。那就好,对不?"她把砂锅菜舀到盘子里。

女儿会不会容易点儿呢?至少有一个?不太可能,但她至少可以跟她一起读《绿山墙的安妮》。当然,她还是给大儿子起了马修·卡斯伯特这个名字。有点儿消极抵抗的意味吧?

渡鸦的怀旧。

电话铃响了。起初,三人谁都没动。接着,她站起身走到电话旁,拿起模压的米黄色塑料听筒,开始了一段已在进行的遥远对话——共用电话线上的风洞鬼魂。她把听筒放回支架上,发现乔尔正目不转睛地盯着对面的空位,但马特并没有注意到弟弟的恍惚状态。她坐下时碰了下叉子,把盘子敲得叮当响。

"也许他在那面也装了火箭,待会儿就飞回来了。"乔尔说。

马特轻蔑地哼了一声,满嘴的金枪鱼和意面。

"就是,咋说,以同样的方式飞回来。我们明天起来看一下电视。我敢打赌,肯定会播。"

乔尔看向她,她微笑着,点点头。

"肯定会的。"

孩子们狼吞虎咽地吃完,从椅子上跳起来,跑过走廊和客厅,嘴里发出摩托的声响,双手假装握着车把,双目圆睁。

她去洗漱时,朝后院望了望,看到雪松上的黑色身影蜷缩在一起,那些鸟就像人把手插在口袋里那样,在被雨淋湿的树枝上挪来挪去。

请保佑我们,她心里说。

儿子们从楼梯上跑下来,在沙发上假装跳伞,在沥青色的地毯上模仿后轮平衡特技。

水槽在滴水。电话铃声再次响起,然后又停止了。

外面,低低的云层在翻腾,树梢被风撕扯着,渡鸦的遗产安静了下来。

那座墓一直以来都让她困惑——是为世界上所有未出生的婴儿建造的,还是那个教会未出生的婴儿,抑或只是某个婴儿?她现在要写一句碑文的话,不会用宝贝这个词,也不会选任何名字。相反,她会把一切刻在石碑上。

约瑟夫是个雷龙控,玛丽怀念冰河时代

撰文　马修·胡顿(Matthew Hooton)
译者　李鹏程

澳大利亚文学专栏 ◊ 约瑟夫是个雷龙控,玛丽怀念冰河时代

人们在莱斯特市一家停车场挖掘出理查三世遗骨的同一天,在一万六千三百千米外的阿德莱德,玛丽也挖出自己的勇气,几天以来第一次走出了家门。她走到南排房大街,在一株树皮剥落的蓝桉下面等有轨电车,旁边的树枝上倒挂着一群叽叽喳喳的白色凤头鹦鹉。

本是一幅完美的风景画,何故加上这些鸟。她边想边走上电车,找个空位坐下,让这个吹着冷风的长管子哐哐当当载着她,蜿蜒驶向了城市的北边。

医生说,她一切都没做错。好奇怪啊,这个词——一切。她当然不是这样。在亨利大街西边那条路上骑自行车时,她曾重重摔下来。和妹妹吃新鲜蓝莓时,她曾把没消过毒的蜂蜜倒在上面。和乔一起看最新的一部《侏罗纪公园》,她还喝了半瓶啤酒——俩人都一直认为这部电影是完美之作,但指的不是情节或者表演,而是整个电影系

列的别出心裁：

亲爱的命运：

请注意，无论有多少同志惨死在史前的六英寸大牙之下，我们都会继续在这片天杀的土地上建造主题公园，邀请你们的孩子来玩。

说真的，有什么理由不喜欢呢？

她在温都摩站下了电车，沐浴着疲惫、苍白、但依然温暖的晚秋阳光往北排房街走。来到博物馆入口处，她停住脚，摘下太阳镜，让眼睛适应了一下。这里有一场特别的展览，将带领观众一路从雷克斯霸王龙，看到上一个冰河期的猛犸象。博物馆里到处都是穿蓝色制服的小学生，灰泥、玻璃和骨头间回荡着他们七嘴八舌的说话声。

她丈夫要在这儿，肯定会和孩子们聊聊，指出每块化石最好的部分，同他们检查每具骨架上出现的错误，一起哈哈大笑。她还没跟他说自己的情况，因为她无法想象打卫星电话来解释这件事，听他从苏门答腊岛附近的某座大型石油钻塔上传来尖细的回答。她告诉自己，有些话不能无线传输——有些话太沉重了，没法跨越大洲大洋。

这让她想起了加拿大，想起了他们之前在麦克默里堡住过的老街坊，想起了大火之前，想起了她妹妹和外甥，那孩子抓着一个在车库旧物出售中找到的远距离对讲机不放。就一个。然后他们三个人一起沿着亚大巴斯卡河边的小径远足——白云山和颤杨枝繁叶茂，男孩一直拨弄频道，盼着有人在频率范围内发送无线电信息。她妹妹取笑说，儿子正在经历一个阶段。八岁的年纪，正在扩大他的思维地形，想在他自己的国度那不断扩展的边界线内找到自身的位置。

玛丽点点头，也想笑一下，但事实是，在如此的孤独面前，她感到不安。现在，她很好奇，有什么能比无线电波更不同于土地和骨头？

一只翼手龙的巨型钙化骨架，被天花板上垂下的铁丝吊在半空，双翼大展着。用了多少管强力胶，一共有多少块骨头？

一个身形瘦弱的金发小男孩，估计有六岁，落在了其他同学后面。她考虑要不要问问他怎么了，但最终还是让那孩子自己走了。她听到丈夫的叹息声，听到他在身旁耳语。他永远都走不出侏罗纪。然后，她想起乔曾经说，他大约这个年纪的时候有过一个饭盒，侧边贴着一张雷龙的图片。以及，得知他最喜欢的化石组装得不对时，他有多崩溃，骨架的最后几块被强行乱拼在一起，就好像小学生急着要完成科学课的作业一样。

头安错了。她看着一只迷惑龙的脊椎,轻声说。

她第一次感觉到血,感到血透过纯棉睡衣渗到塑料椅子上时,吓得坐在餐桌旁,屏住呼吸,不敢乱动,仿佛任何微小的动作都会让这变成现实。她没慌,而是想起七年级时,丽莎·费舍尔在拼写考试期间来了月经,但怕得不敢离开,担心要是考砸了,父母会不许他参加学校的舞会。于是,一个鲜红的小血泊慢慢在她那把橘黄色的模压椅子上越积越大,开始滴到教室地上铺着的灰色油毡上,这时老师才注意到。

那种痛至今还会在某些晚上让她惊醒过来,拳头紧攥,肾上腺素在体内穿梭,让她浑身颤抖,双腿与被单缠绕在一起。

空调嗡嗡作响。噼里啪啦的静电声传来,两个女学生从她旁边飞奔而过,背包左右摇晃着,白袜子在眼前闪过。来到一窝剑龙蛋面前,她的呼吸急促起来,那些蛋已经变成布满了斑点和裂缝的石头。他的声音又在耳边响起。他们做完第一次超声波扫描,从诊所出来时,他笑得像个孩子,但那从他宽厚的下巴中传出的声音很奇怪,她马上就听出他既高兴,又紧张。他非要叫她待在原地,等他把车开过来,但走到阳光照耀的柏油路中间时,他停住脚,仰

着身子喊道:我的王国,玛丽!我他妈愿用整个王国换一个健康的婴儿!

不。不对。他从来没看过《理查三世》,从没站在停车场中间大喊。可她又记得这场景,历历在目,仿佛是精心安排的,除了他洪亮、浑厚、老练的声音,再无其他声响。

她把恐龙抛在背后,来到了冰河时代,猛犸象、岩石和平原、移动的冰块。地壳在她脚下颤抖——持续不断的地震,她躲进一个山洞里,心里念着他。火山活动的声响被挂着毛皮的玄武岩墙壁吸收了,一团火噼里啪啦向黑暗吐着火舌。她闻着他的脖子,感到他的四肢在她旁边合拢又张开,将她拉过来,手指顺着她的锁骨、下巴,寻到她的双唇和紧闭的双眼,时间在流淌,冰块在融化,地面依旧在摇晃、呻吟。就这样过了几个世纪。他们成了食雪者。

她怀念冰河时代,躲避天气的那次。阿尔伯塔,麦克堡,冬天的柏油砂,零下30℃。即使在他上班的时候,那小木屋也依然保持着他的模样,她发现常常扭着身子,仿佛在厨房里从他身边挤过那样,为空地方腾地方。漫长、昏暗的下午,但至少他每晚会回家。她记得给他因天冷而皲裂的手腕和脖子抹樟脑油。从圣诞节开始,到每个伪春天和每股吹来的奇努克风期间,再到四月大地真正解冻时,床单和枕套上都一直散发着樟脑味。

那和她困在澳大利亚、他在赤道南边管理钻塔完全不同。她一边好奇所有一切是否如她记忆中那样容易,还有什么能如此简单、如此轻松,一边逼迫自己拖着疲惫不堪的躯体继续往博物馆深处走去。

接下来那个猛犸象令人失望。一只被冻伤的小象,皱皱巴巴地缩成一团,下面的牌子上只写着宝贝二字。她在荫地联合的一块墓碑上见过这俩字,就在麦克堡南边那条青绿色的河畔。夏天时,她曾在那儿骑脚踏车——她自己的季节性迁徙,满是阳光、花粉、香脂白杨和白桦。那座墓一直以来都让她困惑——是为世界上所有未出生的婴儿建造的,还是那个教会未出生的婴儿,抑或只是某个婴儿?她现在要写一句碑文的话,不会用宝贝这个词,也不会选任何名字。相反,她会把一切刻在石碑上。

在阿尔伯塔过完那个冬天后,乔崩溃了——只说了七个字:我在这儿待够了。

她敏锐地意识到,乔身上已经遍布裂纹。她之前怎么就没注意到?她怎么能不害怕这种变化?这种慢慢积聚的压力?

他休了个暑假，两人一起开车南下，去了杜鲁海勒和恶地，再次见到她妹妹和外甥，带着他们参观皇家泰瑞尔古生物博物馆，在恐龙省立公园宿营——但一大群小小的红螨虫侵入了他们的帐篷，他们的皮肤被咬得到处是包。最后，他们不得不在帐篷上喷洒毒药，然后把它锁进车的后备箱里。等了两天，那些害虫才被呛死。

她记起乔跟他们讲了个故事，说皇家地理学会有位调查员骑马去了阿尔伯塔南部，那之前谁都不知道再往北还有化石或油田。他和他的探险队在一块岩石里发现了一具霸王龙的骨架化石，那岩石从峡谷一侧的地层中滑落下来，倚着岩壁直直立住，像一只钙化的巨兽把守着恶地的入口。

我的王国，乔曾经说，我他妈愿用整个王国换一个在博物馆外看到如此景象的机会。

她前头的那些孩子变得越来越躁动不安，叫喊声似乎拉低了天花板，改变了她周围空气的质量。

亲爱的乔：
我收集了太多的话语，都不知道哪些该留、哪些该抛了。有一半似乎太过脆弱，不宜言表，另一半又渗入了沥青之中。你是怎么做到的？可以白天工作一天，晚上喝酒、做爱，却又不迷失自我？第二天从床上爬起来，再做一遍。

我并没有一切都没做错，现在我好怀念冰河时代，怀念我们曾经那安错头的骨架，我们那亲密无间的骨骼。

即便在脑海里，她也未在信末署名。她从那些乱窜的孩子身旁溜过，竭力不想吸入他们集体散发出的那种苹果被忘在背包里的味道，不想注意他们看到她从他们中间横插过去时那眯起的眼睛。她当然失败了。这么多孩子盯着她，不知怎的让她觉得自己身上落满了灰尘，仿佛世界的很大一部分都落定在她的头和肩上，而她周围的这些年轻人，毫无顾虑地将自己的声音送入空气中，仿佛无限的公开频率上那些毫无重量的无线电波。

她看看自己没有戴表的手腕——做这个动作时，仿佛在表演哑剧——然后快步走开，将孩子们抛在身后。这里有太多时间的滴答流逝，有太多溢出的记忆。尖厉的说话声渐渐小了。空气冷了下来。她的平跟鞋在抛过光的地板上噼啪作响。

玛丽从礼品店走出来，踏进了阳光里。

你一直想在车厢或者世界找个位置
好好活着，爱着，老去

In the train car or the world, you always tried to find a place
for living, for loving, for growing old

郑小琼
Zheng Xiaoqiong

III 诗歌

273 我用一枚钉子，

一根羽毛缝补破碎的天空

郑小琼

对于这些在无声中活着的人

我们保持着古老的悲悯,却无法改变

时代对他们无声的冷漠与嘲讽

我用一枚钉子,
一根羽毛缝补破碎的天空

撰文　郑小琼

诗歌 ||| 我用一枚钉子，一根羽毛缝补破碎的天空

在电子厂

1

在桥沥（高速公路与一级公路交叉处，
盆景中的常绿植物，大雨积水洼地）
黝黑的园艺工人尘土似的生活
高速巴士，货车，它们驮着时代快速
转动，黑色的沥青道，白色斑马线
冬青低矮似流水线工人，低头忧郁地
走过，暴雨冲刷着生活的尘埃与不幸
他们谈论着数年未涨的工资，他们谈论
跳槽，双休日，加班费，她们谈论着
欲望，喜悦，悲伤，但他们决不会
像我一样，沉浸在莫名的自卑
谈论着人生的虚无，细小而无用的忧郁

2

被剪裁的草木，整齐地站在电子厂间
白色工衣裹着她们的青春，姓名，美貌
被流水剪裁过的动作，神态，眼神
这是她们留给我的形象，在白炽灯的

阴影间忍受年轻的冲撞，螺丝，塑胶片
金属片是她们的配音演员，为整齐的动作
注上现实的词句，肉体无法宽恕欲望
藏在杂乱的零件间，这细小的元件
被赋予了庞大的意义，经济，资本
品牌，订单，危机，还得加上争吵的
爱情，可以肯定在电子厂，时代在变小
无限的小……小成一块合格的二元管

3

钻孔机在铁上钻着未来，美梦从细小的
孔间投影，红色的极管，绿色的线路
金黄色的磁头间，它们的小，微小
我们在每一件小事或者庸常中活着
啊，活着，小人物，弱小者，我们
活着的，不远处来来往往的人群
他们活在我的诗句，纸间，他们
庞大却孱弱，这些句子中细小的声音
这颗颗脆弱的心，无法触及庞大的事物
啊，对于这些在无声中活着的人
我们保持着古老的悲悯，却无法改变
时代对他们无声的冷漠与嘲讽

工艺品

来自非洲的木头,背后闪烁一张饥饿的黑脸庞
来自美洲的铁块,背后一颗被黑帮砍死的心
来自西亚的机油,有一双蒙着黑纱的眼睛
在亚洲的工厂,我将艺术地处理它们
用欧美的花纹,配上德国的机床
用日本的砂纸打磨这些难看的部分
那些被禁止砍伐的木头,或者失去家园的动物
允许停留在纸上的环保,我小心翼翼剖开
非洲的雨水、斑马、雨林、鳄鱼,将木头与它们
分离,让它们有古典的花纹与美,用法国的时尚
布装结构,美国的油漆涂抹掉原来面孔

将它从一棵树、一块矿石变成艺术的幻想
用日本的刀具削出它们的风雨、滴露、阳光
广告在推出它的造型、工艺、传承
它们被艺术地打磨,在工厂,被装配的一幕
我的劳动让这些木头、铁器变成艺术
我的手闪烁着艺术的完美,追随订单、薪水
加班、工伤,在被处理的制品,我们忘记了
饥饿的黑面孔,被黑帮砍死的心,蒙纱巾的眼睛
我们通过技艺找到它们通往艺术的路
我知道,我在上面留下的汗水、疲倦、断指
职业病……它的阴影,也将成为艺术品的一部分

月亮冲向雾中的气压机

月亮冲向雾中的气压机,哐当——
熔化在高温橡胶里,天狼星从天空走过
狼头被我压进橡胶间,七匹清晰的印迹
像雪落在七月的旷野,星星,朝北方陨落
我用一枚钉子,一根羽毛缝补破碎的天空
夜晚在切削液里流动,黏稠的苦艾与乌云

山羊用蹄子猛烈敲击大地,咚咚——
刻字机插入油腻的铁间,短促有力的词
光在雪中闪烁,蕨类植物爬满胡须
鸬鹚长嘴划开波浪的皮肤——明月高悬
不偏不倚在千分尺,枢轴转动
暴躁的七月在研磨液里变得温柔而安静

黝黑的机台推动野天鹅的脖子,嘶嘶——
它的哀鸣在孤独的车间模仿七月的郊野
异乡之花盛开在黑机油与碎料机之间
红褐色的铁锈迹围着忧郁的蕊,白墙与
铁丝网囚禁的夏日,飞鸟从机台上遁逃
切断的铁块在冷却液里安栖,疼痛在凝固

警示灯

昏暗的警示灯投下模糊微黄的光线
冷漠车间微弱的暖意,但愿它能保佑
我的手指不被机器轧伤、噬咬,夜色
加深了它的轮廓,绿色的灯杆蹲在车间
岁月在它的身体刻下衰老、疲惫
它睁大着眼,像年迈者,它曾目睹
半截断指,指甲伤痕留下的瘤疣

窗外的冬青把微凉的初冬收藏进身体
碱性的悲伤与酸性的愤怒凝结警示灯的
三原色,轰鸣间我们长久地对视
两个孤独的人融化于彼此目光里
铁锈的深处,时间斑驳出古老的伤感
打工者消失匆忙的暮色,她的酸涩是
北方山梁贫寒的柿子树,"她的自尊
凝结成小小的灯",工业雾气间的迷茫

灰暗的光遮住了苦难与悲伤的面孔
警示灯昏蒙如肺气肿的患者,它的鸣叫

尖锐中的喘息,在被揉粹的铁屑间升起
冷却油闪烁着黎明时暗淡的星光,它闪烁
穿着黑夜的长袍,它是孤独的,白昼
在窗外的树枝上积结,燃烧,灰暗的影子
被柴油机的齿轮轧压,仿佛沉默的伤口

在一张苍白的表格写下

在一张苍白的表格写下我们的名字
那么多稚嫩的面孔被封存在卡座
那么多的悲伤投影在机台的针尖
在我们的头颅旋转的传送带上
手指、钢针、塑胶片……混合着
大海的喧哗,折断的青春
过滤网堵塞的油污残垢,半悬的灯
饱受电流的袭击,密封的管道囚禁
寂静的夜晚,月亮,还在深邃的天空

在流水线固定的程序里我们操劳
我们手指的悲伤被相同的动作
装配进制品间,弯曲的苦闷
顺着冷却剂滴进蓝色黑油框间
被工业液油裂变与洗涤,在我们沉郁的
动作间演练工业的技术,在飞溅的铁屑间
合格纸与次品还一片模糊,睡眠被机器
叫醒,铁片被图纸叫醒,午夜三点
睡意折断我的思绪,月亮,还在污染的天空

在隐秘的内心那些血统不明的机台

股指曲线像大海的波浪起伏,女工痛经

隐秘的悸动,料槽的低凹处流动铁钉

世界在喧哗流动,废弃的铁模具等待

黎明收留,窗外的荔枝林与蛙鸣多么孤单

它们被抛弃在旷野,水泥钢筋覆盖住牛蹄印

我们伸手将一枚想逃路的螺丝钉在铁柱

我们手指环绕着图纸上的线条,被固定

在表格里,月亮,还在别人的城市里

从生活

从生活。折叠的铁片突然张开玻璃和金属的面孔
倾注着整个下午的寂静。落在机台的寂寞
磨损的光线中 我听见体内的钟敲响
当当,当,它走着……时间的背面

拧紧的铁丝与胶片。我琢磨着生活的含义
每天。听见岁月掉落地下的声音
十年,被摔得粉碎,在集装箱间
在机器指示灯的鸣叫间……接近的生活

在衰老,消瘦。生活……它淡蓝色的舌头
舔着。重复着的日子——我自己的舌头
舔着生活。生锈的铁片在雾气中望着
顺着机台上黯淡的灯 它迷蒙的面孔……闪动

每天正在安静地航行,远逝。在机台震颤出
脆弱的爱情,灰尘与油腻中漂浮着
你手指间的螺母正拧紧孤独的金属片
覆盖着冷霜、月光、青春以及生活的真相

诗艺

液压机笨拙的喘息仿佛我诗歌的节奏
沉重的力沿词语降落,直至把铁块的现实
砸出诗的形状,把诗艺编进机床的程序间
车床滑杆进退回转,语言的车刀雕刻
诗歌的语调,在谨慎的年代里
诗歌不再吞没工业,我像顽固的丝攻
朝着时代的腹部前行,在寂寞的铁上,
研磨、刻字、开槽,现实却如苍白的灯
照亮我与诗的脆弱与锈迹斑斑的沉默
技艺像炉间的火焰,不断淬炼诗的杂质

剧

她从身体抽出一片空旷的荒野
埋葬掉疾病与坏脾气,种下明亮的词
坚定,从容,信仰,在身体安置
一台大功率的机器,它在时光中钻孔
蛀蚀着她的青春与激情,啊,它制造了
她虚假的肥胖的生活,这些来自
沉陷的悲伤或悒郁,让她浸满了
虚构的痛苦,别人在想象着她的生活
衣衫褴褛,像一个从古老时代
走来的悲剧,其实她的日子平淡而艰辛
每一粒里面都饱含着一颗沉默的灵魂
她在汉语这台机器上写诗,这陈旧
却虚拟的载体。她把自己安置
在流水线的某个工位,用工号替代
姓名与性别,在一台机床刨磨切削
内心充满了爱与埋怨,有人却想
从这些小脾气里寻找时代的深度
她却躲在瘦小的身体里,用尽一切
来热爱自己,这些山川,河流与时代

这些战争，资本，风物，对于她
还不如一场爱情，她要习惯
每天十二小时的工作，卡钟与疲倦
在运转的机器裁剪出单瘦的生活
用汉语记录她臃肿的内心与愤怒
更多时候，她站在某个五金厂的窗口
背对着辽阔的祖国，昏暗而浑浊的路灯
用一台机器收藏了她内心的孤独

诗歌 ||| 我用一枚钉子，一根羽毛缝补破碎的天空

针孔里的远方

针孔里显示灰色的月亮、集市、街道
祠堂旁嬉戏的孩童，小贩推着三轮车
穿越荔枝林与寒溪铁桥，一小片菜地
尚未开发的溪流与树林，世界诸多
奇妙的命运在此相逢，它们短暂停驻
交谈、忧伤，又各自奔赴远方
我从一枚螺丝，一张订单上感受万物
如此紧密的联系，却又彼此孤立
没有谁会在意深夜女工的疲倦、孤独
失业的恐慌，我从机台取下缤纷的玩具
艳丽的布匹，锃亮的铁片，这些明亮的
无法安慰我悲伤的内心，跟随货柜车
走向遥远的陌生人，穿越针孔样的
生活之门，小小的卡座，来不及开始

便分别的爱情，明月样的孤独、乡愁
异乡的迷茫，有时订单和机台会向我
谈论远方陌生的世界，像在四川乡下
他们谈论广东的工厂、风景、大海
我倾听却不心动，唯有停止工作的针孔
带来一片小小的安静，让我欢欣

产品叙事

一是从弯曲的铁片开始,从村庄、铁矿、汽车
轮船、海港出发,丢失姓名,重新编号,站在机台边
二是弦与流水线,悸动的嘶叫,疼痛在隔壁,铝合金
图纸、面包屑、线切割机,熟悉的汗水,塑料纸箱的
欢乐与悲伤,三是白炽灯下苍白的脸,工卡、弹簧、
齿轮、卡边、冲压的冷却剂、防锈油,沉寂的加班
四是证件,合格形状、外观打磨、3000度的炉火抽打
冷却、热处理的加班费,或者炒鱿鱼的雨滴,左交右错的
身体在沙漏中呈现,五是暂住证、健康证、未婚证、流动
人口证、操作资历证……它们排队,缄默着,压着一个
蛇皮口袋跟疲倦的脸,六是螺钉、苍白的青春手臂,欠薪
罚款、失调的月经,感冒的病历、凋落的眼神,大海辽阔的
乡愁、吊灯里的噪音,漂流在远方城市和河流上的工资单
七是方言的机器和宿舍,湖南话在四川话的上铺做梦
湖北话跟安徽话是邻居,甘肃话的机器咬掉了半截
江西话的手指,广西话的夜班,贵州话的幽暗,雨水淋湿
云南话的呓语和河南话的长裙。八是线形的油条,块状的
方便面,菜汤里城市的形状,铜质面具,挂钩,合格单
一块五毛钱的炒米粉,辣椒酱,色素香味剂的可乐
九是伏在故事与童话中的爱情,同居的出租房,没有钥匙
的门,上铺的铁梯子,医院的消毒水,避孕药,分手的泪
腐蚀的肉体,没有根的爱情誓言,十是回乡的车票,一道
门或者坎,洛阳纸贵或者身份来历不明的车票,挤在过道
厕所,踮着、压着,你一直想在车厢或者世界找个位置
好好活着、爱着、老去

评论

295 乌托邦的幽灵还在徘徊

沈律君

311 玫瑰的牺牲——评鲁毅《梁金山》

彭剑斌

329 全球书情

郑羽双

芒福德和众多前行者的声音汇聚在一起,激发或者说唤起了乌托邦的巨大力量。凭借这力量,人们将有勇气去建造一个与现实不同的世界。

乌托邦的幽灵还在徘徊

撰文　　沈律君

评论 □□ 乌托邦的幽灵还在徘徊

1922年，纽约

九十七年前，美国纽约曼哈顿，夕阳穿过哈德逊河宽阔的水面，照耀在一众崭新的摩天大楼与更多即将竣工并将更高的大楼上。这是人类历史上的第一片水泥森林。阳光继续穿过这密林，投进一间小公寓的窗户里，一个叫芒福德（Lewis Mumford）的27岁的年轻人正在写他人生中的第一本书。

27岁的芒福德，这时还没有写出未来将为他赢得无数赞誉奖项的《技术与文明》（*Technics and Civilization*）《城市文化》（*The Culture of Cities*）《城市发展史》（*The City in History*）……这些鸿篇巨制日后将奠定他作为城市文化和技术社会批判领域人文大师的地位。

此时他写的这本叫《乌托邦的故事：半部人类史》（*The Story of Utopias*）的书，有一个更基本和单纯的追求：他想厘清乌托邦这个东西在人类历史上究竟是怎么一回事；他还想进一步探究，对于他脚下这片看似光鲜实则在不断榨取和剥削着它的外部世界的现代大都市而言，一个美好的未来应该是怎样的，把那个美好未来转变成现实的第一步是什么。他相信答案的一大部分就藏在那些历史中被人们视为"空想"的乌托邦中。

这是 1922 年。一次世界大战结束，苏维埃俄国刚刚建立不久，马克思主义通过列宁和托洛茨基的主张正在成为这个世界上最重要的进步思想；与此同时，无政府主义偃旗息鼓，19 世纪欧洲和美国的乌托邦社区运动实践几乎全部以失败告终；自由主义依然有效，世界已经进入咆哮的 20 年代，美国和西欧再一次的繁荣进步就是它的证明。特别是美国，通过一系列政治经济改良，工人状况得到改善，女性获得了投票权，从食品到汽车，资本开始了托拉斯式的大规模生产。

在人类的精神领域，相对论诞生不久，科学发生颠覆性的革命，哲学发生语言学和符号学的重要转折，《追忆似水年华》和《尤利西斯》正在创作，艺术和音乐也在裂变和突进。它们正在把影响一同注入时代、国家和这个年轻人心里。

城市是人类文明的容器。这是芒福德《城市发展史》中最重要的论断。20 世纪 20 年代的一切集中体现于芒福德所在的这个渴望挣脱天际线和想象力束缚、引领世界走向更光明未来的城市——纽约身上。纽约是一个象征和图腾，刚刚经历了人类历史上规模最大战争的人们相信，他们在废墟上重建的新世界会像这座城市的摩天大楼一样，更高、更新、更好。

明天会更好。这是彼时人们的普遍认识，一种约定俗成的真理。至于十年后的大萧条、二十年后的二战，以及更远的冷战核威胁，在1922年的人们听起来，简直像是天方夜谭。

而在这个27岁的年轻人眼下正撰写的书中，虽然社会主义是他理想未来的最终归宿，但他并不认同暴力革命式的社会巨变，或者一个阶级推翻另一个阶级的历史使命。他认为那不能解决现代以工业模式为基础的文明中的根本问题，并斥责其为党派乌托邦，虽然改变了社会分配方式，却没有改变现代社会秩序。同时，他也对周遭巨大物质繁荣中的光怪陆离抱有深深的警惕。在纽约的小小书斋里，芒福德不仅预言了战争在不远的未来终会爆发，甚至开始质疑和批判在世界各地都被认为是最正确的民族国家意识与高度分工组织化的工业生产。

过去的几年，他一直是大学里的旁听生，却从来没有获得过任何学位。因为结核病，此前两年，他被迫从纽约城市学院退学。但是他相信，通过强悍的自学，他已经得到了足够的知识积累,可以独立思考和写作。如今,成为 The Dial(20世纪英语文学现代主义先锋杂志)副主编可以视作对于这种广泛自学的证明。

但这仅仅是纸面的内容,在他心中,最重要的知识其实就藏在这个大都市里。如果捕鲸生涯是赫尔曼·梅尔维尔(Herman Melville)的大学,整个曼哈顿——人类在20世纪建造的现实乌托邦就是芒福德的大学。克莱斯勒大厦的尖顶闪耀如星芒,布鲁克林大桥下藏污纳垢,百老汇大街声色犬马,皇后区的尾巷里秽臭横行。

在1922年,他在这座世界之巅的城市汲取着现代生活的营养,也收集着批判和反思的力量。探入表象之下,他试图通过自己的探索得出"我们该往哪里去"的结论。

为乌托邦立传

回到一百年后,如今"反乌托邦"的概念正成为大众流行文化里庸俗的故事背景,而它的源本正面——乌托邦,地位甚至已经不如幻想文学作品。今天依然有人在全球现有的经济政治秩序之外探索人类另一种生活方式的可能性,他们相信人类可以依靠自己的理性拥有一个更好的未来。对于他们的所作,媒体会在报道中使用"乌托邦"的字眼,暗示其脱离实际、终将失败的归宿,而这些人则拒绝自己被冠以"乌托邦"之名，以显示他们的事业并不是空想的无本之木。

《乌托邦的故事》可以为今天被污名化的乌托邦正名。芒福德在书中写到，人类世界在物质和精神的双重作用下走到今天，物质世界在历史变迁中繁盛又衰亡，但精神世界却一直绵延。精神世界不是附属产物，而是整整一半的人类历史。想象不存在的世界，是从四万年前的认知革命开始后，人类就拥有的天性。当人们不再满意现实，而在精神世界里构思更美好生活的时候，乌托邦就诞生了。

芒福德界定了"逃避式乌托邦"和"重建式乌托邦"，我们该感谢他把痴人说梦、幻想和宗教中的"彼岸"从严肃乌托邦的世界中剔除。通过"重建式乌托邦"，人们开始从宏观和细节上全面考虑一个可能的美好未来，这些细节往往深入到政治、经济、技术、宗教、文化、社会各个层面，这种深度和理性的构想，让乌托邦拥有足以干预现实的力量。

乌托邦不是真的，但来自乌托邦的消息确是真实的。正如阿纳托尔·法郎士（Anatole France）所说："这些崇高的梦想逐步变成有益人类的现实世界，乌托邦是一切进步的本源，是进入未来社会的指南。"乌托邦不是天国，不是封闭的田园故土或模糊美好的旧日时光，它总是站在和现实世界平行的另一边，与其一起运动。

乌托邦绝非一成不变。人类的历史在演进，帝国在衰落，领地在更迭，宗教在生长和冲突，对于每一个时代不同的"糟糕"，乌托邦给出的更好的想象也必然不同。

芒福德读取了两千年来乌托邦的几个经典档案。柏拉图的《理想国》是所有现代乌托邦的来源。刚刚经历了伯罗奔尼撒战争的希腊各城，让柏拉图在构想理想国的时候形成了一个核心理念，那就是为以往混乱无序的人类生活找到一种合适的秩序。他认为人类生活存在一种更好的方式，这种方式可以通过思考和构想来实现。正是这种理念，激励了从托马斯·莫尔到欧文、傅立叶、马克思……所有"重建式乌托邦"的设计者们。

书中的每一章，都是对一个时期乌托邦世界的游览。从每一次游览中，我们都会发现，今天身处的世界和被视为幻想的乌托邦世界的相似之处是如此之多。事实上，从16世纪开始，主要乌托邦作品所描述的物质世界，在今天都已经实现过了。

16、17世纪，伴随新大陆的发现而产生的乌托邦热催生了《乌托邦》《基督城》《太阳城》三部经典著作，通过康帕内拉（Tommaso Campanella）的《太阳城》（*The City of the Sun*）和培根（Francis Bacon）的《新大西岛》（*The New Atlantis*），我们站到了工具乌托邦的入口。此时，虽然蒸汽和钢铁还没有替代知识、田园、学院和人文，但这个入口一经打开就关不上了。人类要利用他们掌握的知识和力量做些什么?这一问题催生了此后众多迷恋物质创造与生产的乌托邦。

18世纪末19世纪初,工业革命摧毁了一切温情,人与人之间的关系变得赤裸。在傅立叶和詹姆斯·白金汉的乌托邦里,对美好世界的思考开始从物质世界深入到社会生活的组织模式中。

在19世纪,民族国家的政治形态与资本主义工业生产的经济形态结合,催生了现代乌托邦的构想。在卡贝(Etienne Cabet)的《伊加利亚旅行记》(*Travel and Adventures of Lord William Carisdall in Icaria*)和贝拉米(Edward Bellamy)的《回顾》(*Looking Backward*)中,我们看到国家在以工业生产的方式高效运作。早在社会大生产、跨国资本、法西斯主义和斯大林模式之前,国家成为公司、高度组织化的社会、追求绝对理性和效率的情形已经在乌托邦中率先实现。

而在芒福德所在的20世纪20年代,19世纪的乌托邦已经借由新生的"超级都市"演变成了"恶托邦"。他提到,现代民族国家的理念正是建立在超级城市的基础上,国家越强大,超级城市的神话就越深入人心。

超级城市整合了庄园和焦煤镇这两个完全不同的场域。"庄园关心的并不是整个社会的福祉,它只在乎统治者的幸福。"这一幸福的具体表现则是用品位代替审美，进而发展为对物质无限的、趋于偏执的占有。而庄园式生活对物质的渴望催生了焦煤镇——纯粹的工业生产中心。它的存在是庄园的反面。如果庄园是花园，那么焦煤镇就是垃圾场。在这里，对生活品质的追求被压抑到了一个非常低的水平。

然而，恰恰是焦煤镇的流水线生产保障了超级城市的运作，给予城市促使人们更加相信民族国家神话的能力。而庄园则为超级城市的居民提供了消费的场景和驱动力。

这一畸形结构进入了恶性循环一般的稳固状态，"焦煤镇是生产者的地狱，庄园是生产者的天堂"。它们给城市供给了精神和物质的双重能量，由此产生的景观在《了不起的盖茨比》这样的文学作品中完美呈现了出来：轿车从长岛的富豪山庄启程，穿过灰黑煤渣覆盖的"脏乱差"的城市郊区，最终抵达纸醉金迷的大都会。

芒福德的希望

事实上，很难用一种完全讨论和评析的方式来谈论《乌托邦的故事》。在出版信息里，这本书被归为"文化人类学"著作（中文版由梁本彬、王社国翻译），但作者芒福德从来不是一个人类学学者。

他在建筑、技术、文学、社会、现代生活等等方面都有大量独到、综合的分析批评。他甚至不把自己定位成一个学者，不喜欢别人把他当作某一领域的专家。他几乎大半生为《纽约客》撰稿，他更愿意被人看作是一个纯粹的作家，一个"有感而发"的独立知识分子。

他确实非常独立，他的观点不同于同时代法兰克福学派的主流批判声音，也区别于自由主义、无政府主义或者马克思主义，他主张对社会进行渐进过渡式改造，而不是通过党派和革命来夺权。大概正因为如此，他能摆脱党派和流派，构建一种芒福德式的人文思想。美国作家、评论家马尔科姆·考利称他是人类最后一位伟大的人文主义者。

《乌托邦的故事》可以被视为芒福德人文思想的第一次综合呈现，正因为如此，要进入"乌托邦"，必须进入芒福德。作为对历史上重要乌托邦思想筛选和再发现的著作，《乌托邦的故事》却绝不是一本讲乌托邦的历史书或者对经典乌托邦的文学批评。一方面它非常理论，试图分析人类历史进程在精神层面的"社会实践"；另一方面它又非常实用，几乎是在号召我们去系统整理这些遗产，吸收对的，总结错的，再丢下书本、付诸实践。

《乌托邦的故事》确实是用讲故事的方式进行的，芒福德优美的、散文式的语言营造了非常美妙的阅读体验。在思维的闪光点上，常能读到他那些领先于时代的论断：

二战注定会发生、消费主义时代将要到来、民族国家只是一种故事和想象……这是存于纸稿却跨越时空的交流和认同。

作为苏联体制和资本主义的双重反对者，芒福德始终坚持着自己的乌托邦理念。在全书末尾，他也提出了主张。芒福德反对现代生产从商品到城市乃至生活的复制过程。那么，应该如何实现差异？与过往的理念不同，芒福德并不认为存在一个唯一的乌托邦，而是诉诸建立一个由不同乌托邦实践所组成的世界。世界上并没有哪种完美的社会典范胜过一切其他的样态，"只有当我们关注每个地区的局限性、尊重历史的推动作用时，才能让地球与人类的幻想达成一致"。因此，需要从社区、从世界上每一个独特的区域开始，将每一个小型的、各自发展不同的乌托邦联系起来。

这一理念与他后期有关田园城市的理论保持一致。然而又不免存在一个内在其中的悲观注解：只要民族国家的神话依然有效，依靠庄园和焦煤镇构成的畸形的超级城市将永远存在，而零星散播如"星星之火"的乌托邦，在这样的结构中能够存在乃至壮大的概率又有多少呢？

我们还有更多可能吗

改造世界的理想充盈在整个20世纪的一百年里。芒福德在20年代发出的声音独立却并不孤独。两次世界大战迫使人们回望乌托邦的遗产,芒福德和众多前行者的声音汇聚在一起,激发或者说唤起了乌托邦的巨大力量。凭借这力量,人们将有勇气去建造一个与现实不同的世界。在这个星球上,曾经有一半的人类真实生活在这样的世界里,并不断摸索改造他们所在社会的途径。

《乌托邦的故事》写在1922年,20世纪剩下的所有时间都是对"故事"的续写。我们都知道这一人类历史上最大规模的乌托邦实践,随着冷战终结而告终。而经由冷战胜利存活至今的当代世界,一如百年前芒福德眼前的纽约,技术主义者说我们在进行着第四次工业革命,相信这个世界会永不停歇地发展与上升。民族主义者不断强调自身的独特,但每一个国家的宏图又好像都是相似的模板。人们远离故土、走上街头,渴望改变却并不总能实现。保守的人们在建立越来越多的边界,着迷于驱逐与隔离。激进的人们则形单影只,寻找着呼吁着最基本的共识。环保主义者和批判的学者在发出末日预警,声音出现,回荡,终于消隐……

但是乌托邦未死。一方面,我们在用各种反乌托邦的文艺作品反思过往乌托邦的种种问题,另一方面,我们也在做着新型的乌托邦实践:合作生活、共同生活社区、社区支持农业(CSA)……它们就像星星之火,在主流之外,发出微小但清晰的光亮。在一次又一次的失败中，依然有人执着探索着人类或至少是一群人而不是一个人的更美好的可能。

但问题依然。在一个更大的世界内部，在不改变整个世界的前提下，我们可以封闭地建立一个小乌托邦吗？寄希望于用平等、独立、多点开花的社区组织替代贯穿着庄园和焦煤镇象征的民族国家都市？可以看到，在一百年后，我们反而顺着大都市这条路走得更远了。在这里，我们需要叫外卖、需要网购、需要城市的灯火、电水、垃圾处理。今天所有的乌托邦实践、所谓的独立社区是否只能尽可能远离这样的城市？但即便最遥远的乡村，依然受到城市的统治。

远离城市去进行小国寡民式的乌托邦实验是不可能的，恐怕我们需要从城市内部而不是外部做起，去改造城市而不是在荒野空地上创造一个与城市割裂甚至对抗的乌有乡。

"如果事物的本质是对抗性的，改革则必然走向失败"。芒福德从来不是激进人士。就像古罗马统帅费边一样，他们从来都相信渐进的力量。两千两百三十六年前，第二次布匿战争，执政官费边受命迎战直抵罗马共和国腹地的迦太基名将汉尼拔。面对"战神"汉尼拔，他避其锋芒，侧方袭扰，且战且退，从不理会元老院和公众乃至汉尼拔本人呼吁决战的声音。在八年的时间里，他把汉尼拔拖在了亚平宁半岛上，最终在他林敦大胜，凯旋罗马。

两千年后，英国的独立知识分子以他的名字创建了费边社会主义,希望通过渐进改良的方式创造一个逐渐过渡、增进的美好社会。芒福德正是费边社的核心成员。

然而历史总让人遗憾,费边至死也没有彻底击败汉尼拔。而世界最终也并没有像27岁的芒福德构想的那样发展。

在27岁之后,他的一生中不可避免地经历了大萧条、二战以及冷战,消费主义大行其道,资本主义击败社会主义赢得全球性的胜利。新的世界格局中,第三世界被工厂化,变成新的焦煤镇。追求庄园生活的梦想,也从财富愈发集中的资产阶级那里被移植到日益焦虑的中产阶级脑中,驱使他们成为现代符号消费的仆从。同时,今天我们的"超级城市"也并不因为5G和新能源变得和百年前的纽约有什么本质的不同。

但芒福德依然没有放弃他由城市所承载的乌托邦梦想。他会在40岁的时候,批判柯布西耶丑陋的现代主义城市设计,在66岁的时候和雅各布斯就城市未来的生死去处,展开激烈的论战。

回望乌托邦的历史,人类付诸的所有努力,都是历史中渐进的一步,一个微小的章节。但历史从不会终结,世界还在继续,摊开双手放弃探索只会导致它倒向更坏的那一面。毕竟,没有滴水,何来汪洋?

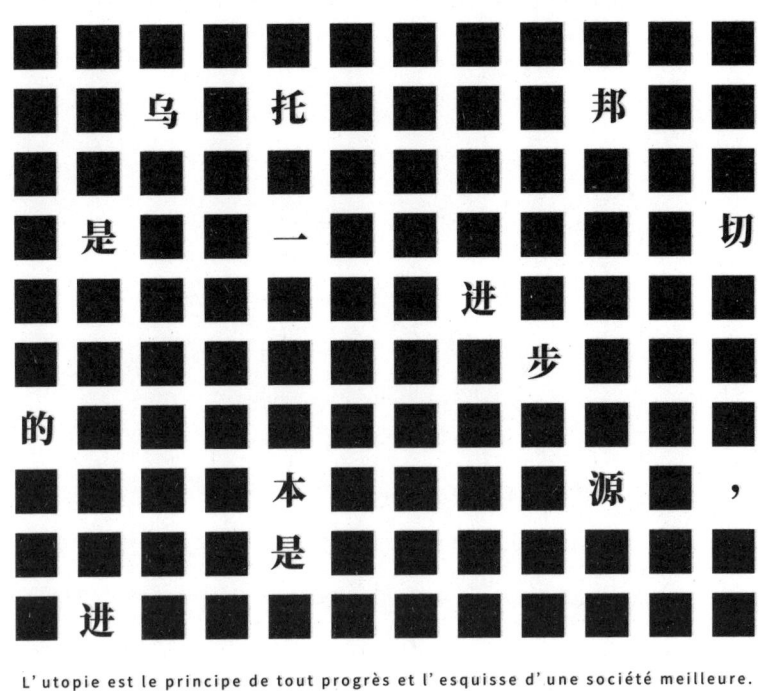

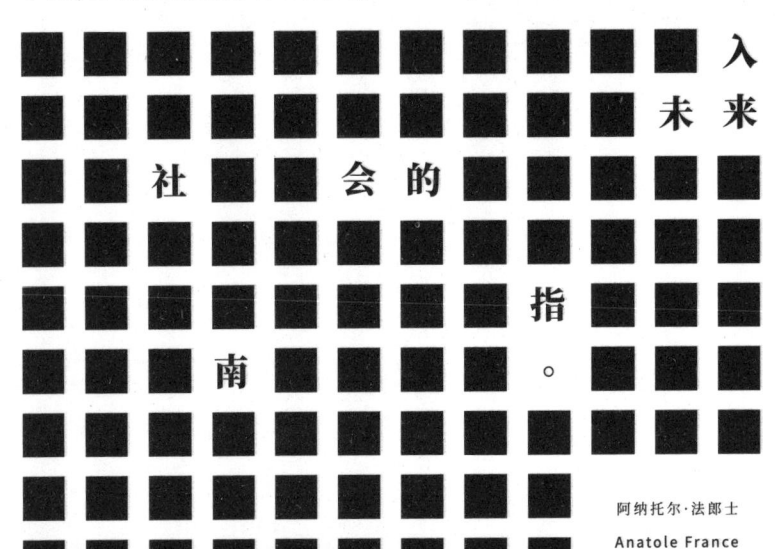

乌托邦是一切进步的本源,进入未来社会的指南。

L'utopie est le principe de tout progrès et l'esquisse d'une société meilleure.

阿纳托尔·法郎士
Anatole France

我说过，鲁毅的小说是当下最有希望的小说，这是因为在这些作品里我看到文学面对冰冷的现实时表现出来的充分自信以及自我满足。这自我肯定和自我满足都表现得如此坚定，毫不妥协，理由充足。但是，我同样说过，这希望的气味太过浓郁了，以至于希望永远只是希望。

玫瑰的牺牲
——评鲁毅《梁金山》

撰文　　彭剑斌

评论 □ 玫瑰的牺牲——评鲁毅《梁金山》

一名作家正在写一篇小说时,电话铃响了,一位朋友邀他出去聚一聚;这位朋友坐在约好的地点一边等他,一边读着一本小说打发时间;而朋友翻阅的这本小说便写到了这一切:作家的写作、电话、朋友的等待和阅读,以及这一切本身如何出现在小说里;小说还讲到了一宗谋杀案,而这宗谋杀案并不是文学的虚构(像我们在很多小说里读到的凶杀案那样),而是另一篇小说的内容;那篇小说和这篇小说一样,出现在鲁毅的第一本也是至今为止唯一的一本短篇小说集《梁金山》里面。这个故事可以翻来覆去地讲:鲁毅的第一本小说集《梁金山》里面有一篇写到某位作家完成的一篇小说,内容涉及了一桩谋杀案,而另一篇小说里也提到了这起案子——作为某位读者读到的小说的内容;这位读者正是为了等待朋友打发时间才读这本小说的,而他所等待的朋友正是那位作家:当时他正在写作,对方就打来了电话,而他正在写的那篇小说里便讲到了这一切……它可以像一个圆圈一样,从任何一点开始,在任何一点结束,不断地讲下去。

评判鲁毅小说的困难,就像面对这则周而复始的故事,你自己看吧[1]。它很好?它不好?在你还不知道我的动机之前,或者说在我自己还没有什么动机之前,再来看看鲁毅的另一篇小说——

一对情侣看到一幢高楼的顶部坠下两名跳楼者,重重地砸在他们脚下的地面上,死掉了;在其中一人的提议下,两人达成一致的想法:上楼顶去看看;于是像电影里面诡异的回放镜头一样,两个人爬上了楼顶,跳下,砸在地面上死了,一对情侣看到了,在其中一人的提议下,两人达成一致的想法:上楼顶去看看……这也是一个可以无限循环的故事,在这个故事里,一个人可以先看到自己的死亡,然后再奔向死亡,有点像某种购买行为。

这个故事看上去似乎是科塔萨尔的主意,你们再看看吧。

一个评论者故意颠覆他评论的作者的作品形象,这也许还是第一次。鲁毅小说的风格完全不同于我"复述"的这两则故事的风格。事实上,相对于他的小说,这些故事多少显得有些过时了。因为这种似乎含有深刻寓意的低级

---

[1] 巴塞尔姆《玻璃山》中第27个句子:你自己看吧。

评论 □□ 玫瑰的牺牲——评鲁毅《梁金山》

童话，总是试图与现实发生联系，而鲁毅的小说早已将这一无益的企图抛弃得干干净净。假若在一部作品的诸多品质中，你们更看重真实性的话，我肯定会这样为鲁毅的小说作出辩护：创作出一部作品，让它在某些方面显得真实并不难，一种不敢想象的挑战是创造出这样一些作品——它们刚好完全不反映现实。棘手问题的第一个突破口是，我看到鲁毅的小说反映的恰好仅仅是他的小说，尽管这不一定是他的挑战。

《世界1、2、3》是这本集子的第一篇，它的形式颇能说明问题——"形式"对于鲁毅这个研究对象来说，是一个很重要的关键词。它的副标题是"对人称代词的使用"，标题后的第一页（也就是说正文的一开始），便是一个注释，过分的对人称代词的并无新意的解说与阐释。这只是一个演练。

形式上的正文是三个互无关联的故事，分别以"我"、"你"、"他"和"她"作为主人公。这三个故事在每一页都各占有篇幅，直到各自自然结束，采用的排版方案是，用两条横线将每页分成上中下三栏，第一、二、三人称的主人公的故事分别对应第一、二、三栏。一个避免呆板的做法是，每一页中，横线的位置都不尽一致，各栏所占的版面时宽时窄；而且尽量不在一个自然段结束的地方划上横线（刻意的自然）。由于阅读的习惯，大段文字中间突然出现横线，下面的内容很容易被误以为成注释，注释下面再出现横线，则不妨视作对注释的注释。于是在这里，"他"和"她"（骑车郊游并情不自禁地在野外苟合）的故事（小说），成了对"你"（挤公交车、淋浴、打电话、约会、写作——记住这些，因为它们全都是鲁毅小说中单调得令人窒息的重要元素）的故事（小说）的一种注释，这两则小说都是对"我"（在麦当劳上班的女孩）的故事（小说）的注释。当你看完所有正文和"注释"之后，这篇名叫《世界 1、2、3》的小说还没完，尽管在 18 页（三则故事中的最后一则结束的地方）已经留下了那么多空白。

第 19 页是一则标题为《补充与说明》的黑体文字——从故事情节来看，《补充与说明》是鲁毅小说中最精彩的一篇，虽然它只是《世界 1、2、3》中的一部分——形式上很像是某人为这篇小说写的一篇放在后面的序，或跋，或评论（我更喜欢这种说法）。

我们打量着这一形式：《世界 1、2、3》在形式上描绘了一本书的形式——也是对文学的最形式因而也最敏感的描述。它由标题、副标题、对标题的注释（这是对特殊情况的考虑）、正文、注释、对注释的注释（这也属于特殊情况）以及评论组成。正文里的"注释"又可以理解成为对文学无穷无尽的阐释。这是形式最宽阔的隐喻，一道最边缘也最简单的弧线，它干脆直接将"文学"圈在了里面。

评论 □ 玫瑰的牺牲——评鲁毅《梁金山》

而敏感也正是因为如此。这不是作者的敏感,而是作者将自己置于一个十分敏感的位置。坚持这种纯粹的理解的话,作者只写了一篇小说,那就是关于"我"(在麦当劳上班的女孩)的小说。

到此为止,我已经对鲁毅的小说作出了三种解读(两个无限循环的故事和一个关于文学本身的隐喻)。前两者是故意颠覆他作品风格留给人们的印象,为其作品添加了莫须有的现实意义,后者是故意避开作者设置的深刻含义,将目光停留在最简单也最直观的层面上。鲁毅的小说是我读到过的最有希望[1]的文学作品,尽管这希望过于浓郁,以至于希望的味道永不散去。在他的小说里,人物总是做出如此标准的文学动作,有着如此端正的文学视角,其作者用这样一种比较糟糕的方式告诉我们一个绝对的真理:文学的全部价值在于它恰好不是现实。他造成了自己的牺牲。所以我必须完全摆脱他对自己作品的全部期待,用一种对待他作品最有效的方法——"误读"——来分析他的小说。因为文学是一种魔法,它代表的是一种向着文学

---

[1] "希望"不是指文学给读者带来生活的希望,而是针对当下的写作者(例如笔者)而言,因鲁毅文学的纯粹性的感染,而受到鼓舞,从而对未来的文学创作抱有希望。所以也跟已经属于过去式的经典文学无关。

本身的难度迸发时的极度自由，除了艺术自身所要求的高度而带来的重重困难之外，它是不受任何约束的。

《世界1、2、3》中关于"我"的部分，是鲁毅小说里面我最喜欢的"故事"。那也是他自己绝无仅有的一些文字，尽管在很大程度上说，那不完全是他的原创。而是根据真实世界里别人的生活和话语加工而成的作品。那些生活的场面，漫不经心的吐露和别扭的表达多么真实、鲜活，然而这些在作品里面，又恰好不是现实。它遭遇了沉闷的注释，文学的注释，在形式上。还是在形式上——因为我不知道这些单独存在过的各部分[1]之间在创作时间上孰先孰后——注释的注释，那个关于"他"和"她"的故事，以一种简单的粗暴靠近了少量的恢复后的"有趣"。但它以后就再也没有出现过了。

充斥着鲁毅的虚构世界的是失去光泽的动作的丛林。首先目的被隐藏了——那是照亮人物行为的远处的光——黯淡了。人物迷失在自己发出的众多动作之中，他们生存的意义被剥夺，充公给了文学。鲁毅提供给这些人物的是最基本的仅够活动下去的东西（对他们而言与其说是帮助，

---

[1] 《梁金山》里面的小说大多数是用新的组合形式将以前的多个独立作品拼接成新的篇目。比如《世界1、2、3》的前身是四篇独立的小说。

评论 □ 玫瑰的牺牲——评鲁毅《梁金山》

不如说是约束):万有引力、运动定律、浮力原理、光学原理、物体的物理属性、量子力学、基础数学、气象现象……鲁毅这位上帝给他这个仍然以现实世界里的物理法则为客观基础的虚拟世界带来了物理人,他们装模作样地过着人类的日常生活。

这样一个沉闷而稳重的世界,借着它的创造者的细腻和沉着,抵消了生活的重力,向上飘浮到了理想的境界:恰好不是现实,也恰好不反映现实的境界。

那么鲁毅小说与现实的切点在哪里?——它不可能没有。

我刚才说过《补充与说明》这一部分是鲁毅小说里面情节最精彩的部分。它几乎贴近了现实中的关系,与更多可能的生活的概念做了一次危险的近距离的接触。但它又的确是最令我失望的一个故事,这种失望来自于弥漫在故事之外的语气,它暴露了他的优越——这种优越同样属于所有的好小说家,或者说来自于小说艺术本身。

林强最终选择了打电话给前女友(现在什么都得冠之以"前"字了)。这需要一些勇气和傻气,正好这两点他都有。他运气不错,是她接的电话。一开始他就约她出来坐坐。她说她结婚了。他确实被这一消息吓了一跳,可也只是那么短暂的一会。他还是颇为大度地用诚恳的语气继续约她而没有退却。事情的发展有些出人预料,她的回答也极为爽快。很快,他们就会在他家附近的"乐达咖啡茶室"见面。这是他们以前经常约会的场所,她也并不避嫌。马上,我们就能见到他匆匆地收拾之后出了门。

很多时候自信就像一个人身上的缺口,通过这道口子,他的内在于无意之中让人一览无遗。"这需要一些勇气和傻气,正好这两点他都有。"在鲁毅小说克制的语言里面,这些字眼的出现绝对是一个粗心大意的奇迹。这里暴露出来的不仅是它本身,而且已经让人隐约感到一些不祥。鲁毅潜伏的春雷在内心深处隐隐传来,很快更多不谐的声音越来越真切了,我发现了更多、包括一些之前被忽略了的苗头:

不怕告诉你,真的没什么。……(而不是我们自以为聪明的他和她终于结合在一起)……他们各自的爱情故事惟有他们私下里分享,别人无从得知的同时也不会有任何兴趣。……我们在他跨过门槛的那一刻按下手中的腕表,之前我们已经像警匪片中的突击队员核对过各自的腕表。……那么,他出了门,向左拐,反正不是向左就是向右。……他运气不错,是她接的电话……无疑……现在……毫无办法,她就是冯娟娟。……假设……当然……关键在于……

评论 □ 玫瑰的牺牲——评鲁毅《梁金山》

我越看越震耳欲聋。无法再继续引用,现在我感觉通篇都是这种苗头,每个字都带有该种气息。这到底是属于一种什么性质的气息呢?让我来尝试着翻译一下吧(如果气味可以翻译成文字的话):这是小说;我说了算;但我决不会乱说。

正如鲁毅笔下的客观得益于他深厚的文学修养、端正的文学品味、高度的艺术自觉和扎实的叙述功底,身处小说王国的他,凭着他从未证实的优越感和慌乱的自信,一种可怕的主观不被察觉地一同流露出来。这种主观就是对世界的评价,代表小说对我们的现实(生活现状和文学现状)指指点点。在我看来,可能这就是鲁毅小说与现实之间的切点:那唯一的一点联系。

在鲁毅的好几篇小说里,除了有不止一个叙述者之外,通常会出现一个书写者。如果这几篇小说里的书写者是同一个人的话,那么这是一个左撇子,用左手写作的人[1]。说到这里,我自然地想到一个约定俗成的说法,人们形容某位作家兼事不同的文学体裁时一般会引用它,比如说,如果既能写诗又善于写小说,人们便说他"左手写诗,右手写小说"。鲁毅正是如此。他的诗歌读起来,与他的小说

---

[1] 在《旅馆的房间,又名乌有》里面,提到了书写者的这个细节:"我的左手拿着笔。"

是相通的,甚至感觉雷同。这种感觉便是优越,是赋予自身的一种资格。

《补充与说明》中的暴露是一个特例,在其他的篇章里,他掩藏起这种不被欢迎的锋芒,使得它更加气息化,微若游丝——某种诗人特有的、不动声色的揶揄。鲁毅掩藏起来的不是评价世界的做法,而是世界并不值得评价的想法。这种想法本身便是对世界的最无情的评价。

也许他知道,染上生活的气息就代表着放弃了评价世界的权利。在"麦当劳女孩"的故事里,一切都不触及这个世界,"上早班的时候是一个游魂,默默在做,不需要什么心情"(这是他小说语言里面少有的灵活的典范)表达的就是这种茫然。而从第三人称的故事开始(注释的注释),"从阳台上往下看,失去了当时身陷其中的现场感:迅速移动的重达五吨的汽车带起的阵风掀起了衣服的下摆,甚至推动着单车向前加速。"——这是第一次预感到将要作出评价,但已经不是第一次评价。"方向盘在司机的手下不时地按顺时针或逆时针转动着。"到此,他已经完全熟练了这种表达——典型的鲁毅的语气,物理学词汇的大量出现,表明了他内心的严肃、对肉眼可观的世界以及别人反复说出来的世界的严重不放心。

对鲁毅小说的意义的探讨,必须停下了。也许我们发

评论 □ 玫瑰的牺牲——评鲁毅《梁金山》

现了一些东西。但这远不是最重要的。小说揭示出来的意义（我是说我们在这里徒劳地翻找他小说里面的意义）并不等于小说存在的意义。要言说后者，则应该放眼更表层的东西。因为意义总是浅埋在表面上。

比如语言。没办法用几个老套的形容词来概括鲁毅小说语言的特色，我试着指出这样一种发现：除了刚才提到的几个特殊的例子外，鲁毅绝大多数小说里面的语句可以整段整段地互换。正如一条平静的河流，从上游截取的一片水面，可以放到下游去。

他不仅喜欢用语言来展开现象中的细节，同样喜欢打磨语言本身的细微之处。在《梁金山》里面描写一个男人浇花的一句，同时也是他使用语言这项工作的生动写照："现在他往花洒里灌满了水，开始浇花，直到确保每一片叶子都带上水珠时才停手。"鲁毅对语言的要求，就是要确保"每一片叶子都带上水珠"。

这种谨小慎微还可以从另一个方面看出来：他的小说的自然段都不长，一般都在十二行字以内。他的每个标点只负责中等长度的字数（也不会太短），大多数在十二至二十字之间。他将语言填塞在这固定的格局里，仔细地打磨它，让它显得光鲜、漂亮，具有流线的外型，而它则忠实地给出他想要的效果，那些精确的意思和模糊的意义。它们相敬如宾，好像从来没产生过矛盾，"她单手套在吊环里站在离我——我只能用五个人的身体这样的尺度来描述我们之间的距离——七个人的身体之外的后车箱里。"他经常能够这样化危为安。在语言的运用上,他缺乏一种狡猾的意识:对语言的危机加以利用的意识。

在写这篇评论的同时,我思考了一些关于文学的影响方面的问题。我得出了一个让我自己也吃惊的结论,它似乎很有道理。这个结论是:在写作的实践中,从那些给我们造成影响的大师们身上,我们只能遗传他们的缺点。大师们在写作方法上的优势既是较难复制的,也是我们自己不愿学习的。因为那会留下很明显的痕迹。但是他们又确实是我们的导师,除了在精神上受其恩惠之外,我们在写作的实践中也会不可避免地受其影响。既然我们时刻注意着不要借用他们的优势(那相当于他们的专利和商标),那么不知不觉中被吸收的便会是那些不易被察觉的薄弱环节。我想将这个理论用在鲁毅身上。

比如,罗伯-格里耶(Alain Robbe-Grillet)作品中最突出的优势——传奇性、人物身上那真正的幽灵气质等等——并没有出现在鲁毅的小说里;相反,大师作品留下的隐患却在鲁毅的作品里变成了现实——被摄像机取代的语言、打破时序引起的混乱和阅读的沉闷、蒙太奇的毫无个性。他同样没有从博尔赫斯那里盗取什么,除了这位大师在语言上的一丝谨慎和从来不敢对语言造成

评论 □□ 玫瑰的牺牲——评鲁毅《梁金山》

任何伤害的略微胆怯。

因为没有尝试去对语言造成适当的伤害,所以这过于舒适的语言便对他的小说造成了伤害。语言本身没有帮助作者去达到一种深深的不安,甚至不适。它不是巴塞尔姆(Donald Barthelme)所言的那种"别别扭扭、累断脊梁的句子……",也不具备"因其脆弱而倍受珍爱、与石头的坚定正好相反的结构"[1]。简单地说,他的语言只朝着一个方向——积极的方向——封闭和完善着,并取得了卓越的成效,但是语言更适合以消极的面目出现,艺术也在更多的情况下以这种消极为不可或缺的养分。

既然刚才说了要着眼于表面,就很有必要再谈一谈鲁毅的形式。任何东西的表面都是形式。对于这些小说来说,它们存在的意义全部都刻录在这表面上了。

形式被他处理得最成功的地方,就是这种形式诠释了形式本身。一个事物,乃至整个世界,越深层越有道理,因为埋在深处的那个核心总是不断地利用将它包裹起来的一个叠一个的层面来作为自己的原因和条件。挖掘事物的

---

[1] 巴塞尔姆在接受麦克弗里的采访时谈到,他寻求的是"一种特殊的句子,或许更着眼于它的别别扭扭,而非它的美丽之处,一个累断脊梁的句子……。"而"句子是一种因其脆弱而倍受珍爱的结构,与石头的坚定正好相反。"则出自于他的小说《句子》。

过程，其实是一个不断推算的过程。唯有表面即形式是偶然的，无法解释的，也是最敏感的。因为没有任何一条道路可以通往形式。

不管是《世界1、2、3》，还是《旅馆的房间，又名乌有》，或《午后微风》，又或是《梁金山》，都以相同的形式呈现出其作者对小说形式的这种思考的结果。在这四个小说里，多主题是它们共同的特征，在每篇小说里，多个主题之间并不重叠，也无关联。甚至可以说，完全是三四篇独立的小说拼凑在一块，组成了一篇新的小说。但仅仅因为如此，这篇新的小说便有了如此不可更改不可辩驳的形式，一种强大的存在的理由。鲁毅一直寻找的就是这种理由，他用好几年的时间不断地修改他的作品，直到他发现了这种形式，在形式里培养起了这种难得的自信。他将那些看起来显得毫无道理的作品塞进这种形式里，就像把一个人存在的事实和存在的时间（也就是这个人的内容）嵌入一张面孔里，这张面孔便立即成了此人存在的全部理由。再也无法抹去。

然而，这一形式的最大的缺点就是它过多地呈现出对文学本身的思考（这种思考本身也是一种形式），从而破坏了小说通过自身进行自我探索的必要程序。这使得他的作品里面看不出自然生长和摸索的痕迹，而更像是一种——仅仅是一种——产品展示。另外，他的形式伤害了小

评论 □ 玫瑰的牺牲——评鲁毅《梁金山》

说的结构,或者小说的形式取代了小说的结构。对小说艺术来说,这是得不偿失的。如果说形式允许留下明显的人为痕迹,那么小说的结构则是一种相对自主的属性,它只由小说自身决定;形式是可以看见的,而结构则只能供人想象。

只有在万事俱备的情况下,人们才会去指出还欠东风,并且夸大这一缺陷的重要性。鲁毅小说的价值和缺憾都在于,它本来可以具有更突出的价值。若不是因为有这样的可能性在,在这儿指出他小说的这些不足立刻变得毫无意义。

我说过,鲁毅的小说是当下最有希望的小说,这是因为在这些作品里我看到文学面对冰冷的现实时表现出来的充分自信以及自我满足。这自我肯定和自我满足都表现得如此坚定,毫不妥协,理由充足。但是,我同样说过,这希望的气味太过浓郁了,以至于希望永远只是希望。我真担心我们的优秀作者们埋头写到一百年后,仍然怀揣着这同样的希望,那其实是一件坏事,是于最有希望之处失去了希望。

鲁毅小说里面,人物完全摆脱了现实杂质,散发着浓浓的独特的文学气息,这是因为他一坐下来写作时,面对着的便是一个已知的文学秩序,一处过于理想的虚构之巢。他的写作只是对这意料之中的理想进行实践或证实的过程。如果这是一片小树林,在鲁毅到来之前就存在于那里了,那么他所做的一切都只是细心地灌溉它,直到"确保每一片叶子上都带上水珠才停手",然后看着它们成长,成长参天大树。他是我们这些写作者中罕见的固执者,坚持使用单重标准的实践者。他创作态度的执着让人误以为他只能接受一种文学(一个像铁轨那样笔直的理念)。而其实鲁毅的文学趣味非常纯正,同样也不失包容与理解,他喜爱的作家难计其数,在文学鉴赏方面,他绝对是一个多重标准主义者。

在《旅馆的房间,又名乌有》这篇小说里,他再次露出他作为一个世界评价者的面目,对我而言,无异于一次惊艳的现身。这个句子激动了我:"只有玫瑰具有人人皆知的面貌。"这是在描述阳台的植物时突然冒出的一句评价,它体现出真正的焦虑:具有人人皆知的面貌是多么扫兴的事情,特别是对于像玫瑰这样的花来说。

我还说过:他造成了自己的牺牲。这种牺牲或许是巨大的,这种牺牲或许就像玫瑰花这样美好的事物,使自己丧失了具有其他不同的面貌的可能和途径。鲁毅在一种良知与责任的驱使下,自动担负起沉重的使命感——我想任何有着文学良知的读者在读到他的小说时都会感觉到这种沉重。正是他对文学的这种责任和使命将他限制了,他的单重标准、他的人物所发出的文学动作、他的世界评价者的语气、他对形式的严格追求、他的过于端正的小说语言,甚至他小说中"有趣"因素的骤然消失……都与此不无关系。正如一个深爱着自己女儿的父亲,在亲眼看到女儿的堕落时,怎么也没法再滋生出从前在女儿的床前讲那些哄她入睡的故事的心情了,而是突然变得严肃,严肃得让自己缺少了往日的活力。而文学的实质,更应该接近于那些父亲们在女儿们床前讲述的有趣的故事,而不是一张在堕落的女儿面前变得阴沉和暗淡的脸。

全球书情

撰文 郑羽双

枪的帝国：工业革命时期的暴力制造

Empire of Guns: The Violent Making of the Industrial Revolution Land

普里亚·沙蒂亚
(Priya Satia)著

Penguin Press 出版

战争究竟是推动还是阻碍人类社会的发展？18世纪在英国兴起的工业革命的真正推手，究竟是技术革新、生产方式的变革还是另有他因？人类历史发展的动机真的像我们所想象得那样和平美好吗？斯坦福大学历史系教授普里亚·沙蒂亚（Priya Satia）对这些问题的回答或许会颠覆我们对工业革命的美好想象。她的新书《枪的帝国：工业革命时期的暴力制造》讲述了英国光荣革命以降枪支制造、贩卖和使用的历史，以此论证枪支和战争在工业革命中的核心地位。沙蒂亚断言，英国的战争贩子和制枪工业不仅是工业革命的一部分，它们实际上导致了工业革命的发生。

在全书开篇,沙蒂亚讲述的关于她家族的枪击案,令我印象深刻。沙蒂亚的父兄巴拉特(Bharat)因为土地纠纷在愤怒中失去控制,开枪射中了他的叔叔巴拉吉(Balraj)。沙蒂亚和其他亲戚都无法相信巴拉特是故意这么做的。她说,如果巴拉特手持的是刀,他绝不会做出这样的攻击性行为;是枪的特性——可以不需要太多情绪力量就可以轻易扣动扳机——赋予了巴拉特他本身所不具备的能力,或者说,是枪塑造了那一刻的巴拉特。

的确,在沙蒂亚看来,枪是具有能动性的,也具有工业生命、社会生命和道德生命。在书中,沙蒂亚通过关于伯明翰枪支制造商小萨缪尔·高尔顿(Samuel Galton Jr.)的丑闻,引入了对枪支这三重生命的阐释。高尔顿不仅是英国最著名的枪支制造商之一,也是虔诚的贵格会教徒。但在1795年,贵格教会因为高尔顿的军火生意违背了教会反对暴力和战争的原则,要求他放弃这门营生。高尔顿因此对他的生意进行了公开辩护,声称每一位贵格教徒都实际上参与到了战争中,而且战争和枪支都有助于文明的发展。沙蒂亚认为,英帝国与枪支制造商共谋发动了工业革命,推动了帝国主义的资本扩张,赋予了枪支工业生命;枪支制造技术和使用方法的不断演进形塑了枪支的社会生命,改变了人们对它的功能和意义的理解;枪支生产过于细化的分工、帝国为保持行业分散所做的努力,以及各类制造商与政权的暧昧关系等因素，模糊了社会对于暴力和战争的道德责任，从而导致今天枪支管制的接连失败。

该书对于枪支、工业革命以及资本主义殖民扩张史大气磅礴并颇具责任感的阐释，也获得了诸多专业史家的垂青，被美国历史学会授予杰里·本特利世界史最佳书籍奖（The Jerry Bentley Prize for Best Book in World History）。

金山之鬼：华工建造美国洲际铁路的史诗

Ghosts of Gold Mountain:
The Epic Story of the Chinese Who
Built the Transcontinental Railroad

张少书
（Gordon H. Chang）著

Houghton Mifflin Harcourt 出版

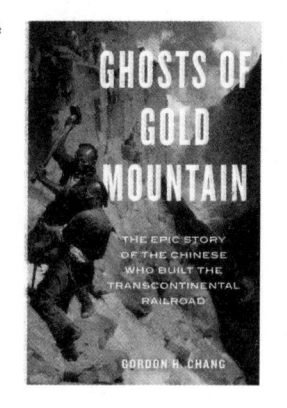

1869年5月10日，美国太平洋铁路正式通车。摄影师安德鲁·罗素（Andrew Russel）的镜头记录下了这历史性的一刻：由中央太平洋铁路公司修筑的西部路段与由联合太平洋铁路公司修筑的东部路段，在犹他州（Utah）的普罗蒙特里（Promontory）联结接轨。太平洋铁路的通车标志着首次实现以铁路贯穿美国的东、西海岸，把原本要花几个月时间走完的路程一下子缩短到六天，是美国历史上惊人的奇迹。黄华（Hung Wah，音译）作为参与铁路兴建的众多华工之一，也参加了这一通车庆典。

黄华受雇于中央太平洋铁路公司。与其他同时受雇兴建铁路的华工不同，他当时已经年过三十，而且在赴美之前,就接受过一些基础教育。在去建造太平洋铁路之前,他就已经在加利福尼亚州奥本(Auburn)的华人聚居地小有名气,因此,铁路公司的代理人找到他,希望通过他雇佣华工修建铁路。

斯坦福大学历史系教授张少书称,大约有两万名左右的华工受雇于中央太平洋铁路公司,占整个公司工人总数的百分之九十,但他们之中几乎没有一个人的名字被记录下来。张氏的这本《金山之鬼》就旨在从历史的缝隙中窥探、爬梳这群被遗落在历史边缘的华工的生命历程。通过对零散的档案、私人收藏、纪念物、政府档案、商业文书以及考古报告等资料的搜集、考察和研究,张著呈现了一百五十余年前华工如何从广东赴美谋生,在极其不确定的环境下做出艰难抉择并最终改写美国历史的史诗故事。在他的书中,那些在历史中失语的华工不再是静默的物体或温顺服从的人形工具,而是具有感知力和生命力的历史创造者。正如张氏在书中所感叹的,尽管无数华工魂归山林而至今不为人所知,然而这段历史注定是一组充满梦想、勇气、成就、悲剧和非凡决心的史诗般的故事。

蓝图：良好社会的演化根源

Blueprint: The Evolutionary Origins of a Good Society

古乐朋
（Nicholas A. Christakis）著

Little, Brown Spark 出版

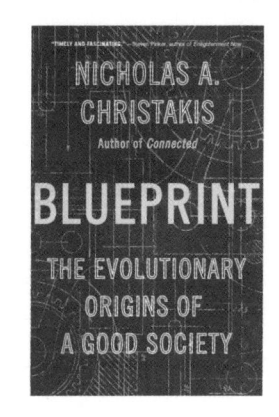

人类之间最基本的共同点是什么？人类之所以形成一个共同体而同被称为"人类"的基础是什么？这种跨越种族和文化的人类共同点是从何而来的呢？耶鲁大学斯特林教席（Sterling Professor）社会与自然科学教授古乐朋的最新研究成果《蓝图：良好社会的演化根源》，试图运用社会科学、演化生物学、遗传学、神经科学和网络科学的理论与数据，回答这些宏大却对人类社会演进至关重要的问题。

古乐朋教授通过实验得出，人具有与生俱来的内群偏爱（in-group favoritism），换句话说，人类天生就有对于其自身所处群体及其成员的偏爱。这种团结起来营建社会的能力，是人类作为一个物种的生物学特征。这一古老的

能力，在古氏看来，不仅明确了各个团体的界限，区分了不同团体的成员，允许人们去实现个人的或者集体的目标，同时也将仇恨和暴力降到最低。这项能力是来自不同族群、不同文化的人类所共享的、最基本的"共同人性"（common humanity），是自然选择的结果，根植于人类共同经历的演进过程，并且被记录在基因之中。在书中，古氏颇具新意地指出，基因不仅影响人类身体、大脑和行为的结构和功能，而且也形塑了我们社会的结构和功能，构成了"共同人性"的根源，并为人类绘制了良好社会的蓝图。

古氏从演化生物学的角度来解释人类社会的形成和变迁，认为人类社会的形态是由基因决定的。他进化论者的论调或许很难为当下"社会建构论"已成为普遍共识的人文学科所接受，但他对于现今科学研究的批判值得深思。在他看来，当下科学研究过于关注人类进化遗传的黑暗面，诸如部落主义、暴力、自私和残忍等负能量，而忽视了其光明和美好的一面。

这房子不是家：在广东和澳门的欧洲人的日常生活，1730—1830

This House Is Not a Home: European Everyday Life in Canton and Macao 1730–1830

———

丽莎·赫尔曼

（Lisa Hellman）著

———

Brill 出版

18世纪初至鸦片战争前的广州与澳门具有特殊的历史地位。一方面，它们不是传统意义上的西方殖民地，清政府拥有领土主权，极力控制西方势力通过通婚、定居等途径在当地渗透；另一方面，作为其时唯一的对外通商口岸和租借地，粤、澳两地分别迎接了大量前来从事贸易活动的欧洲商人，它们成为不同种族、文化和阶级相互交错、冲突和融合的空间。毕业于斯德哥尔摩大学的丽莎·赫尔曼博士，敏锐地捕捉到这一时间段广州和澳门两地的特殊性，在新作《这房子不是家：在广州和澳门的欧洲人的日常生活，1730—1830》中，运用跨文化（intercultural）及多元交叉（intersectional）的视角，着重关注瑞典东印度公司在华雇员这一群体，勾勒出了近代早期欧洲人位于清政府管制下的广州与澳门的日常生活。

与19世纪晚期欧洲进行的大规模全球殖民扩张不同，书中所呈现的近代早期全球化并非由欧洲占有绝对主导地位。在赫尔曼看来，这一时期，在广州和澳门的外国人需要与当地人相互依赖、彼此协商，并且时常在试图颠覆与默默适应并遵守当地秩序之间左右摇摆。正是这样的摇摆，重塑了当地的种族、性别和阶级秩序，也是早期全球化微观而具象的体现。为了管理和控制在华外商，清政府逐渐建立了一套关于外商来华贸易的制度。外商只能在规定区域居住，被禁止学习中文，不允许与当地女人通婚等。赫尔曼指出，无论是语言上还是生活习惯上，对当地生活的适应其实反映出一种定居的倾向，而这种倾向是被清政府极力阻止的。也正是因为如此种种"防止房子变成家"的限令，使得这一时期的早期全球化不同于之后的欧洲扩张。

此外，赫尔曼在书中着重论述了这一时期来华外商如何建构男性气质，以及这一过程的历史意义。这一点在其他关于中国对外贸易的历史研究中时常被忽视。在赫尔曼看来，对于从欧洲来华的精英而言，这种男性气质的建构意味着他们与中国中、上层社会的男性之间的互动。他们把自己塑造为经过良好教育的、值得信赖的商人，学者甚至是一家之长。与更晚近的欧洲殖民扩张不同，这一时期在广州和澳门,欧洲男性更需要调节他们的男性气质以适应当地的文化与传统。因为跨国贸易需要商人的文明表现,不管是对男人还是对女人,这也关乎他们自己国家的声誉。

从此刻到永恒：环游世界探索好的死亡

From Here to Eternity : Traveling the World to Find the Good Death

———

凯特琳·道迪（Caltlin Doughty）
拉迪斯·布莱尔（Landis Blair）著

———

Orion Publishing Co. 出版

凯特琳·道迪在她八岁的时候第一次近距离接触死亡。她看到一个女孩从购物商场的阳台上坠落而死。事发之后，她被很快地从现场带离，再也没有人和她提及这件事。道迪说，从那以后，她一直被死亡的恐惧所笼罩，女孩身体坠地的巨响不停在她耳边回响；如果她当时能够有机会接触到关于如何直面死亡现实的教导，或许她可以更快速地从目击那次意外的恐慌中恢复过来。

儿时的恐惧经历影响了道迪的职业兴趣和人生追求。道迪如今不仅成为了一位职业殡葬师，拥有自己的殡仪馆，同时也是一位积极倡导和推动当代丧葬事业改革的公众人物。她创办了网站"好的死亡秩序"（The Order of the

Good Death）和 Youtube 系列视频"请问殡葬师"（Ask a Mortician），以此提倡整个社会建立起对于死亡更加接受、开放的态度。

这本《从此刻到永恒：环游世界探索好的死亡》是道迪的第二本著作，同时位列美国《洛杉矶时报》和《纽约时报》年度十大畅销书榜。在这本关于死亡的"民族志"中，道迪以生动、幽默却不失深刻的笔触，描绘了她在世界各地所观察到的死亡仪式。她的讲述涉及科罗拉多州的科里斯通镇（Crestone）、印度尼西亚的南苏拉威西岛（Sulsel）、墨西哥的米却肯州、北卡罗来纳州库洛韦（Cullowhee）、西班牙的巴塞罗那、日本的东京、玻利维亚的拉巴斯（Michoacán）和加利福尼亚州的约书亚树（Joshua Tree）等地的葬礼及当地人面对死亡的态度。道迪认为将这些地方的多样经验书写出来，能够让美国人重新认识死亡的传统与意义。美国在 20 世纪经历了对死亡态度的巨大转变。现代医疗和科技的迅速发展、美国殡葬行业的繁盛，使得葬礼不再由家庭和社区来承担，尸体也被从日常生活中隔离开来。在道迪看来，这些都使社会对死亡和失去生命的尸体变得漠然和恐惧。她希望通过她环游世界寻找来的这些关于处理死亡的好的经验，来帮助美国人重新建立与逝者之间亲密友好的关系，克服社会对于死亡的恐惧。

○ FEATURE

003   Ostwald
Thomas Flahaut

037   Le Paradoxe d'Anderson
Pascal Manoukian

063   Vivre Ensemble
Émilie Frèche

079   Le Langage des Fleurs
Hubert Haddad

093   Ouroboros
Hubert Haddad

103   Le Troisième Continent
Ivan Jablonka

≋ ESSAY

123   From New Lanark to New Harmony
Ou Ning

177   Straw for the Fire
Christopher Merrill

+ ART

194   The Club
Chen Wei

⋈ INTERVIEW

219   Do We Understand What German Writers Critique?
Yun Yetui interviews Wei Yuqing

SPOTLIGHT ON AUSTRALIAN LITERATURE

253 Is This Our Inheritance, O Lord, & Is That Your Voice We Hear Echoing on the Party Line?
   Matthew Hooton

261 Joseph is a Brontosaurus Man, Mary Misses the Ice Age
   Matthew Hooton

POETRY

273 With a Nail and a Feather, Mending the Tattered Sky
   Zheng Xiaoqiong

REVIEW

295 The Restless Spirit of Utopia
   Shen Lüjun

311 The Sacrifice of the Rose: on Lu Yi's Liangjin Mountain
   Peng Jianbin

329 New Books around the World
   Zheng Yushuang

文章摘要

Issue Overview

Allen Young

From *Ostwald* — Thomas Flahaut

The simmering conflict between Noël and his brother Félix erupts into the open when disaster strikes at a nearby nuclear power plant. Trying to flee to join their mother in Marseille, the two brothers instead find themselves trapped in a refugee center that strongly resembles a concentration camp. This excerpt from Thomas Flahaut's novel *Ostwald* offers only a glimpse of the plot—a family in turmoil, a modern industrial system in crisis, a corrupt government tottering on the verge of collapse—yet it reveals the author's formidable expressive talents.

From *Le Paradoxe d'Anderson* — Pascal Manoukian

Armenian-born writer Pascal Manoukian imbues his creative works with a unique power drawn from his experience as a war correspondent and his profound insight into human nature. *Le Paradoxe d'Anderson* evokes the lost life of a factory town and raises a protest against globalized capitalism. As laid-off workers struggle to cope, their estranged children are trapped in a class destiny they're powerless to alter. The paradox of the title—that across generations, education does not always bring social mobility—is increasingly unsettling in today's world.

From *Vivre ensemble* — Émilie Frèche

The 2015 terrorist attacks in Paris turn Déborah's life upside down. Though she escapes unharmed, the calm, untroubled life she once knew is now only a dream. She abandons plans to live on her own after her divorce and instead arranges to move in with her boyfriend. Only nuanced, intimate prose such as this can convey the frailty and insignificance of human life in the face of extreme events. Flèche plumbs our deep longing to love and be loved.

Le Langage des Fleurs & Ouroboros — Hubert Haddad

Reading Hubert Haddad is a bit like deciphering a code: each time through you discover something new. Haddad writes with the charm and beauty of an older generation of novelists, but the subjects he explores are utterly contemporary. In the two stories presented here, an eminent doctor and an unambitious office worker share a certain temperament and sense of victimhood. What's propelling them toward death? How can they ultimately find meaning for their lives?

Le Troisième Continent — Ivan Jablonka

With a novelist's voice and a scholar's breadth of vision, Ivan Jablonka draws on his varied professional identities to rethink the nature of writing. In this essay he delineates a genre that has long resisted easy definition: a "third continent" distinct from both the literary and the utilitarian. Here the fields of literature, history, and the social sciences overlap, and the border between fiction and reality becomes harder to draw. On the map of human letters, this continent is a fertile land of hope and possibility.

From New Lanark to New Harmony — Ou Ning

Not just a tale of ill-fated idealism, this account of a real-life utopian community from over two centuries ago still has the power to astonish. Ou Ning chronicles the lives of Robert Owen and the men and women who followed him from New Lanark to New Harmony, offering a portrait of the mental life of an entire age. While Owen's utopian experiment came to naught, he played an undeniable and pioneering role in the notion that the good life consists of achieving the socialist ideals of equality and justice at the community level.

Straw for the Fire — Christopher Merrill

American poet and reporter Christopher Merrilll is the director of the Iowa International Writing Program, a position he's held since 2000. "Straw for the Fire" is the lecture he delivered in April 2017 at the International Conference on Education, Literatures, and Creative Writing held at the University of Santo Tomas in Manila. As Merrill argues, in a world that grows stranger and more chaotic by the day, serious discussion of literature and art is ever more necessary.

**Do We Understand What Germans Writers Critique?
— Yun Yetui interviews Wei Yuqing**

In this roving conversation, translator Wei Yuqing talks to critic Yun Yetui about literature, translation, and much more. Wei has translated several works of literature, philosophy, and aesthetics from German, and as one of the earliest specialists in the field, he's seen first-hand how Kafka, Hesse, Grass, and other German-language writers have been read and received by the Chinese public. He also possesses a keen insight into Germany's failure to truly unite after the fall of the Berlin Wall.

Is This Our Inheritance, O Lord, & Is That Your Voice We Hear Echoing on The Party Line? & Joseph is a Brontosaurus Man, Mary Misses the Ice Age — Matthew Hooton

One Way Street's spotlight on Australian literature welcomes its second featured writer, Matthew Hooton, whose voice is as vivid as it is elusive. Despite their sparse language, the two brief stories presented here resonate with drama and emotion. A bereaved mother, an absent husband: when words are inadequate to convey acute emotion, the spaces between them grow more eloquent. With his highly original method, Hooton invites the reader to enter his textual world.

With a Nail and a Feather, Mending the Tattered Sky — Zheng Xiaoqiong

American poet and reporter Christopher Merrilll is the director of the Iowa International Writing Program, a position he's held since 2000. "Straw for the Fire" is the lecture he delivered in April 2017 at the International Conference on Education, Literatures, and Creative Writing held at the University of Santo Tomas in Manila. As Merrill argues, in a world that grows stranger and more chaotic by the day, serious discussion of literature and art is ever more necessary.

The Restless Spirit of Utopia — Shen Lüjun

Focusing on a single book by a single author, this essay on Lewis Mumford's *The Story of Utopias* (1922) reexamines the meaning of utopianism in human society. Mumford began writing in the context of 1920s urban life, and his biography and works rest upon the foundation of several centuries of utopian thought. Now that utopia, equated with fantasy, has become an object of scorn, Mumford's book is especially relevant, both as a commemoration of past struggles and as an encouragement in the fight for a better future.

The Sacrifice of the Rose: on Lu Yi's *Liangjin Mountain*
— Peng Jianbin

Lu Yi's collection of stories Liangjin Mountain, published earlier this year, has dazzled readers with an unconventional form that nonetheless perfectly fits its content. Peng Jianbin calls the book "the most promising work of fiction," because its confidence and self-assurance show the full potential of literature, yet he also wonders whether it's too detached from real life. His review discusses not only Lu's stories but also the proper relationship between the literary and the real.

New Books around the World — Zheng Yushuang

In this issue's roundup, Zheng Yushuang selects books by authors who set out to see a world in a grain of sand. *Empire of Guns: The Violent Making of the Industrial Revolution* studies war's impact on society through the firearms industry; *Ghosts of Gold Mountain: The Epic Story of the Chinese Who Built the Transcontinental Railroad* explores the experience of China's nineteenth-century immigrants to the US; *Blueprint: The Evolutionary Origins of a Good Society* offers a genetic perspective on the human conscience; *This House Is Not a Home: European Everyday Life in Canton and Macao 1730-1830* sheds light on the experience of foreign traders in southern China; and *From Here to Eternity: Traveling the World to Find the Good Death* compares funerary practices around the world. From all around the world, these histories, large and small, offer a fresh look at the past and a new perspective on the future.

撰稿人

托马·弗拉奥（Thomas Flahaut），1991年生于蒙贝利亚德（杜布斯），在斯特拉斯堡学习戏剧，后前往位于比尔的瑞士文学院学习写作，于2015年毕业，现居比尔。《奥斯特瓦尔德》是他的第一本小说，探讨了社会关系和工人阶级文化的解体。

潘文柱，广东英德人，毕业于中山大学，出版有译作《拥抱》《亲爱的丽斯》《一个夏天》等。

帕斯卡·马努基扬（Pascal Manoukian），法国亚美尼亚裔记者，1975年至1995年期间于大量冲突地带（黎巴嫩、危地马拉、前南斯拉夫、伊拉克等）进行报道，长期担任法国新闻公司CAPA的主任。他还创作小说和散文，小说《回声》于2016年在布鲁塞尔书展上获得一等奖。

林苑，八零后，广东潮州人，毕业于西安外国语大学法语专业，法国里尔高等新闻学院硕士，曾任中央电视台法语频道主持人。她在机缘巧合之下发现了自己对文学翻译的热爱，之后陆续翻译出版了多部译作，包括奥利维埃·罗兰的《猎狮人》《古拉格气象学家》，德尔芬娜·德·维冈的《无以阻挡黑夜》《真有其事》，弗朗索瓦兹·萨冈的《你好，忧愁》等。2017年凭借译作《重返基利贝格斯》获傅雷翻译出版奖文学类奖项。

艾米莉·弗莱什（Émilie Frèche），出生于1976年，已经发表过十几部作品，积极与种族主义和反犹主义斗争，她的小说关注身份和融入问题。

范加慧，南京大学法语系文学学士、翻译硕士，现攻读文学博士学位，研究方向是20世纪法国戏剧。

于贝尔·阿达德（Hubert Haddad），1947年出生于突尼斯，诗人、剧作家、小说家。他以多种文学形式出版了许多作品，同时他还是创意写作工作坊的资深老师。

彭倩媛，广东外语外贸大学法语文学学士，法国司汤达大学企业传播硕士。曾任法国驻华使馆影视项目官员，中法文化之春艺术节媒介总监，界面正午运营总监。现任单向空间市场策划总监，电影节展人，撰稿人，翻译。

吴燕南，1988年生，法国巴黎第三大学文学博士在读。2018年在阿尔勒的中法文学翻译工作坊中感受到了翻译不可抗拒的魅力。

伊凡·雅布隆卡（Ivan Jablonka），编辑、作家。毕业于索邦大学，师从史学家阿兰·郭邦（Alain Corbin）。现任巴黎十三大学历史系教授，还担任电子刊物《思想的生命》(*La Vie des idées*)主编及思想团体"思想共和国"(*La République des idées*)的活动策划和主持。他曾发表《我未曾有过的祖父母的故事》(2012)和《历史是一种当代文学》(2014)。最新作品为《蕾蒂西娅，或人类的终结》(2016)，一部严谨与创意并重，探索文学、历史和社科之间边界的作品。

洪涛，法国社会科学高等学院（EHESS）近代当代中国研究中心（CECMC）社会学博士生在读，研究方向是社会运动。索邦大学文学院应用外语系助教。兼职翻译，也参与组织过中国独立电影节。

欧宁，艺术家、策展人、编辑。2003年在广州拍摄的纪录片《三元里》参加第50届威尼斯双年展，2005年受德国联邦文化基金会资助拍摄的纪录片《煤市街》在纽约现代美术馆首映。2005年至2010年创办和策划三届大声展，2009年出任深圳香港城市／建筑双城双年展总策展人，2011年出任成都双年展国际设计展策展人。2011年至2013年创办和主编共16期《天南》文学双月刊，2009年主编的《漫游：建筑体验与文学想象》和2013年主编的《刘小东在和田与新疆新观察》在莱比锡获两届"世界最美的书"奖。2010年在安徽黟县发起乡村建设项目"碧山计划"，2016年在山东烟台发起历史街区活化项目"广仁计划"。2016年至2017年在哥伦比亚大学建筑、规划与保护研究生学院任教。曾任第53届威尼斯双年展Benesse大奖评委（2009），日本横滨国际影像节评委（2009），古根海姆美术馆亚洲艺术委员会成员（2011），第22届米兰非洲拉丁美洲亚洲电影节评委（2012）和里斯本建筑三年展Debut大奖评委（2013）。

克里斯托弗·梅里尔（Christopher Merrill），1957年生，美国诗人，记者，翻译。自2000年起任爱荷华国际写作计划主持。

周嘉宁，复旦大学中文系硕士，作家，英语文学翻译。出版有长篇小说《密林中》《荒芜城》，短篇小说集《我是如何一步步毁掉我的生活的》等。

陈维，1980年出生于浙江，现生活工作于北京。他的艺术创作始于杭州，最初从事声音艺术创作与表演，而后转向于影像及装置。其作品在国内外重要展览与机构频繁展出。陈维于2011年获得亚太摄影奖，2015年英国保诚当代艺术奖提名。

云也退，生于上海，自由作家、书评人、译者，开文化专栏，写相声剧本，出版有思想传记类译作（《加缪和萨特》《责任的重负：布鲁姆、加缪、阿隆和法国的20世纪》《开端》等），《自由与爱之地》系原创作品首次出版。

马修·胡顿（Matthew Hooton），在温哥华岛长大，后移居英国，获得创意写作硕士学位，并凭借《德洛姆路》（Deloume Road）荣获首届格林和希顿奖（Greene & Heaton Prize）最佳小说奖。他曾在韩国多个城市担任编辑，现居加拿大维多利亚。

李鹏程，1983年生于山西，毕业于中国人民大学，曾做过报社记者、杂志编辑，现为图书编辑,业余时间从事翻译。已出版的翻译作品有《每当我找到生命的意义,它就又变了》《白宫往事》《如何参观美术馆》《谷歌时代的柏拉图》《第一夫人》。

郑小琼,生于 1980 年,四川南充人,2001 年南下广东打工。作品发表于《人民文学》《诗刊》《独立》《活塞》等。有作品译成德、英、法、日、韩、西班牙语、土耳其语等语种。出版诗集《女工记》《玫瑰庄园》《黄麻岭》《郑小琼诗选》《纯种植物》《人行天桥》等十二部。诗歌曾多次获奖,曾参加柏林诗歌节、鹿特丹国际诗歌节、土耳其亚洲诗歌节、不莱梅诗歌节、法国"诗歌之春"、新加坡国际移民艺术节、台北诗歌节、香港国际诗歌节等国际诗歌节,其诗歌在被多次被国外艺术家谱成不同形式的音乐、戏剧在美国、德国等国家上演。

沈律君,单读编辑。

彭剑斌,笔名鳜膛弃,湖南郴州人。著有短篇小说集《我去钱德勒威尔参加舞会》,散文《不检点与倍缠绵书》。

郑羽双,香港中文大学人类学系博士生,对于人类社会有着异常强烈的好奇心,偶尔一本正经,惯常插科打诨。

图书在版编目（CIP）数据

单读.23,破碎之家：法国文学特辑/ 吴琦主编. -- 上海：上海文艺出版社,2020.1
（2020.4重印）
ISBN 978-7-5321-7433-1
Ⅰ.①单… Ⅱ.①吴… Ⅲ.①社会科学－文集 Ⅳ.①C53
中国版本图书馆CIP数据核字(2019)第095927号

发 行 人：陈　徵
责任编辑：肖海鸥　邱宇同
书籍设计：李政坷
内文制作：蔡明铭

书　　名：单读.23,破碎之家：法国文学特辑
主　　编：吴　琦
出　　版：上海世纪出版集团　　上海文艺出版社
地　　址：上海绍兴路7号　200020
发　　行：上海文艺出版社发行中心发行
　　　　　上海市绍兴路50号　200020　www.ewen.co
印　　刷：上海盛通时代印刷有限公司
开　　本：787×1092　1/32
印　　张：11
插　　页：12
字　　数：220,000
印　　次：2020年1月第1版　2020年4月第2次印刷
Ｉ Ｓ Ｂ Ｎ：978-7-5321-7433-1/I.5907
定　　价：49.00元
告 读 者：如发现本书有质量问题请与印刷厂质量科联系　T：021-37910000